ERLE STANLEY GARDNER – A. A. FAIR

Ein schwarzer Vogel

Wer Goldmann Kriminalromane liest,
zeigt, daß er auf Niveau achtet.

Über den Autor:

Erle Stanley Gardner, geboren 1889, ist einer der führenden amerikanischen Kriminalschriftsteller. Zwanzig Jahre lang war er Rechtsanwalt in Ventura in Kalifornien. Tagsüber arbeitete er in seiner Anwaltspraxis, nachts schrieb er Bücher. Die Hauptfigur ist der Strafverteidiger Perry Mason. Unter dem Pseudonym A. A. Fair schrieb Gardner eine Reihe ebenso erfolgreicher Kriminalromane. Darin taucht ein heiteres Gespann auf: die schwergewichtige und geschäftstüchtige Privatdetektivin Bertha Cool und der als Jurist gescheiterte, aber als Privatdetektiv hervorragende Donald Lam. – Mit angesehenen Persönlichkeiten und Kriminologen in Amerika – unter ihnen Gerichtsmediziner, Anwälte, Privatdetektive und Kriminalpsychologen – bildete Erle Stanley Gardner *The Court of last Resort* – das ›Gericht der letzten Zuflucht‹. Mehr als tausend umstrittene Kriminalfälle sind von dieser einmaligen Institution überprüft worden, um Justizirrtümer zu verhüten oder wiedergutzumachen. Regierungsstellen und Fachleute zeigten Dankbarkeit und Anerkennung. Gardner wurde 1952 zum Ehrenbürger von Texas ernannt.

Von Erle Stanley Gardner / A. A. Fair
sind bisher erschienen:

Der schweigende Mund
Ein schwarzer Vogel

ERLE STANLEY GARDNER – A. A. FAIR

Ein schwarzer Vogel

CROWS CAN'T COUNT

Kriminalroman

WILHELM GOLDMANN VERLAG MÜNCHEN

KRIMI VERLAG AG WOLLERAU/SCHWEIZ

Die Hauptpersonen des Romans sind:

Donald Lam	Privatdetektiv
Bertha Cool	seine Geschäftspartnerin
Elsie Brand	Sekretärin
Harry Sharples	Geschäftsmann
Robert Cameron	Geschäftsmann
Shirley Bruce	ein junges Mädchen
Robert Hockley	Autoschlosser
Peter Jarratt	Makler
Leutnant Frank Sellers	Kriminalbeamte
Leutnant Sam Buda	Kriminalbeamte

Der Roman spielt in Los Angeles und in Kolumbien.

Ungekürzte Ausgabe · Made in Germany
 Taschenbuchausgabe mit Genehmigung des Gebrüder Weiß Verlages, Berlin. Ins Deutsche übertragen von Wilm W. Elwenspoek. Umschlagentwurf: H.-J. Weißfuß. Gesetzt aus der Linotype-Garamond-Antiqua. Druck: Presse-Druck- und Verlags-GmbH. Augsburg.
KRIMI 2267 · Su

1

Der Mann, der Bertha Cool am Schreibtisch gegenübersaß, verzog sein Gesicht, als behage ihm der Geruch in unserem Büro nicht. Er stellte die Miene eines sehr reichen Mannes zur Schau, der sich nur studienhalber in ein Elendsviertel begeben hat.

Bertha strahlte mich an, als ich in ihrem Arbeitszimmer erschien. Ihr Besucher hingegen betrachtete mich, als hätte er erwartet, jemandem zu begegnen, der ihm nicht besonders gefallen würde, und offensichtlich sah er keinen Anlaß, seine vorgefaßte Meinung zu ändern. Bertha benahm sich zuckersüß, ein sicheres Zeichen dafür, daß noch kein Honorar festgesetzt worden war.

»Darf ich Sie mit meinem Geschäftspartner Donald Lam bekannt machen, Mr. Sharples? Was ihm an Muskelkraft fehlen mag, ersetzt er durch Köpfchen. Donald, dies ist Mr. Harry Sharples. Mr. Sharples besitzt Bergwerke in Südamerika und wünscht, daß wir einen Auftrag für ihn übernehmen.«

Bertha rückte ihre hundertfünfundsechzig Pfund in dem abgenutzten Drehstuhl hin und her, der quietschend protestierte. Ihr Gesicht lächelte immer noch, aber mit einem Augenzwinkern gab sie mir zu verstehen, daß sie in der Klemme war und meine Hilfe brauchte. Ich setzte mich.

Sharples sah mich an und sagte: »Es gefällt mir nicht.«

Ich sagte gar nichts.

»Genau betrachtet komme ich mir wie ein verdammter Schlüssellochgucker vor«, fuhr Sharples fort, aber in seiner Stimme lag kein ehrliches Bedauern. Er sagte das vielmehr im gleichen Ton wie jemand, der von sich behauptet: ›Ich nehme nicht gern das letzte Stück von der Torte‹, und es sich dann sofort auf den Teller legt. Bertha wollte etwas sagen, aber mit einem Blick hielt ich sie davon ab.

Eine Weile herrschte Schweigen, bis Bertha es nicht mehr aushielt. Schnell holte sie tief Luft und trotz meines warnenden Stirnrunzelns platzte sie heraus: »Dazu sind *wir* ja schließlich da.«

»Ja, Sie sind dazu da«, sagte Sharples und gab sich keinerlei Mühe, seine Geringschätzung zu verbergen. »Ich dachte dabei an mich selbst.«

»Genau das sollten Sie auch tun«, bemerkte ich.

Das veranlaßte ihn, mir seinen Kopf so ruckartig zuzuwenden, als wäre er mit einer Schnur herumgezogen worden. Er begegnete aber nur höflichem Interesse auf meinem Gesicht, das ich immer dann zeige, wenn es darum geht, einen geschäftlichen Besucher auf den Kern seiner Sache zu bringen.

Wieder trat eine Pause ein.

Sharples hielt seinen Blick auf mich gerichtet. »Ich habe Mrs. Cool bereits alles erklärt«, sagte er. »Ihnen werde ich die wichtigsten Punkte noch einmal wiederholen. Ich bin einer der Testamentsvollstrecker der verstorbenen Cora Hendricks. Ihr Vermögen wird von Robert L. Cameron und mir für die Erben Shirley Bruce und Robert Hockley verwaltet. Es ist eine Art Vormundschaft. Können Sie sich vorstellen, was das ist?«

»Ja, das kann ich.«

Bertha mischte sich ein. »Donald hat Jura studiert und war Rechtsanwalt.«

»Warum praktiziert er dann nicht?« fragte Sharples.

Bertha wollte etwas sagen, hustete aber nur.

»Ich kam dahinter, daß das Gesetz Lücken aufweist, durch die sogar ein Mörder ungestraft entkommen kann«, sagte ich.

»Und die Leiche nimmt er gleich mit, wie?« fragte Sharples höhnisch.

»Nein, so wiederum auch nicht. Es handelt sich schon um eine Art Meisterleistung. Aber der Berufungsbehörde gefiel es trotzdem nicht.«

Sharples sah mich forschend an. »Geht das tatsächlich?« fragte er.

»Es ist wirklich möglich.«

Neugierde und ein gewisser Grad von Respekt waren in seiner Stimme zu erkennen, als er sagte: »Das müssen Sie mir gelegentlich mal erzählen.«

Ich schüttelte den Kopf. »Den Fehler habe ich einmal gemacht. Das war es nämlich gerade, was der Prüfungsbehörde nicht gefiel.«

Er schwieg eine Weile und schien mich abzuschätzen. Dann fuhr er in seinen Erklärungen fort: »Nach den Bestimmungen des Testaments sind die Testamentsvollstrecker allein berechtigt, für die Zeit der Treuhänderschaft festzusetzen, wieviel Geld die Erben erhalten sollen. Die Treuhänderschaft endet, wenn der jüngste der Erben fünfundzwanzig Jahre alt wird. Dann soll der vorhandene Besitz zu gleichen Teilen unter die beiden Erben geteilt werden.«

Wieder legte er eine Pause ein, und eine Weile herrschte Stille.

»Damit ist uns eine große Verantwortung übertragen worden«, fuhr Sharples salbungsvoll fort.

»Wie groß ist denn das Vermögen?« fragte Bertha, und ihre kleinen scharfen Augen glitzerten vor Habgier.

Sharples wandte ihr nicht einmal den Kopf zu. »Darauf brauchen wir wohl nicht einzugehen«, sagte er über die Schulter.

Als Antwort gab Berthas Drehstuhl plötzlich ein besonders hohes Quietschen von sich.

»Und was sollen wir in der Sache tun?« fragte ich Sharples.

»Ich möchte, daß Sie einen Auftrag für mich übernehmen.«

»Und das wäre?«

Sharples veränderte seine Stellung etwas. »Ich tue es ungern, und es fällt mir schwer, Ihnen davon zu erzählen.«

Er wartete auf meine Ermunterung, aber ich reagierte nicht.

»Damit Sie verstehen, in welcher Lage ich mich befinde, muß ich Ihnen einiges über die beteiligten Personen sagen. Cora Hendricks war eine sehr wohlhabende Frau. Sie starb, ohne nahe Verwandte zu hinterlassen, denn Shirley Bruce ist die Tochter einer verstorbenen Kusine von ihr. Als Shirleys Mutter starb, nahm Cora Hendricks sie auf, und das war nur ein paar Monate, ehe Miss Hendricks selbst starb. Robert Hockley ist überhaupt nicht mit ihr verwandt. Er ist der Sohn einer nahen Freundin. Sein Vater war ungefähr ein Jahr vor Miss Hendricks gestorben.«

Sharples räusperte sich gewichtig. »Robert Hockley«, fuhr er dann in einem Ton fort, als fälle er ein endgültiges Urteil, »ist ein junger Mann mit einem ziemlich ausschweifenden Lebenswandel. Er ist ungebärdig, mehr als das, er ist widerspenstig, unzugänglich, mißtrauisch und provozierend. Ich glaube, er ist das vorsätzlich.«

»Spielt er?«

»Ganz bestimmt.«

»Das kostet Geld«, sagte ich.

»Ja, da haben Sie recht.«

»Und geben Sie es ihm?«

»Das tun wir entschieden nicht, Mr. Lam. Wir haben die Zuwendungen für Robert Hockley eng begrenzt. Ja, in Anbetracht der Größe des Vermögens ist das, was wir ihm geben, kaum mehr als ein Taschengeld.«

»Wie steht es mit Miss Bruce?«

Sharples' Züge glätteten sich. »Miss Bruce ist das genaue Gegenteil«, sagte er. »Sie ist ein sehr zurückhaltendes, charmantes, hübsches Mädchen und ist sich über den Wert des Geldes vollkommen klar. Sie hat uns ihr Verantwortungsbewußtsein in finanziellen Dingen schon bewiesen.«

»Ist sie blond oder dunkel?«

»Dunkel. Warum?«

»Ich fragte nur so.«

Er zog seine buschigen Augenbrauen zusammen, aber ich begegnete seinem Blick mit unbeweglicher Miene.

»Ihr Aussehen ist unwichtig«, wies Sharples mich zurecht und fuhr fort: »Wir würden Robert Hockley gegenüber gern großzügiger sein. Es schmerzt uns, ihm einen großen Teil des Einkommens aus dem Vermögen vorenthalten zu müssen.«

»Und weil er für seine Passionen einen Haufen Geld braucht, spielt er sofort mit jedem Cent, den man ihm in die Hand gibt. Ist es nicht so?«

Harry Sharples legte die Fingerspitzen zusammen und wählte seine Worte sehr sorgfältig: »Robert Hockley ist eine seltsame Mischung. Als wir ihm den Betrag verweigerten, den er für sich für angemessen hielt, lieh er sich Geld und gründete einen kleinen Betrieb. Eine Reparaturwerkstatt für Stoßstangen und Scheinwerfer.«

»Geht das Geschäft?«

»Das weiß niemand. Ich habe vergeblich versucht, dahinterzukommen, bezweifle indessen sehr, daß er Erfolg haben wird. Er ist nicht der Typ dafür. Er ist zu unfreundlich und zu mürrisch.«

Sharples wandte sich zu Bertha: »Eigentlich weiß ich nicht, was mich veranlaßt hat, hierherzukommen«, sagte er gereizt.

Bertha strahlte ihn an. »Mit Privatdetektiven ist es wie in einem türkischen Bad. Wer es noch nie versucht hat, ist zunächst schrecklich verlegen. Aber wenn man ein- oder zweimal ihre Hilfe in Anspruch genommen hat, erkennt man den Nutzen und ...«

Mit aufmunterndem Lächeln überließ sie es Sharples, sich den Rest des Satzes selbst zu ergänzen.

»Ich benötige einige Informationen, die ich einfach haben muß und die ich selber nicht in der Lage bin zu bekommen.«

»Dazu sind wir ja da«, zwitscherte Bertha wieder.

»Auf ihre Weise ist Shirley Bruce auch ein Problem. Sehen Sie, nach den Bestimmungen des Testaments sind wir ermächtigt, jedem der Erben so viel zu geben, wie wir für richtig halten. Wenn wir wollen, können wir dem einen gar nichts und dem anderen zehntausend im Monat zahlen. Wenn dies für längere Zeit geschähe, würde natürlich am Ende das Gleichgewicht gestört sein. Mit anderen Worten, der eine der Erben würde mehr, bedeutend mehr als der andere erhalten.«

»Im Jahr hundertzwanzigtausend mehr«, sagte ich.

»Diese Zahl war nur angenommen, Mr. Lam. Ich nannte sie nur als Beispiel.«

»So habe ich es auch gemeint«, erwiderte ich.

»Nun gut, Sie haben mich jedenfalls verstanden?«

Ich nickte.

»Shirley Bruce ist also eine gescheite junge Dame. Sie hat Prinzipien und feste Überzeugungen. Sie lehnt es ab, auch nur einen Cent mehr zu nehmen, als Robert bekommt. Können Sie begreifen, warum uns das in Verlegenheit bringt?«

»Wollten Sie damit andeuten, daß sie das Geld zurückweist?« fragte Bertha ungläubig.

»Genau das.«

»Das kann ich nicht verstehen«, sagte Bertha.

»Ich auch nicht«, gab Sharples zu. »Aber sie tut es nun einmal. Sie will offensichtlich nicht vor dem anderen Erben bevorzugt werden. Sie ist der Auffassung, daß das Vermögen gerecht verteilt werden soll, was ja das Testament auch ausdrücklich bestimmt. Selbst wenn wir auch als Treuhänder für die Zeit der Vermögensverwaltung verschieden hohe Auszahlungen an die beiden Erben vornehmen können.«

»Wann wird die Teilung erfolgen?«

»Wenn der jüngste der Erben fünfundzwanzig Jahre alt wird, oder die Treuhänderschaft aus einem anderen Grunde erlischt.«

»Wenn Hockley also fünfundzwanzig Jahre alt wird, müssen Sie ihm die Hälfte geben, die Häfte des Vermögens, wie groß es dann auch immer sein mag.«

»Nein, wenn Shirley fünfundzwanzig wird. Robert Hockley ist drei Jahre älter als sie. Wenn die Treuhänderschaft in drei Jahren erlischt, ist er schon achtundzwanzig. Nach den Bestimmungen des Testaments können wir ihm dann seinen Anteil entweder auszahlen oder, wenn wir wollen, mit dem Kapital auch eine in monatlichen Raten auszuzahlende Jahrsrente für ihn kaufen.«

»Je weniger Geld also jetzt ausgezahlt wird, desto größer wird der Betrag sein, der zur Aufteilung kommt, wenn die Treuhänderschaft erlischt?«

»Selbstverständlich.«

»Und wenn es zur Aufteilung kommt, erfolgt sie zu gleichen Teilen, nicht wahr?«

»So ist es. Mit der Maßgabe, daß wir entweder das Geld in bar auszahlen oder es in einer Rente anlegen können.«

»Eine andere Möglichkeit besteht nicht?«

»Nein.«

»Aber solange Sie das Vermögen verwalten, können Sie es ungleich verteilen?«

»Ja, das können wir.«

»Und was wünschen Sie von uns?«

»Es fällt mir sehr schwer, Ihnen ein zutreffendes Bild von Shirley Bruce zu geben«, sagte Sharples. »Sie ist eine sehr kluge, junge Dame.«

»Das haben Sie schon erwähnt.«

Unvermittelt fragte er: »Ist Ihnen Benjamin Nuttall bekannt?«

»Meinen Sie den Juwelier?« fragte ich.

»Ja.«

»Ich kenne ihn nicht persönlich, aber ich habe von ihm gehört.«

»Ist das nicht ein schrecklich teurer Laden?« fragte Bertha.

»Er befaßt sich nur mit kostbaren Schmuckstücken«, erwiderte Sharples. »Bis zu einem gewissen Grad hat er sich auf Smaragde spezialisiert. Nun besteht ein großer Teil des Besitzes, den Cora Hendricks hinterlassen hat, in kolumbianischen Bergwerken und ... Wissen Sie über Smaragde Bescheid?«

Dabei sah er gerade Bertha an, und sie schüttelte den Kopf.

»Nun«, fuhr Sharples fort, »Smaragde sind praktisch ein Monopol der kolumbianischen Regierung. Die schönsten Smaragde der Welt werden ausnahmslos in Kolumbien gefunden, und die dortige Regierung kontrolliert den gesamten Markt. Sie bestimmt, wie viele geschürft, wie viele geschliffen und wie viele verkauft werden sollen. Niemand weiß genau, was hinter den Kulissen gespielt wird. Smaragde werden eben geschürft, geschliffen und verkauft, ohne daß jemand weiß, nach welchen Gesichtspunkten dabei entschieden wird. Es wird Ihnen ohne weiteres einleuchten, daß es sich dabei um ein Geheimnis von allergrößter Bedeutung handelt. Für einen Spekulanten wäre es äußerst vorteilhaft, wenn ihm gewisse Tatsachen bekannt würden.«

»Was meinen Sie damit?« fragte Bertha.

»Zum Beispiel folgendes«, erklärte Sharples. »Seit einiger Zeit sind keine Smaragde mehr geschürft worden. Die Regierung erklärt, es sei nicht nötig; sie habe genug auf Lager, um den Markt für einige Zeit zu versorgen. Und wenn Sie gute Verbindungen haben, wird man Sie in die Panzergewölbe führen und Ihnen die Smaragde zeigen. Man wird Ihnen erklären, daß dies der ganze Vorrat an Smaragden sei, und daß man die Absicht habe, neue Schürfungen vorzunehmen, sobald die Bergbaukosten sinken, daß aber gegenwärtig die Bedingungen nicht besonders günstig sind.«

»Und dann?« fragte Bertha.

»Und dann wissen Sie noch lange nicht, ob Ihnen der ganze Smaragdbestand gezeigt wurde oder nicht. Wie sollten Sie auch? Sie haben es mit einem mächtigen und vorzüglich getarnten Gegner zu tun. Es ist, als ob Sie mit einem gewaltigen Privattrust verhandeln, nur daß Sie es zusätzlich mit der uneingeschränkten Macht eines Staates zu tun haben. Das ist mitunter sehr lästig.«

»Soll ich daraus schließen, daß ein Teil des Hendrickschen Grundbesitzes in smaragdhaltigen ...«

»Keineswegs«, unterbrach Sharples. »Sie ziehen voreilig falsche Schlüsse, junger Mann. Die Minen in unserem Besitz, die wir also ausbeuten und kontrollieren, sind hydraulische Goldbergwerke, die von dem Smaragdvorkommen weit entfernt liegen. Aber durch meine Geschäftsfreunde in Kolumbien ist mir die Situation auf dem Smaragdmarkt nicht unbekannt.«

»Was hat das alles mit Nuttall zu tun?« fragte ich.

»Hin und wieder bin ich in Kolumbien und – nun, ich habe dort natürlich meine Verbindungen. Auch Cameron, mein Mittreuhänder, ist häufig dort und hat einflußreiche Beziehungen angeknüpft. Gelegentlich erfahre ich selbst etwas, manchmal auch durch Cameron. Kleine Informationen, Sie verstehen? Gerede und lokale Gerüchte, wie man sie nur in Kolumbien zu hören bekommt. Und Nuttall ist natürlich sehr daran interessiert, weil Smaragde ja seine Spezialität sind.«

»Geben Sie alle Informationen, die Sie erhalten, an ihn weiter?«

»Nicht alle«, sagte Sharples hastig. »Zum Teil sind sie vertraulich, aber er ... Nun, was nicht vertraulich ist, den kleinen Tratsch, erzähle ich ihm weiter. Wir sind in gewisser Weise recht vertraut miteinander. Aber er ist gerissen und zurückhaltend – ein schlauer Fuchs. Das muß er schon von Berufs wegen sein.«

»Stehen Sie mit Nuttall in Geschäftsverbindung?«

»Keineswegs. Unsere Beziehungen sind rein freundschaftlicher Natur.«

»Und was sollen wir nun für Sie tun?«

Sharples räusperte sich. »Vor ein paar Tagen sprach ich mit Nuttall. Natürlich kamen wir auch wieder auf Smaragde zu sprechen – dafür sorgt Nutall schon. Er erzählte mir, daß er kürzlich ein schönes und wertvolles Smaragdkollier zum Weiterverkauf erworben habe. Er wollte die Steine neu einfassen lassen. Es waren ungewöhnlich fehlerlose, tiefgefärbte Steine.« Sharples legte die Beine übereinander und räusperte sich wieder.

»Und weiter?« fragte Bertha atemlos.

»Nuttall zeigte es mir«, fuhr er fort. »Ich hatte das Kollier schon einmal gesehen, wenn es auch einige Zeit zurücklag. Ich hätte es überall wiedererkannt. Es hatte nämlich Cora Hendricks gehört und war eins der besonderen Stücke, die sie Shirley Bruce vererbt hatte.«

»Hatte Nuttall den Schmuck zur Reparatur oder Neufassung oder zum Verkauf bekommen?«

»Zum Verkauf. Die Neufassung war seine eigene Idee.«

»Und nun?«

»Und nun möchte ich herausbekommen, warum Shirley den

Schmuck dorthin gebracht und verkauft hat. Wenn sie Geld brauchte, möchte ich wissen, wieviel und wofür.«

»Warum fragen Sie sie nicht?«

»Das kann ich nicht. Wenn sie nicht zu mir kommt und es mir aus freien Stücken erzählt ... Nun, ich kann sie eben nicht danach fragen. Außerdem gibt es noch eine andere Möglichkeit.«

»Und die wäre?«

»Jemand könnte versucht haben, einen Druck auf sie auszuüben, um das Kollier von ihr zu bekommen.«

»Meinen Sie Erpressung?«

»O nein, das nicht, Mr. Lam. Erpressung ist ein häßliches Wort. Ich möchte eher glauben, daß es nur ein Druck war.«

»Das kommt meiner Ansicht nach auf das gleiche heraus.«

Darauf antwortete er nichts.

»Aber was sollen wir nun tun?« fragte Bertha.

»Erstens versuchen, herauszubekommen, wer es zu Nuttall brachte. Ich glaube nicht, daß Sie damit sehr weit kommen werden, denn diese großen Juweliere decken ihre Kunden sehr sorgfältig. Zweitens ausfindig machen, warum Shirley Geld brauchte und wieviel sie brauchte.«

»Wie komme ich mit Miss Bruce in Verbindung?« fragte ich.

»Ich werde Sie mit ihr bekanntmachen«, erwiderte Sharples.

»Und wie stelle ich mit Nuttall einen Kontakt her?«

»Das möchte ich selbst gern wissen. Ich fürchte, es gibt kaum eine Möglichkeit.«

Bertha fragte vorsichtig: »Könnte ich nicht in Nuttalls Geschäft gehen und sagen, ich interessiere mich für eine bestimmte Art Smaragdkolliers und ...«

»Seien Sie nicht töricht«, unterbrach Sharples. »Die Chancen sind nicht eins zu hundert, daß Ihnen Nuttall das Kollier zeigt. Und wenn er es täte, würde er sich darauf beschränken, den Preis zu nennen und jede Garantie für den rechtmäßigen Besitz zu übernehmen. Aber er würde kein Wort darüber verlieren, wie es in seinen Besitz gekommen ist. Ich kann Ihnen versichern, Mrs. Cool, so einfach sind die Informationen, die ich brauche, nicht zu beschaffen.«

Bertha räusperte sich. »Es ist üblich, daß unsere Kunden eine gewisse Anzahlung leisten«, sagte sie und sah mich dabei an.

»Ich bezahle nicht im voraus«, entgegnete Sharples.

»Und wir arbeiten nicht ohne Anzahlung«, sagte ich. »Stellen Sie uns einen Scheck über fünfhundert Dollar aus und fertigen Sie mir eine Skizze von dem Kollier an.«

Er saß sehr ruhig da und sah mich an.

Bertha schob ihm ihren Füllfederhalter über den Schreibtisch zu.
»Nein, danke«, sagte Sharples, »Skizzen von Juwelen zeichnet man besser mit einem Bleistift. Man kann dann Licht und Schatten genauer herausarbeiten.«
»Die Füllfeder ist für den Scheck«, belehrte ich ihn.

2

Wenn man Nuttalls Geschäft betrat, hatte man das Gefühl, als käme man in einen Kühlraum. Als ich mich dem Eingang näherte, sprang die Flügeltür, deren automatischer Mechanismus durch eine Fotozelle gesteuert wurde, lautlos vor mir auf. Ich wußte genau, daß innen irgendwo nur ein Schalter betätigt zu werden brauchte, und die Türen wurden so unbeweglich wie Granitblöcke.

Gewandte, junge Leute mit angenehmen Umgangsformen und wachsamen Augen bedienten hinter den Ladentischen unaufdringlich die Kunden. Ein Empfangschef kam auf mich zu und zeigte ein gewisses Mißbehagen, als er mich prüfend betrachtete.

»Ist Mr. Nuttall da?« fragte ich.

»Ich bin nicht sicher – es kann sein – ich habe ihn heute morgen noch nicht gesehen. Für den Fall, daß er anwesend ist, wen darf ich melden?«

»Donald Lam.«

»Und in welcher Angelegenheit, Mr. Lam?«

Ich sah ihm fest in die Augen. »Ich bin Privatdetektiv.«

»Das dachte ich mir«, sagte er kühl lächelnd.

»Das dachte ich mir, daß Sie sich das dachten«, antwortete ich und lächelte ebenso kühl zurück.

»Könnten Sie mir vielleicht etwas darüber sagen, aus welchem Grunde Sie Mr. Nuttall zu sprechen wünschen?« fragte er.

»Es wird nicht viel Zeit in Anspruch nehmen«, sagte ich zu ihm.

»Das versteht sich von selbst.«

»Ich bin einem bestimmten Schmuckstück auf der Spur. Ich glaube, daß Sie es erworben haben.«

»Was soll denn damit los sein?«

»Es ist heiß.«

»Können Sie es beschreiben?«

»Nicht Ihnen.«

»Einen Moment. Warten Sie bitte gerade hier.«

Die Art, wie er ›gerade hier‹ sagte, bedeutete wohl, daß er genau die Stelle meinte, auf der ich stand.

Ich zündete mir eine Zigarette an. Der Empfangschef ging schnell zu einem Telefon, nahm den Hörer ab, sagte etwas und verschwand nach einem Gespräch von ein paar Sekunden durch eine Tür im Hintergrund des Geschäftes. Zwei Minuten später kam er zurück. »Mr. Nuttall will Sie empfangen – aber nur kurz.«

Ich folgte ihm über eine breite Treppe, einen kurzen Korridor entlang, durch ein Vorzimmer, in dem ein Mädchen an einer Schreibmaschie saß, in einen Büroraum. Dicke Teppiche und bequeme Sessel schufen eine luxuriöse Atmosphäre.

Der Mann hinter dem Magahonischreibtisch starrte mich an, als wäre ich ein leprakranker Steuereintreiber. »Ich bin Nuttall«, sagte er knapp.

»Mein Name ist Lam.«

»Können Sie sich ausweisen?«

Ich zeigte ihm meine Lizenz.

»Worum handelt es sich?«

»Um ein Smaragdkollier.«

Sein Gesicht zeigte keine Bewegung. »Beschreiben Sie es.«

Ich zog die Skizze von Sharples aus der Tasche und legte sie auf seinen Schreibtisch.

Er nahm sie auf, betrachtete sie und hob dann seinen Blick zu mir: »Derartige Angelegenheiten werden sonst routinemäßig von der Polizei bearbeitet.«

»Es handelt sich nicht um eine Routinenachforschung.«

Er betrachtete wieder die Skizze und sagte nach einer Weile: »Ich habe nichts dergleichen im Hause. Warum sind Sie gerade zu mir gekommen?«

»Weil ich annehme, daß Smaragde Ihre Spezialität sind.«

»In gewisser Weise stimmt das, aber diesen Schmuck besitze ich nicht, noch habe ich ihn je gesehen.«

Ich griff nach der Skizze. Er zögerte einen Moment, ehe er sie mir zurückgab.

»Sie behaupten also, daß dieser Schmuck heiß ist?« fragte er.

»Ja, das ist er.«

»Können Sie das beweisen?«

»Wenn Sie ihn nicht kennen, ist das ja überflüssig.«

»Aber er könnte mir doch angeboten werden.«

»Wenn das geschehen sollte, dann benachrichtigen Sie die Polizei.«

»Auf meine eigene Verantwortung?«

»Auf meine, wenn Ihnen das lieber ist.«

»Es ist mir lieber, wenn ich nichts damit zu tun habe, solange die Polizei sich nicht in der üblichen Weise an mich wendet. Ich nehme an, daß Sie die Polizei benachrichtigt haben, Mr. Lam.«

Ich faltete die Skizze zusammen und legte sie in meine Brieftasche. »Mein Klient will sich nicht an die Polizei wenden – vorläufig wenigstens nicht.«

»Wenn Sie mir gegenüber etwas vertrauensvoller wären, Mr. Lam, und mir die näheren Umstände schilderten, könnte ich die Situation vielleicht besser übersehen.«

»Wenn Sie das Smaragdkollier nicht haben, ist das nicht nötig«, antwortete ich.

»Nein, ich habe es nicht.«

»Dann guten Morgen, Mr. Nuttall.«

»Guten Morgen, Mr. Lam.«

Ich verließ sein Büro und ging die Treppe hinunter. Der unsichtbare Mechanismus mit der Fotozelle klappte die Tür vor mir auf, und von den feindseligen Blicken jedes einzelnen Verkäufers verfolgt, ließ ich das Geschäft hinter mir.

An der nächsten Ecke wartete Bertha auf mich. Sie hatte ihren besten Pelz an, war mit ihren sämtlichen Brillanten ausstaffiert und leicht nervös. Wir ließen noch ein paar Minuten verstreichen, dann sagte ich: »Jetzt bist du an der Reihe, Bertha. Vergiß nicht, das verabredete Zeichen zu geben, wenn jemand die Treppe hinaufgeht.«

Bertha stemmte ihre hundertfünfundsechzig Pfund aus dem Auto. »Und vor allem, laß die Verkäufer nicht merken, daß du nur Zeit gewinnen willst«, warnte ich sie. »Du bist eben nur etwas schwer zufriedenzustellen. Bedenke immer: Diese Verkäufer beherrschen alle Finessen und durchschauen dich schon beim geringsten Fehler.«

»Mich werden sie nicht durchschauen«, schnauzte Bertha mich an. »Wenn diese Burschen frech werden, bringe ich sie zur Raison.« Damit ging sie zu dem Juweliergeschäft.

Ich fuhr ihr nach, parkte an einer Stelle, von der ich den Ladeneingang gut beobachten konnte, und blieb wartend im Wagen sitzen. Nach etwa zehn Minuten trat ein Mann in das Geschäft. Ich hatte mit einer Frau gerechnet, aber dieser Mann zeigte so deutlich alle von mir erwarteten Merkmale, daß ich näher heranfuhr. Ein paar Minuten später verließ Bertha das Geschäft wieder. Sie blieb stehen, zog ihr Taschentuch aus der Handtasche und putzte sich die Nase. Das war das verabredete Zeichen.

Ich ließ den Motor des Wagens an, aber es dauerte gut zehn Minuten, ehe mein Mann wieder auftauchte. Er hielt nach einem Taxi Ausschau, und als er keins finden konnte, entschloß er sich, zu Fuß zu gehen. Er kam nicht auf den Gedanken, sich umzusehen, und unbemerkt folgte ich ihm bis zu seinem Büro. Es war Peter Jarratt; das Schild an seiner Bürotür bezeichnete ihn als Kapitalmakler.

In der Nähe dieser Tür bezog ich im Korridor Posten und wartete. Nach etwa zwanzig Minuten kam ein wohlhabend aussehender Mann gegen Ende fünfzig und ging in Jarratts Büro. Er machte einen distinguierten Eindruck. Als er ging, folgte ich ihm bis an sein Auto mit der Nummer 4 E 4704. Wahrscheinlich hätte ich ihm unbemerkt nachfahren können, aber ich wollte nichts riskieren und hielt es auch nicht für notwendig. Er sah nicht nach einem Mann aus, der in gestohlenen Autos herumfährt. Darum kehrte ich zu unserem Büro zurück und schlug dort in der Liste der Zulassungsnummern nach. Der Wagen war auf den Namen Robert L. Cameron eingetragen, die Adresse lautete: 2904, Griswell Drive. Diesen Namen hatte ich schon einmal gehört. Es war der andere Nachlaßverwalter. Von welcher Seite ich es auch betrachtete, es war ein sauberes Doppelspiel.

3

Auf dem Amtsgericht erfuhr ich einiges mehr über Cora Hendricks' Nachlaß. Das Vermögen wurde von Harry Sharples und Robert Cameron treuhänderisch verwaltet, wie Sharples geschildert hatte, und auch die anderen Bestimmungen des Testaments stimmten mit seiner Darstellung überein. Mit einer Ausnahme: Im Falle des Todes beider Treuhänder endet die Treuhänderschaft vor dem fünfundzwanzigsten Geburtstag des jüngsten Erben.

Darüber dachte ich nach, als ich zum Büro zurückfuhr.

Elsie Brand unterbach ihre Arbeit und lächelte mir zu.

»Ist Bertha da?« fragte ich und deutete mit einer Kopfbewegung auf die Tür ihres Arbeitszimmers.

Elsie nickte.

»Ist jemand bei ihr?«

»Der neue Klient.«

»Sharples?«

Wieder nickte Elsie.

»Warum ist er zurückgekommen?«

»Ich weiß es nicht. Er kam vor etwa zwanzig Minuten, als Bertha noch nicht zurück war, und hat auf sie gewartet.«

»Hatte er etwas Besonderes auf dem Herzen?«

»Es schien so.«

»Ich gehe mal 'rein. Nehmen Sie nur die Arbeit nicht so ernst, Elsie.«

Sie lachte. »Seit Sie mir die Gehaltserhöhung verschafft haben, kriegt Bertha jedesmal einen roten Kopf, wenn sie sieht, daß ich mir die Nase pudere.«

»Machen Sie sich nichts daraus«, sagte ich; »ihr Herz ist aus purem Gold, sie hat es nur durch einen Betonpanzer geschützt.«

Ich öffnete die Tür zu Berthas Arbeitszimmer und trat ein.

Wenn Bertha erst einmal das Honorar kassiert hatte, pflegte sie auf jedes überflüssige Lächeln zu verzichten. Auch ihr Gespräch mit Harry Sharples, der ihr mit leicht gerötetem Gesicht gegenübersaß, war nüchtern und sachlich.

Als ich die Tür öffnete, unterbrach Bertha sich mitten im Satz.

»Da ist er ja«, sagte sie, »fragen Sie ihn selbst.«

»Das werde ich«, erwiderte Sharples.

Ich stieß die Tür mit dem Fuß zu: »Was gibt's denn?« fragte ich.

»Was haben Sie bloß Nuttall gesagt?« wandte Sharples sich an mich.

»Warum fragen Sie danach?«

»Nuttall rief mich aufgeregt an und wollte wissen, ob ich mit irgend jemand über das Kollier gesprochen hätte.«

»Und was haben Sie ihm gesagt?«

»Ich stritt es ganz entschieden ab.«

»Dann ist ja alles in bester Ordnung.«

»Ich habe den Verdacht, daß er durch Sie zu dieser Frage veranlaßt wurde.«

»So? Nun, ich bin bereits dahintergekommen, wer ihm das Kollier verkauft hat.«

Sharples sah mich mit gerunzelter Stirn ungläubig an. »Was sind Sie?«

»Dahintergekommen, wer ihm das Kollier verkauft hat.«

»Das glaube ich nicht. Das ist in einem Geschäft dieser Klasse unmöglich.«

»Es war Robert Cameron.«

»Großer Gott, sind Sie verrückt geworden, Lam?«

»Cameron schaltete einen Kapitalmakler namens Peter Jarratt ein.«

»Du lieber Himmel, wie haben Sie das alles herausgefunden?« wollte Sharples wissen.

»Was haben Sie von uns erwartet?« warf Bertha schnippisch ein. »Daß wir herumsitzen und die Daumen drehen?«

»Aber das ist doch alles völlig unsinnig. Erstens kenne ich Nuttalls Ruf, und ich kenne auch seine Geschäftsusancen. Er würde nie den Namen der Person preisgeben, von der er das Kollier gekauft hat. Eine erstklassige Firma wie Nuttall kann sich das niemals leisten, denn sie befindet sich da in einer ähnlichen Lage wie ein gutes Pfandhaus. Ferner ist Bob Cameron mein Geschäftspartner als Nachlaßverwalter. Seit Jahren bin ich mit ihm befreundet. Er würde nie etwas Derartiges tun, ohne mich vorher um Rat zu fragen. Und schließlich: Shirley Bruce. Ich weiß, daß sie mich sehr gern hat und mir wie ihrem nächsten Verwandten vertraut. Sie nennt mich ›Onkel Harry‹; sie könnte mir nicht näherstehen, wenn ich wirklich ihr Onkel wäre. Dagegen hat sie für Bob Cameron nicht sehr viel übrig. Es ist nicht gerade so, daß sie ihn nicht leiden kann, aber sie kommen nicht besonders gut miteinander aus und verspüren auch keine besondere Zuneigung füreinander. Wenn Shirley sich jemandem anzuvertrauen hätte, dann wäre sie zu mir gekommen.«

»Sie wollten mich doch mit ihr bekannt machen. Wann wird das geschehen?« fragte ich.

»Nicht, bevor ich mit Bob gesprochen habe. Ich werde ihn zur Rede stellen, ich werde ... Verdammt, ich werde Ihnen beweisen, daß Sie sich gründlich irren.«

»Er wohnt 2904, Griswell Drive. Wann wollen Sie zu ihm?« fragte ich.

Sharples blickte auf seine Uhr und schob seinen Stuhl zurück: »Sofort«, sagte er grimmig. »Wenn Sie sich geirrt und unnütz in ein Wespennest gestoßen haben – und ich weiß genau, daß Sie sich irren –, dann lasse ich meinen Scheck sperren.«

Bertha wollte etwas sagen, aber unterließ es dann. Ich wußte genau, daß sie Sharples' Scheck eingelöst hatte, noch ehe die Tinte darauf trocken war.

»Ich bin jederzeit bereit, Sie zu begleiten, Mr. Sharples«, sagte ich.

4

Im Auto fragte ich Sharples: »Glauben Sie nicht, daß Shirley Bruce doch die richtige Person wäre, um Auskunft über das Kollier zu geben, da der Schmuck ja ihr Eigentum ist?«

Er schüttelte den Kopf: »Nein, sie will ich erst später fragen.«

Ich wartete auf eine nähere Erklärung, aber sie blieb aus. Schweigend fuhren wir weiter, bis Sharples unvermittelt sagte: »Ich hätte nie erwartet, daß Bob etwas Derartiges tun könnte, ohne mich davon zu unterrichten.«

Ich hielt es für richtig, nicht zu antworten.

»Shirley ist ein anständiges Mädchen«, sagte er, »wirklich ein sehr anständiges Mädchen. Ich werde sie nicht mit Fragen behelligen, wenn es nicht absolut notwendig ist. Vor allem möchte ich nicht den Eindruck erwecken, daß ich mich in ihre Privatangelegenheiten mische.«

»Ich dachte, Sie wollten wissen, warum sie das Kollier verscherbelt hat?«

»Das will ich auch.«

»Ist das etwa keine Einmischung in die Privatangelegenheiten der jungen Dame?«

»Das sollen *Sie* ja tun. Deswegen bin ich doch zu Ihnen gekommen.«

»Ach so, ich verstehe«, erwiderte ich trocken.

»Ich komme mir verdammt wie ein Schlüssellochgucker vor«, rief er gereizt aus.

Als wir ein paar Straßen weiter waren, bemerkte ich: »Schließlich ist sie bei Cameron doch in guten Händen.«

»Ich fürchte, eben nicht. Sie muß in einer bösen Patsche stecken, wenn sie mich nicht ins Vertrauen gezogen hat. Im Vergleich mit mir ist Bob Cameron für Shirley praktisch ein Fremder. Das heißt ... ich meine ... Nun, es wäre natürlicher gewesen, daß sie sich an mich wendet, wenn sie in Schwierigkeiten ist.«

Wieder ließ ich eine Weile verstreichen, ehe ich fragte: »Wäre es nicht zweckmäßig, wenn Sie mir noch etwas über Cameron erzählen, bevor ich mit ihm spreche?«

»Es ist mir lieber, wenn Sie nur Zeuge sind. Ich will selbst mit ihm sprechen.«

»Dann haben Sie aber keine Rückzugsmöglichkeit, falls Ihnen etwas entschlüpfen sollte, was er als eine Beleidigung auffassen könnte«, erklärte ich ihm. »Rede dagegen ich, so brauchen Sie nur zuzuhören, und wenn ich zu weit gehen sollte, kann er Ihnen nicht die Schuld geben.«

»Bleiben Sie mir mit Ihren diplomatischen Kniffen vom Hals. Damit bin ich noch nie weitergekommen. Wenn ich etwas erledigen muß, will ich es selbst tun und so schnell wie möglich hinter mich bringen.«

»Vorausgesetzt, daß Sie es mit dem ›Tun‹ auch wirklich erledigen und hinter sich bringen. Das gelingt manchmal nicht. Jedenfalls würde ich gern mehr über Cameron wissen.«

»Bob Cameron ist siebenundfünfzig Jahre alt. In jungen Jahren hat er eine Zeitlang in Goldbergwerken am Klondike gearbeitet. Dann ging er – reich an Erfahrungen im Goldschürfen – in die Wüste, wanderte hinunter nach Yukatan, Guatemala, Panama und kam schließlich nach Kolumbien. In Medellin lernte er Cora Hendricks kennen. Sind Sie einmal dort gewesen?«

»Als Privatdetektiv kommt man nicht viel zum Reisen.«

»Medellin ist eine schöne Stadt. Sie hat ein Klima, das man kaum für möglich halten sollte. Die Temperatur schwankt nie um mehr als fünf oder sechs Grad, weder bei Tag noch bei Nacht, noch im Sommer oder Winter. Ständig liegt sie bei dreißig Grad. Die Menschen dort sind gastfreundlich, entgegenkommend, klug und kultiviert. Sie leben in prachtvollen Häusern mit großen Patios und ...«

»Sind Sie damals auch gerade dort gewesen?« unterbrach ich ihn.

»Ja, wir sind uns alle dort begegnet. Dort lernten wir Cora Hendricks kennen. Nicht in Medellin selbst, sondern in ihrem Bergwerk am Fluß.«

»Und Shirley Bruce?«

»Shirley war natürlich auch da. Mir kommt es vor, als sei es erst gestern gewesen, obwohl es – lassen Sie mich nachdenken –, ja, es müssen jetzt zweiundzwanzig Jahre her sein. Cora befand sich gerade auf einem Besuch in den Staaten, als ihre Kusine bei einem Autounfall ums Leben kam. Ihr Mann, Shirleys Vater, war nur ein paar Monate früher an einem Herzschlag gestorben. Cora selbst war nie verheiratet, sie war der Typ der alten Jungfer. Trotzdem nahm sie sich der kleinen Waise an, so wie sie war, und brachte sie mit nach Kolumbien. Sie und die Frau des Verwalters der Mine versorgten das Baby. Wir hingen alle sehr an dem Kind.«

»Arbeiteten Sie alle beim gleichen Bergwerk?«

»Ja und nein. Bob Cameron und ich besaßen eigene Minen in der Nachbarschaft. Es sind große Anlagen, die mit Wasserkraft ausgebeutet werden. Kolumbien ist ein sehr interessantes Land.«

»Und Cora Hendricks starb bald, nachdem sie mit dem Kind zurückgekommen war?«

»Ja, innerhalb von drei oder vier Monaten.«

»Und dann übernahmen Sie die Leitung ihres Bergwerks?«

»Nicht sofort. Cameron und ich fuhren in die Staaten, um das Vermögen sicherstellen zu lassen. Erst nach einem Jahr kamen wir nach Südamerika zurück. Das Reisen war damals noch nicht so einfach wie heute. Wir waren höchst überrascht, als wir den Umfang des Hendricksschen Vermögens erkannten. Die Treuhänderschaft kam uns völlig unerwartet. Im Vergleich mit Cora waren wir nur ein paar junge Abenteurer. Sie war bedeutend älter als wir beide. Sie war eine ausgetrocknete alte Jungfer, aber gerissen und verschwiegen. Nie hat sie über ihre Geschäfte gesprochen. Wissen Sie, manchmal habe ich mich über die Zusammenhänge mit dem Baby gewundert. Ich nehme zwar an, daß alles so ist, wie sie es darstellte, aber es hätte auch ihr eigenes sein können. Sie liebte es wie ... Aber es hat keinen Zweck, weiter darüber zu reden. Für Shirley Bruce wäre es ein schwerer Schock, wenn ihr Zweifel an ihrer Abstammung kämen. Verdammt, ich rede daher wie ein schwatzhaftes altes Weib. Behalten Sie das ja alles für sich, Lam. Ich breche Ihnen das Genick, wenn Sie irgend etwas tun, das Shirley kränkt.«

»Haben Sie die Geschichte mit der Kusine, ich meine mit Shirleys Eltern, nachgeprüft?«

»Um die Wahrheit zu sagen, nein. Cora kam mit dem Baby an und erzählte die Geschichte von dem Tod ihrer Kusine. Sie war ein Jahr lang fortgewesen. Ich erinnere mich, daß Bob und ich damals meinten ... Aber das gehört auch nicht hierher. Cora hat uns gesagt, das Kind sei Shirley Bruce und die Tochter einer Kusine, über die sie sich ziemlich unklar ausdrückte – ich glaube, es war eine Kusine zweiten Grades ... Ich möchte wissen, ob Shirley deswegen von jemand behelligt wird. Ich kann mir wirklich nicht vorstellen, daß sie nicht zu mir kommt, wenn sie Geld braucht.«

»Was ist mit Cameron? Muß ich noch irgend etwas über ihn wissen, bevor wir zu ihm hingehen?«

»Ich glaube nicht. Übrigens, Lam, ich weiß wirklich nicht, ob es nötig ist, daß Sie mit dabei sind. Vielleicht genügt es, wenn Bob und ich eine offene Aussprache haben.«

»Ganz, wie Sie wollen. Natürlich könnte er sich darüber wundern, woher Sie wissen, daß er das Kollier hatte.«

»Ja, das stimmt. Und da Sie schon so viel von der Geschichte wissen, können Sie ja auch alles erfahren.«

»Das müssen Sie entscheiden.«

»Tun Sie so, als ob Sie für einen Juwelierverband arbeiten, der routinemäßig Nachforschungen anstellt, sobald größere Schmuckstücke eines bestimmten Typs zum Verkauf angeboten werden. Sagen Sie, was Sie wollen. Es wird Ihnen schon etwas einfallen. Sie werden es schon überzeugend vorbringen können. Lassen Sie ihn nur nicht auf den Gedanken kommen, daß ich Sie beauftragt habe.«

»Dabei riskiere ich allerlei.«

»Na, wenn schon. Dafür bezahle ich Sie ja. Übrigens, wenn Sie bei Bob Cameron einen guten Eindruck machen wollen, dann zeigen Sie Interesse für Pancho.«

»Wer ist Pancho? Sein Hund?«

»Nein, eine Krähe.«

»Wieso hält er sich eine Krähe?«

»Ich weiß es auch nicht. Ich werde nie im Leben verstehen, was Bob an dem Vogel findet. Er ist boshaft, schmutzig, frech und laut. Bob zuliebe versuche ich, mich mit ihm anzufreunden. Jetzt sind wir da, Mr. Lam. Ich muß gestehen, es fällt mir sehr schwer, in dieser Weise hinter meinem Freund herzuspionieren. Aber diese Sache muß aufgeklärt werden.«

Der Wagen hielt vor einem weißverputzten Haus mit rotem Ziegeldach. Davor lag ein gepflegter Rasen mit sauber beschnittenen Büschen. Im Hintergrund stand eine Garage für drei Wagen. Cameron mußte viel Geld haben, um einen derartigen Besitz unterhalten zu können.

Sharples stieg aus und ging die Stufen zur Haustür hinauf, drückte mit einer lässigen Bewegung den Daumen auf den Klingelknopf und versuchte eine halbe Sekunde später die Tür zu öffnen. Sie gab seinem Druck nach, und Sharples trat höflich zur Seite, um mich vorangehen zu lassen.

»Es ist besser, Sie gehen zuerst hinein«, forderte ich ihn auf, »ich bin hier fremd.«

»Sie haben recht. Wahrscheinlich ist Cameron oben in der Glasveranda. Dort verbringt er den größten Teil seiner Zeit. Er hat unter der Decke ein Loch anbringen lassen, damit die verdammte Krähe nach Belieben ein- und ausfliegen kann. Bitte, hier diese Treppe hinauf, Lam.«

»Ist er nicht verheiratet?«

»Nein. Er lebt allein mit einer alten Haushälterin, einer Kolumbianerin, die seit Jahren bei ihm ist. Für einen Junggesellen ist das Haus reichlich groß. Maria wird nicht da sein . . . Maria! Hallo, Maria! Ist niemand da?«

Das Haus gab nur ein hohles Echo zur Antwort.

»Sie wird wahrscheinlich einkaufen gegangen sein«, sagte Sharples. »Na schön, gehen wir hinauf.« Und er ging voran.

»Dieb! Dieb! Lügner!« schimpfte plötzlich eine krächzende, höhnische Stimme.

Sharples zuckte bei dem unheimlichen Geschrei, das die fast grabesähnliche Stille des Hauses unterbrach, erschrocken zusammen.

»Diese verdammte Krähe«, sagte er, nachdem er sich wieder gefaßt hatte. »Man sollte diesem widerwärtigen Vieh den Hals umdrehen. Ich würde mir so was nicht als Haustier halten.«

Oben angekommen, ging Sharples durch eine geöffnete Tür in die Glasveranda. Ich hörte Flügelschlagen und ein rauhes, heiseres Krächzen. Eine schwarze Krähe flog dicht an der Tür vorbei und verschwand gleich wieder aus meinem Blickfeld, aber ich hörte das schwere Schlagen ihrer kräftigen Schwingen und ihr widerliches Krächzen.

Sharples trat einen Schritt in das Zimmer und blieb dann wie angewurzelt stehen. »Großer Gott«, stöhnte er auf.

Ich trat an seine Seite. Im Türrahmen sah ich vor mir auf dem Boden die Füße und einen Teil der Beine eines Mannes. Sharples wich zur Seite, und nun sah ich den ganzen Körper. Vor mir lag der Mann, der vor ein paar Stunden aus Jarratts Büro gekommen war. Ein rotes Rinnsal war von seinem Rücken herabgesickert und hatte eine Lache auf dem Teppich gebildet. Mit der linken Hand hielt er den Telefonhörer umklammert; der Apparat selbst baumelte vom Tisch herab.

»Großer Gott«, sagte Sharples wieder.

Sein Gesicht war weiß bis auf die Lippen, und während ich ihn ansah, begann sein Mund sich zu verziehen und zu beben. Er spürte seine Schwäche und versuchte vergeblich, sie zu unterdrücken.

»Ist das Cameron?« fragte ich.

Sharples drehte sich um und ging zur Treppe zurück, wo er sich plötzlich auf die oberste Stufe niedersetzte.

»Es ist Cameron«, stöhnte er. »Können Sie nicht nachsehen, ob Sie etwas zu trinken finden, ich . . . Ich fürchte, mir wird schlecht.«

»Beugen Sie den Kopf zwischen Ihre Knie und bleiben Sie so sitzen. Dann wird Ihr Gehirn besser durchblutet. Werden Sie jetzt bloß nicht ohnmächtig.«

Sharples beugte seinen Kopf hinunter, wie ich ihm geraten hatte. Ich hörte ihn tief Luft holen. Ein schluchzender Laut stieg aus seiner Kehle, als er tief einatmete.

Ich ging zur Tür des Zimmers, in dem Cameron am Boden lag, zurück.

Offensichtlich hatte der Mann an dem langen Schreibtisch gesessen, als der Tod ihn ereilte. Er war zu Boden gefallen und hatte das Telefon mit sich gerissen. Natürlich konnte der Hörer ihm auch in die Hand gedrückt worden sein, nachdem er schon tot war. Auf dem Tisch lagen ein paar Briefe. Der Stuhl, in dem Cameron offenbar gesessen hatte, war umgeworfen worden und lag auf der Seite. Die Krähe war in das Zimmer zurückgeflogen. Sie saß auf dem Kronleuchter und sah mich, den Kopf zur Seite geneigt, mit schwarzen, vorstehenden, frechen Augen an.

»Dieb!« krächzte sie.

»Lügner!« gab ich zurück.

Sie breitete die Flügel halb aus und gab ein seltsam heiseres Kichern von sich.

In einer Ecke des Raumes stand ein Stahlkäfig – ein Riesending, das für einen Adler groß genug gewesen wäre. Seine Tür wurde durch einen Draht am Gitter offengehalten.

Mein Blick wurde von einem matt golden schimmernden Gegenstand auf dem Tisch angezogen. Ich trat näher, um ihn zu betrachten. Es war ein Kollier – anscheinend das gleiche, das Sharples mir aufgezeichnet hatte. Aber die Fassungen waren aufgebogen und in dem Kollier befand sich kein einziger Smaragd mehr.

Daneben lag eine automatische Pistole, Kaliber 22, und auf dem Boden blinkte eine leere Patronenhülse. Ich beugte mich vor und roch an der Mündung der Pistole. Sie war erst vor kurzem abgeschossen worden.

Dann wurde mein Blick durch ein tiefgrünes Leuchten angezogen: ein intensives, sattes Grün, das mich an eine von Korallenriffen umschlossene tiefe Lagune erinnerte. Es war ein großer Smaragd von einmaliger Schönheit, dessen Färbung zur prachtvollsten gehörte, die mir je zu Gesicht gekommen war.

Ferner lagen auf dem Tisch ein paar helle schweinslederne Handschuhe, die dem Toten zu gehören schienen. Als ich ihn aus Jarratts Büro kommen sah, hatte er solche Handschuhe getragen. Die Todesursache war unverkennbar. Cameron war direkt neben dem linken Schulterblatt ein Dolch bis ins Herz gestoßen worden. Jedoch den Dolch konnte ich nicht entdecken.

Ich ging wieder zu Sharples hinaus, der noch immer auf der Treppe saß und stöhnend hin und her schwankte.

»Was soll ich nur tun?« fragte er, als ich ihm die Hand auf die Schulter legte.

»Sie haben zwei Möglichkeiten.«

Mit trüben Augen starrte er mich an. Sein Gesicht war verfallen und schien alle Elastizität verloren zu haben. Wenn ich mit einem Finger darauf gedrückt hätte, wäre die Druckstelle sekundenlang sichtbar geblieben. In seinem Gesicht schien nicht mehr Spannung zu sein als in einem Klumpen Brotteig.

»Entweder melden Sie den Mord der Polizei oder Sie verschwinden schnell und melden ihn nicht. Wenn der große Kummer, den Sie mir hier zu Schau stellen, nur Mache ist, verduften Sie besser. Bedeutet Camerons Tod für Sie aber nicht mehr als den Verlust eines Freundes, dann empfehle ich Ihnen dringend, den Mord der Polizei zu melden.«

Er zögerte, ehe er fragte: »Und Sie? Sind Sie nicht gesetzlich verpflichtet, eine darartige Entdeckung zu melden?«

»Das ist richtig.«

»Und würden Sie . . . hm . . . riskieren, einen Mord nicht zu melden?«

»Auf keinen Fall. Ich würde die Polizei anrufen. Aber ich muß ja nicht unbedingt meinen Namen nennen oder den der Person, mit der ich die Leiche aufgefunden habe.«

Es kostete ihn nicht mehr Mühe, Herr seiner Erregung zu werden, als etwa seinen Mantel auszuziehen. Ein paar Sekunden später war er wieder der kühle, selbstbeherrschte Geschäftsmann.

»Werde ich nicht auf jeden Fall vernommen werden?«

»Sehr wahrscheinlich ja.«

»Und wird man mich nicht fragen, wo ich mich aufhielt, als der Mord begangen wurde?«

»Das ist sehr gut möglich.«

»Nun, dann wollen wir die Polizei benachrichtigen. Es ist wohl besser, ich mache, daß ich hier fortkomme, und hinterlasse nicht noch mehr Fingerabdrücke, als ohnehin schon da sind.«

»Sind denn welche hier?« fragte ich.

»Nun, es kann sein, daß ich etwas angefaßt habe.«

»Das wäre höchst unangenehm für Sie.«

Er sah mich finster an.

»Ein paar Häuser weiter ist eine Drogerie. Dort können wir telefonieren«, sagte ich.

»Vergessen Sie nicht, daß Sie während der letzten Stunde mit mir zusammen waren, Lam.«

»Nur die letzten zwanzig Minuten«, verbesserte ich ihn.

»Aber vorher war ich mit Mrs. Cool zusammen.«

»Bertha Cool hat ihr eigenes Gedächtnis. Auf diesem Gebiet arbeiten wir unabhängig voneinander.«

5

Leutnant Sam Buda vom Morddezernat der Kriminalpolizei zeigte sich von seiner freundlichsten Seite. Ich wußte, daß er Sharples' Vergangenheit anschließend haarscharf unter die Lupe nehmen würde, aber im Augenblick war er sehr höflich und umgänglich.

Sharples machte seine Aussage. Danach war er ein Geschäftspartner von Bob Cameron und wollte ihn in einer recht wichtigen Angelegenheit sprechen. Er hatte mich mitgenommen, »weil Lam für mich ... gerade ... eine andere Sache bearbeitete«. Ich beobachtete, daß Buda Sharples' Zögern nicht entgangen war, aber er bemerkte nichts dazu.

Leutnant Buda warf einen Blick in meine Richtung; als er aber nur mein ausdrucksloses Gesicht gewahr wurde, wendete er sich wieder Sharples zu. Im Augenblick interessierte ihn Sharples mehr. Mich kannte er ganz genau und konnte jeder Zeit auf mich zurückgreifen, wenn er es für notwendig erachtete.

»Sie kennen Cameron schon seit längerer Zeit?« fragte Buda.

»Seit vielen Jahren.«

»Sind Ihnen seine Freunde bekannt?«

»Ja, sicherlich.«

»Auch seine Feinde?«

»Er hatte keine.«

Buda wies mit einer Kopfbewegung auf die Leiche. »Vor eineinhalb Stunden hatte er einen.«

Darauf hatte Sharples keine Antwort. Was hätte er auch antworten sollen?

»Wer ist seine Haushälterin?«

»Maria Gonzales.«

»Wie lange ist sie schon bei ihm?«

»Seit einigen Jahren.«

»Das muß ich genauer wissen.«

»Ungefähr acht oder zehn Jahre.«

»Verrichtete sie alle Hausarbeiten allein?«

»Soviel ich weiß, gibt sie die Wäsche fort und manchmal holt sie sich eine Tageshilfe. Sie ist die einzige fest angestellte Kraft.«

»Dann kann er aber nicht viel Besuch empfangen haben.«

»Nein. Ich glaube nicht, daß er überhaupt zu Hause Besuche empfangen hat.«

»Wo ist Maria Gonzales jetzt?«

»Woher soll ich das wissen? Vielleicht macht sie Einkäufe oder . . . sie . . . ist eben ausgegangen.«

Buda zwinkerte mit einem Auge. »Das ist elementar, mein lieber Sharples«, zitierte er Sherlock Holmes.

Sharples erwiderte nichts.

»Seit wann hält er die Krähe?« fragte Buda plötzlich.

»Ungefähr drei Jahre.«

»Kann die Krähe sprechen?«

»Ja, aber nur ein paar Worte.«

»Hat Cameron ihr die Zunge gespalten?«

»Nein, das hat er nicht. Es ist auch so, daß eine Krähe besser sprechen lernt, wenn man ihr nicht die Zunge spaltet.«

»Woher wissen Sie das?«

»Bob sagte es mir.«

»Wie hat er sich die Krähe beschafft?«

»Er fand sie auf einem Feld, als sie gerade flügge wurde. Er nahm sie mit nach Hause und fütterte sie. Mit der Zeit hatte er sich so an den Vogel wie an ein Haustier gewöhnt. Können Sie das runde Loch direkt unter der Decke sehen? Er ließ es anbringen, damit die Krähe aus- und einfliegen kann.«

»Wo fliegt sie hin, wenn sie sich von hier aus aufschwingt?«

»Nicht sehr weit. Soviel ich weiß, steht bei einem Mädchen, einer gewissen Dona Grafton, ein zweiter Käfig für sie. Miss Grafton ist die Tochter eines Angestellten der Goldmine in Kolumbien, und Cameron kannte sie gut. Er reiste viel häufiger als ich nach Südamerika und war daher mit den Leuten von der Mine wesentlich besser bekannt.«

»Was hat das mit der Krähe zu tun?«

»Sie wollten doch wissen, wohin der Vogel fliegt, wenn er nicht hier im Haus ist.«

»Wo ist die Krähe jetzt?«

»Woher soll ich das wissen? Als ich mit Mr. Lam herkam, war sie hier. Sie flog dann weg, kam aber wieder zurück. Als Sie hier eintrafen, flog sie wieder fort. Wahrscheinlich ist sie jetzt bei Miss Grafton.«

»Wissen Sie, wo Miss Grafton wohnt?«

»Nein.«

»Stand Cameron in engerer Beziehung zu ihr?«

»Nein. So etwas lag ihm nicht. Außerdem war er nicht mehr der Jüngste.«

»Wieviel Jahre war er älter als Sie?«

»Ungefähr drei Jahre.«

»Liegt Ihnen so etwas?«

»Nicht in dieser Richtung. Das heißt, ich habe keine Liebschaften.«

»Wirklich nicht?«

»Keine nennenswerten.«

»Hatte Cameron Freundinnen?«

»Das weiß ich nicht.«

»Nun, vermuten Sie, daß er welche hatte?«

»Dazu möchte ich mich nicht äußern.«

Buda wechselte das Thema. »Weshalb wollten Sie mit ihm sprechen?«

Ohne auch nur mit einer Wimper zu zucken, antwortete Sharples: »Es betraf eine Nachlaßangelegenheit, die ich mit Cameron gemeinsam verwalte.«

Buda griff in die Tasche und zog mit einer ruckartigen Bewegung, die wohl besondere Bestürzung erwecken sollte, das Kollier heraus: »Kennen Sie das hier?« fragte er.

Sharples betrachtete das Kollier mit vollkommener Ruhe. »Das habe ich noch nie gesehen«, sagte er.

Ich zündete mir eine Zigarette an, um Buda möglichst davon abzuhalten, mir Fragen zu stellen.

Nach einer Pause sagte Buda zu Sharples: »Sie könnten mir eine

Liste der Leute aufstellen, mit denen Cameron Geschäftsverbindungen hatte.«

»Das will ich gern tun«, versprach Sharples.

»Das wäre wohl zunächst alles«, sagte Buda mit unverkennbar gespielter Gleichgültigkeit. »Lassen Sie sich noch einmal alles durch den Kopf gehen, und wenn Ihnen etwas einfällt, das Sie vergessen haben sollten, setzen Sie sich mit mir in Verbindung. Stellen Sie mir jetzt diese Liste zusammen und vermerken Sie hinter jedem Namen, in welcher Beziehung die Person zu Cameron stand. Dann können Sie gehen.«

»Und was ist mit mir?« fragte ich.

Buda musterte mich scharf. »Sie können jederzeit gehen«, sagte er schließlich. »Wo ich Sie finden kann, weiß ich ja.«

»Jetzt noch nicht. Nein, gehen Sie noch nicht, Lam«, fiel Sharples hastig ein. »Ich möchte, daß Sie noch bleiben. Ich glaube, ich brauche Sie noch ...« Er hustete, räusperte sich dann, aber beendete den Satz nicht.

»Um die Liste aufzustellen«, ergänzte Buda ironisch und verließ den Raum.

Als Sharples mit seiner Liste fast fertig war, kam Maria Gonzales von ihrem Ausgang zurück. Sie war eine magere, dunkle Person, um die Fünfzig, und es fiel ihr anscheinend schwer, zu begreifen, was vorgefallen war. Sie trug eine große Einkaufstasche mit Lebensmitteln, die fast fünfzehn Pfund wiegen mußte. Die Polizisten hatten sie an der Haustür angehalten, aber dann sofort zu Inspektor Buda gebracht. Da es ihr immer noch Schwierigkeiten zu machen schien, zu begreifen, was geschehen war, legte Sharples seinen Füllhalter hin und begann in fließendem Spanisch auf sie einzureden.

Ich sah mich nach dem Polizisten um, der an der Tür Wache hielt. Sicher hätte es Sam Buda nicht gern gesehen, daß zwei Zeugen in einer Sprache miteinander redeten, die keiner der Anwesenden beherrschte. Denn ob der Polizist Spanisch verstand, war seinem Gesicht nicht anzumerken. Er blickte nur ein paarmal auf seine Uhr, als warte er darauf, endlich zum Essen gehen zu können, reckte sich, gähnte gelangweilt und zündete sich schließlich eine Zigarette an.

Unterdessen schwatzten Sharples und Maria Gonzales unbekümmert auf spanisch flott weiter. Sie hatten genug Zeit, die ganze Lebensgeschichte Robert Camerons von der Stunde seiner Geburt bis zu seinem Tode in allen Einzelheiten durchzugehen. Mitten in der Unterhaltung schluchzte Maria Gonzales plötzlich und begann zu weinen. Sie versuchte ihr Schluchzen mit einem Taschentuch, das sie aus ihrer Handtasche zog, zu unterdrücken. Aber während sie sich ihrem Kummer hingab, fiel ihr plötzlich etwas anderes ein. Sie senkte das Taschentuch, hob ihre tränenden Augen zu Sharples und ließ im Tempo von dreihundert Worten pro Minute einen Schwall Spanisch auf ihn los. Was ihr auch in den Sinn gekommen sein mochte, Sharples wollte nun einmal nicht darüber reden. Er hob die linke Hand mit einer Bewegung, als weise er etwas weit von sich, und stieß einen kurzen Befehl aus. Auch ohne Spanisch zu können, war sein nachdrückliches Nein für mich nicht mißzuverstehen.

Danach gab sich die Frau wieder ihrem stillen Schluchzen hin, und Sharples beendete seine Liste.

»Was mache ich jetzt damit?« fragte er.

Ich deutete auf den Polizisten an der Tür. »Geben Sie ihm die Liste, und sagen Sie ihm, daß Buda sie haben will.«

Sharples tat, wie ich ihm geraten hatte.

»Damit dürften wir hier fertig sein«, sagte ich und ging zur Tür. Sharples drehte sich um und wartete auf ein Zeichen des Polizisten. Der winkte mit der Hand, um anzudeuten, daß wir gehen konnten, wohin es uns beliebte.

Auf dem halben Wege zur Treppe fiel Sharples noch etwas ein, und er wollte sich noch einmal an die Haushälterin wenden.

»Lieber nicht«, warnte ich ihn leise. »Sie haben Ihr Glück schon genug herausgefordert. Wenn Sie zurückgehen und wieder mit der spanischen Quasselei anfangen, wird sogar dieser dämliche Polizist Verdacht schöpfen.«

Mit der Miene beleidigter Unschuld fragte Sharples scharf: »Was wollen Sie mit dieser Bemerkung sagen?«

»Daß es jetzt besser für Sie ist, wenn Sie das Haus verlassen.«

»Trotzdem. Ihre Bemerkung gefällt mir nicht«, erwiderte Sharples. Aber er ging weiter, die Treppe hinunter, durch das Haus und auf die Straße hinaus.

6

Draußen im Wagen sagte Sharples: »Lam, ich möchte Sie jetzt zu Shirley Bruce mitnehmen. Ich will der erste sein, der ihr Camerons Tod mitteilt, und ich will herausbekommen, was es mit dem verdammten Kollier auf sich hat.«

»Mir soll es recht sein. Es war in unserem Preis einbegriffen.«

Seine Hand zitterte, als er den Motor anließ, und das Getriebe knackte laut, als er den Gang einschaltete. Bei der zweiten Kreuzung übersah er das rote Licht und berührte mit der Stoßstange den hinter ihm haltenden Wagen, als er zurücksetzen wollte.

»Soll ich nicht lieber fahren?« fragte ich.

»Ja, bitte. Ich bin doch etwas stark mitgenommen.«

Wir wechselten die Plätze, und Sharples dirigierte mich in ein vornehmes Wohnviertel des Westens. An unserem Ziel angekommen, fragte ich ausdrücklich nochmals, ob ich mitkommen solle. Er bejahte meine Frage.

Als Shirley Bruce die Tür öffnete, sah sie mich zuerst gar nicht. Mit einem Freudenschrei stürzte sie sich auf Sharples, und ohne seinen Versuch zu beachten, die Würde zu wahren, schlang sie beide Arme um seinen Hals und schlenkerte mit einem Fuß in der Luft. »Onkel Harry«, rief sie und küßte ihn stürmisch und nahezu leidenschaftlich auf den Mund, ehe sie ihm Gelegenheit gab, zu sagen: »Shirley, ich möchte dich mit ... einem Freund ... bekannt machen. Dies ist Mr. Donald Lam.«

Sofort ließ sie Sharples los, errötete und sah mich einen Moment verlegen an. Dann reichte sie mir die Hand und bat uns, hereinzukommen und Platz zu nehmen.

Sie war dunkelhaarig und rassig. Sie erinnerte an den Glanz und das Feuer eines schwarzen Opals. Ihre Figur wäre für Titelseiten großer Illustrierten ein erstklassiger Blickfang gewesen. Sie hatte herrliche Augen und wohlgeformte Beine. Zwischen hohen Backenknochen saß ein keckes Stupsnäschen und darunter ein zierlicher Mund. Die Ausdrücke ihrer Empfindungen glitten über ihr Gesicht wie die Schatten dahinziehender Wolken über eine Landschaft. Nach den ersten stürmischen Wallungen zeigte sie sich nun sehr gesetzt, aber das hatte wohl nicht viel zu bedeuten.

Mit ihrem Taschentuch entfernte sie den Lippenstift von Sharples' Gesicht. Dann bearbeitete sie ihren Mund mit dem Lippenstift vor dem Spiegel der Puderdose. Sie legte so viel Rouge auf ihre Lippen, bis sie wie überreife Erdbeeren aussahen, die zum Hineinbeißen verlockten. Während dieser Verschönerungsprozedur plauderte sie ununterbrochen.

»Es war höchste Zeit, daß du dich wieder mal bei mir sehen läßt, Onkel Harry. Es ist eine Ewigkeit her, daß ich dich das letzte Mal gesprochen habe. Was treibst du nur? Du läßt dich ja von der Arbeit auffressen, du solltest unbedingt einmal ausspannen. Und du hast mir doch versprochen, mich bald mit nach Kolumbien zu nehmen. Schließlich hast du es nicht nötig, tagein, tagaus wie ein Kuli zu schuften. Warum können wir nicht ... Was ist denn? Du siehst aus, als ob ... Ist irgend etwas passiert?«

Sharples räusperte sich, suchte nach seinem Zigarettenetui und sah mich hilflos an.

Fragend zog ich die Augenbrauen hoch. Sharples nickte.

»Wir bringen Ihnen schlechte Nachrichten, Miss Bruce«, sagte ich. Der flinke kleine Finger, mit dem sie gerade die letzten Feinheiten an ihren Mundwinkeln vollendete, spannte sich. Sie drehte mir nicht den Kopf zu, sondern rollte nur ihre großen dunklen Augen zu mir herüber und sah mich über den Rand ihrer Puderdose an. »Was ist denn geschehen?« fragte sie, noch immer mit dem Nachziehen der Lippen beschäftigt.

»Robert Cameron ist heute mittag ums Leben gekommen.«

Die Puderdose glitt ihr augenblicklich aus der Hand, stieß gegen ihr Knie und fiel offen zu Boden, so daß der Puder über den Teppich verstreut wurde.

Ihr Blick wich nicht von meinem Gesicht. »Ums Leben gekommen?«

»Ja.«

»Wie denn?«

»Er wurde ermordet.«

»Was? Ermordet?«

»Ja.«

»Wer hat das getan?«

»Man weiß es noch nicht.« Nach einer kurzen Pause fragte ich sie: »Wann haben Sie ihm das Kollier gegeben?«

»Welches Kollier?«

»Das Kollier, das Ihnen Cora Hendricks vererbte.«

»Meinen Sie das Smaragdkollier?«

»Ja.«

»Lieber Himmel«, sagte sie, »das?«

Sharples' Augen wurden schmal. »Was ist damit?« fragte er. »Brauchtest du Geld, Shirley? Oder ... Warum gingst du zu Bob Cameron und batest ihn, das Collier zu verkaufen? Warum bist du nicht zu mir gekommen? Hättest du nicht ...«

Der Ausdruck völliger Überraschung auf ihrem Gesicht ließ ihn verstummen.

»Ich brauchte Geld?« wiederholte sie in fragendem Ton.

»Ja. Natürlich brauchtest du Geld. Sonst hättest du dich doch nicht von dem Kollier getrennt.«

»Aber ich brauchte kein Geld, Onkel Harry. Ehrlich gesagt, ich wollte einen etwas moderneren Schmuck haben. Ich bat Mr. Cameron, das Kollier für mich zu verkaufen, weil ich glaubte, er könne das besser als ich. Ich wollte das Kollier nicht mehr haben und ...«

»Wie lange ist das her?« fragte Sharples.

Sie schloß ihre Augen. »Laß mich nachdenken, es muß ...«

»War es vorgestern oder gestern?« drängte Sharples sie.

Vor Überraschung weiteten sich ihre Augen wieder. »Es war vor drei oder vier Monaten, Onkel Harry. Es ist ... Laß mich überlegen ... Es müssen schon vier Monate sein.«

»Aber hast du nicht nach all der Verzögerung ...«

»Welcher Verzögerung?«

Sharples sah mich hilflos an.

»Was hat Mr. Cameron mit dem Kollier gemacht?« warf ich dazwischen.

»Er hat es verkauft, wie ich ihn gebeten hatte. Er kennt einen Mann namens Jarratt, der mit altmodischen Schmuckstücken handelt. Ich weiß nicht, was er damit anfängt. Aber er kauft alten Schmuck auf. Er bot mir einen anständigen Betrag, durch Mr. Cameron natürlich ...«

»Wieviel?« unterbrach Sharples.

Sie errötete. »Das möchte ich jetzt lieber nicht sagen. Es war ein gutes Geschäft. Mr. Cameron hielt den Preis auch für angemessen, und ich akzeptierte ihn. Er hat das Kollier erst von einigen Juwelieren schätzen lassen.«

»Und was hast du mit dem Geld gemacht?«

Sie streckte ihre Hand aus und zeigte ihm einen riesigen Brillantring. »Ich hatte die Smaragde wirklich satt. Diesen Ring kaufte ich mir und brachte den Rest des Geldes auf die Bank.«

Wieder blickte Sharples zu mir herüber. In seiner Miene war hoffnungslose Verwirrung zu erkennen. Ich blinzelte ihm zu, aber er merkte es nicht. Nach einer Weile, als das Schweigen allmählich peinlich wurde, sagte ich zu Sharples: »Nun, wenn Sie nicht danach fragen wollen, muß ich es wohl tun.« Damit wandte ich mich Shirley Bruce zu: »Haben Sie Robert Hockley einen Teil des Geldes gegeben?«

Auf ihren Wangen flammten große, hochrote Flecken der Empörung auf, und ihre Augen blitzten zornerfüllt. »Mit welchem Recht fragen Sie danach? Das geht Sie nichts an.«

Ich blickte zu Sharples hinüber. Nun konnte er weitere Fragen stellen. Er setzte an, um etwas zu sagen, unterließ es aber dann.

Shirley Bruce reckte ihr Kinn hoch und wandte mir ihre Schulter zu. Mit dieser einfachen Geste schloß sie mich so wirksam von der Unterhaltung aus, als hätte sie mich aus dem Zimmer gestoßen.

»Warum mußte er sterben, Onkel Harry? Er war so gut, so freundlich und aufmerksam. Auch so rücksichtsvoll gegenüber anderen und vor allem ... so großzügig. Er war ein so netter Mann.«

Sharples nickte stumm.

Impulsiv ging sie zu ihm hinüber, setzte sich auf die Armlehne seines Sessels und strich mit der Hand sanft über sein Haar. Ganz überraschend begann sie plötzlich zu weinen. Sie achtete nicht darauf, daß die Tränen ihr Make-up verschmierten, die Wimperntusche auflösten und graue Streifen über ihr Gesicht zogen. Unwillkürlich mußte ich an Fensterscheiben in einem Fabrikviertel denken, wenn die ersten Regentropfen den Ruß und Staub in grauen Bahnen herunterspülen.

»Nimm dich in acht, Onkel Harry«, sagte sie schluchzend. »Du bist der einzige Mensch in der Welt, den ich habe.«

Man sah Harry Sharples an, wie glatt ihm das 'runterging.

»Warum sagst du das, Shirley?« fragte er.

»Weil ich dich so lieb habe und weil ... oh, liebster Onkel Harry, ich bin so allein auf der Welt.«

»Hat Bob Cameron dir irgend etwas gesagt?« fragte er. »Ich meine, daß er sich bedroht fühlte oder etwas Derartiges?«

Sie schüttelte ihr von den Tränen verunstaltetes Gesicht.

»Ich begreife es nicht«, sagte Sharples. »Ich kann es einfach nicht fassen.«

Er legte seinen Arm um ihre Taille und klopfte ihr aufmunternd auf die Hüfte. Dann stand er mühsam auf. »Ich muß gehen, Shirley«, sagte er, »ich habe viel zu tun und muß Mr. Lam zu seinem Büro zurückbringen. Ich habe versprochen, nur einen Moment hierzubleiben.«

Sie war wieder gnädig zu mir. Die Tränen hatten ihren Zorn weggeschwemmt. Sie reichte mir ihre weiche, anschmiegsame Hand und sagte ein paar höfliche Worte. Mit den Augen liebkoste sie Harry Sharples. Der rote Lippenstift auf ihrem Mund veranlaßte ihn, Abstand zu wahren. Ich fragte mich, ob er ihren Küssen gegenüber auch dann so zurückhaltend war, wenn er sein Mündel ohne die Gesellschaft eines anderen besuchte.

Ehe sie die Tür schloß, suchte sie mit ihren Augen seinen Blick. »Laß mich nicht so allein, Onkel Harry, komme wieder, sobald du kannst, bitte.«

Das versprach er. Als wir den Korridor entlang gingen, fragte ich Sharples unvermittelt: »Sie weigert sich also entschieden, Geld aus dem Nachlaß anzunehmen, wenn Hockley nicht das gleiche bekommt?«

»Das ist richtig.«

Ich ließ mir das noch einmal durch den Kopf gehen. Wenn das stimmte, konnte sie durch die gefühlvolle Zurschaustellung ihrer Zuneigung für die Nachlaßverwalter nichts gewinnen. Die Erklärung für ihre große Liebe zu dem »Onkel« läge auf der Hand, wenn Shirley Bruce davon profitiert hätte, weil sie ein nettes, süßes Mädchen war, und wenn Hockleys Anteil zur Strafe, da er sich dem Spiele und der Verschwendung hingab, verringert worden wäre.

»So eine Wohnung kostet viel Geld«, bemerkte ich.

Er nickte zustimmend.

»Hat sie außer den Zuwendungen aus der Erbschaft noch andere Einnahmen?«

Er war zu sehr mit seinen Gedanken beschäftigt, um zu erwidern, daß mich das eigentlich nichts angehe. »Natürlich. Ich weiß allerdings nicht, wieviel.«

Da er gerade in der Stimmung war, Fragen zu beantworten, ergriff ich die Gelegenheit beim Schopfe.

»Wie hoch ist der Betrag, den sie aus dem Nachlaß erhält?«

»Es sind fünfhundert Dollar monatlich.«

»Und Robert Hockley bekommt das gleiche?«

Er nickte wieder.

»Damit sollte er ganz gut auskommen können.«

»Eigentlich ja. Aber er ist ein Spieler. Jetzt hat er sich diese Werkstatt eingerichtet und zu arbeiten angefangen. Wahrscheinlich war er dazu gezwungen, denn er steckte bis über den Hals in Schulden. Vielleicht bessert er sich, wenn erst einmal das Pflichtgefühl gegenüber der Arbeit bei ihm geweckt ist. Ich hoffe es jedenfalls.«

»Und woher hat Miss Bruce ihre anderen Einnahmen? Arbeitet sie?«

»O nein.«

»Ist sie an einem Geschäft beteiligt?«

»Ja. Sie ist sehr gescheit, schlau wie ein Fuchs. Ich möchte wissen, wie sie auf die Idee kommt, es könne auch mir etwas passieren. Das gefällt mir gar nicht. – Glauben Sie ja nicht, daß alles auf der Welt so ruhig und ordentlich zugeht, wie es Ihnen die Leute weismachen wollen. Das Leben ist rücksichtslos. Wenn Sie versuchen wollen, einen Blick hinter die Kulissen ... Warum rede ich nur so viel? Jetzt werde ich nichts mehr sagen. Schweigen Sie bitte auch eine Weile. Ich bringe Sie noch zu Ihrem Büro, Lam.«

Erst als wir dort angekommen waren und er den Wagen anhielt, fing er wieder zu reden an: »Ich werde später wiederkommen, um abzurechnen und festzustellen, wie ich mit Ihnen stehe.«

»Das ist nicht nötig. Das kann ich Ihnen gleich sagen.«

»Ich meine finanziell.«

»Davon rede ich ja.«

»Ich will einen Teil meiner fünfhundert Dollar zurückhaben.«

»Da machen Sie sich lieber keine Hoffnungen.«

Er runzelte die Stirn.

»Der Gang lohnt sich nicht«, fuhr ich fort. »Was Bertha Cool einmal hat, das hat sie.«

»Wollen Sie damit sagen, daß sie geldgierig ist?«

»*Ist* ist in diesem Falle die falsche Zeitform. *War* geldgierig, müßten Sie sagen, denn das war Bertha in Ihrem Falle nur so lange, bis sie Ihre fünfhundert Dollar kassiert hatte. Die hat sie nun, und davon fließt bei Bertha nichts wieder zurück.«

»Ja, das mag schon sein«, sagte er fast geistesabwesend und fuhr davon.

7

Elsie Brand gab mir ein Zeichen, als ich unser Büro betrat. Während ihre Finger unentwegt auf den Tasten der Schreibmaschine hämmerten, zog sie ihre Augenbrauen zusammen und nickte mit dem Kopf in Richtung auf Berthas Arbeitszimmer, um mich zu warnen.

Schweigend klappte ich das Revers an meinem Mantel um, als zeige ich eine Polizeimarke.

Sie nickte nachdrücklich. Ich warf ihr ein Kußhändchen zu, ging zu Berthas Arbeitszimmer und öffnete die Tür. Als ich Leutnant Buda erblickte, der auf der Ecke von Berthas Schreibtisch saß, blieb ich mit gespielter Überraschung stehen.

»Kommen Sie nur herein«, sagte Buda. »Jetzt sind wir vollzählig und beschlußfähig.«

Ich trat ein und schloß die Tür hinter mir.

Sie war noch nicht richtig zu, als Buda schon seine erste Frage abschoß: »Wer ist Sharples?«

»Ein Klient.«

»Was wollte er?«

»Etwas herausfinden, was mit Robert Cameron nichts zu tun hat.«

»Warum gingen Sie dann zu Cameron?«

»Unsere Nachforschungen ließen vermuten, daß Cameron uns eine Auskunft geben könnte.«

»Was wollte Sharples wissen?«

»Danach fragen Sie ihn besser selber.«

»Ist Ihnen irgend etwas Besonderes aufgefallen, als Sie in Camerons Haus kamen und ehe Sie uns benachrichtigten?«

»Nein.«

»Sharples behauptet, daß Sie die ganze Zeit mit ihm zusammen gewesen sind.«

»Von wann an gerechnet?«

»Von dem Moment an, als er feststellte, daß er mit Cameron reden müsse.«

»Ist das sein Alibi?«

»Ich habe nichts von Alibi gesagt. Sharples scheint zu glauben, es könne eins sein.«

»Ich traf ihn hier bei Bertha, ungefähr zwanzig Minuten, bevor wir Cameron fanden.«

»Er war etwa zwanzig Minuten bei mir, ehe Donald kam«, warf Bertha ein, »und Elsie Brand sagte, er hätte vorher schon etwa zwanzig Minuten auf mich gewartet.«

»Das sind natürlich alles nur vage Angaben.«

»Wenn wir vorher gewußt hätten, daß ein Mord bevorsteht, hätten wir die Zeit mit der Stoppuhr gemessen«, sagte Bertha bissig. »Sie hätten uns vorher darauf aufmerksam machen sollen.«

»Wie lange ist er denn tot?« fragte ich Buda.

»Der Arzt meint, noch nicht sehr lange. Vielleicht anderthalb Stunden, bevor wir ins Haus kamen. Aber das ist die äußerste Grenze. Vielleicht handelt es sich auch nur um eine Stunde.«

»Diese dreißig Minuten sind in diesem Falle aber von entscheidender Bedeutung«, sagte ich und fügte dann noch hinzu, »für irgend jemanden bestimmt.«

Buda zuckte mit den Achseln. »Sie wissen doch, wie die Ärzte sind.«

Eine Minute lang herrschte Schweigen. Dann sagte Buda: »Ich möchte gern genauer wissen, was Sie mit diesem Fall zu tun haben.«

»Es ist ganz einfach«, erklärte ich ihm. »Harry Sharples ist einer der beiden Verwalter des Nachlasses der verstorbenen Cora Hendricks. Der andere war Robert Cameron. Sharples gab uns einen Auftrag und leistete eine Anzahlung von fünfhundert Dollar. Den Auftrag haben wir erledigt.« Ich wandte mich unvermittelt an Bertha und fragte: »Was ist mit dem Scheck, Bertha? Ist er eingelöst?«

»Dämliche Frage, Donald. Er war kaum aus dem Büro, da war sein Scheck schon auf dem Wege zur Bank. Er war so gut wie pures Gold.«

»Da haben Sie's«, sagte ich zu Inspektor Buda.

Buda kratzte sich am Kopf und fragte: »Wissen Sie irgend etwas über die Krähe?«

»Sie ist eine Art Haustier. Cameron hatte sie schon seit drei Jahren. Sie spricht ein wenig. Ihre Zunge ist aber nicht gespalten worden.

Es ist besser, die Zunge nicht zu spalten, im Gegensatz zu einer allgemein verbreiteten Ansicht.«

»Da lag so ein altmodisches Kollier herum«, sagte Buda. »Es hatte Fassungen für dreizehn große Steine, aber es waren keine Steine mehr darin.«

Ich nickte.

»Dreizehn Steine«, betonte Buda.

»Was hat die Dreizehn zu bedeuten?«

»In dem Käfig der Krähe fanden wir sechs einmalig schöne Smaragde. Zwei weitere lagen auf dem Tisch im Mordzimmer.«

»Wo waren die sechs Steine im Käfig der Krähe?«

»In einer kleinen Schachtel im Hintergrund des Käfigs unter einem kleinen Nest, das die Krähe dort aus Zweigen gebaut hatte.«

»Interessant«, sagte ich. »Die Krähe muß vom Leuchten der Smaragde angezogen worden sein, sie mit dem Schnabel einzeln aufgepickt und in den Käfig gebracht haben.«

Buda sah mich lange prüfend an. »Sechs und zwei sind acht«, sagte er.

»Richtig«, bestätigte ich.

»Wenn in dem Kollier Smaragde waren, dann müssen es insgesamt dreizehn gewesen sein.«

»Das kann man wohl annehmen.«

»Dann fehlen aber fünf.«

»Auch das dürfte stimmen.«

»Ach, scheren Sie sich zum Teufel«, sagte Buda gereizt. »Ich versuche herauszubekommen, was mit dem Kollier los ist.«

»Und ich dachte, Sie hätten das Kollier.«

»Ich meine die Steine.«

»Waren denn Smaragde in dem Kollier?«

»Ich weiß es nicht.«

»Ist es ein alter Schmuck?«

»Sicher. Es muß ein Erbstück sein. Ich möchte wissen, wo Cameron ihn her hat.«

»Er wird ihn gekauft haben«, sagte ich, »sofern es sich nicht um ein persönliches Erbstück von ihm handelt.«

Buda seufzte.

»Natürlich könnte er ihn auch gestohlen haben. Eine andere Möglichkeit, wie er in seinen Besitz gekommen sein könnte, kann ich mir allerdings nicht vorstellen.«

Wieder sah mich Buda lange und prüfend an. »Wissen Sie was, Lam, ich werde mich mal ein bißchen um Sie kümmern. Sie haben ein zu gutes Mundwerk. Manchmal glauben die Kollegen im Präsidium, daß Sie nicht genug sagen. Man ist dort der Meinung, Sie hätten eine Neigung, Ausflüchte zu machen, ein bißchen geheimnisvoll zu tun. Sie müssen sich darüber im klaren sein, daß das in ihrem Gewerbe nicht ganz unbedenklich ist.«

Buda lächelte etwas böse und verließ uns augenblicklich.

Bertha seufzte erleichtert auf. »Na schön, Donald. Jedenfalls haben wir fünfhundert Piepen mehr auf unserem Konto.«

»Der Fall bringt noch mehr ein«, versprach ich ihr.

»Woher willst du das wissen? Bitte erzähl mir mehr darüber.«

»Nun, dieser Sharples . . .«

»Was ist mit dem?«

»Er hat eine tödliche Angst.«

»Wovor?«

»Wie soll ich das jetzt schon wissen?«

»Hast du denn irgendeine Vermutung?«

»Das Testament sieht vor, daß im Falle des Todes der beiden Nachlaßverwalter die Treuhänderschaft sofort endet und das Erbe zu gleichen Teilen ausgezahlt wird.«

»Wenn beide Nachlaßverwalter sterben?«

Ich nickte bestätigend.

Bertha wurde nachdenklich. »Ich möchte wissen, was sich ergibt, wenn die Bücher des Nachlasses jetzt geprüft werden. Wenn einer der Nachlaßverwalter stirbt, muß eine Kontrolle vorgenommen werden.«

»Darum werde ich mich kümmern. Ich habe eine Liste des Besitzes aufgestellt, den die Nachlaßverwalter übernommen haben.«

»Wieviel war er wert?« fragte Bertha, und sofort war ihr maßloser Appetit auf weiteres Geldeinheimsen von ihren Augen abzulesen.

»Bei der Übernahme etwa achtzigtausend Dollar. Die letzte Abrechnung wies zweihunderttausend Dollar aus.«

»Obwohl zwei Leute von den Zinsen des Vermögens gelebt haben«, sagte Bertha. »Shirley Bruce und – wie war der andere Name noch?«

»Robert Hockley.«

»Ich würde gern wissen, wieviel sie bekommen haben.«

»Fünfhundert monatlich.«

»Jeder?«

»Ja.«

»Das sind zwölftausend im Jahr.«

»Stimmt genau.«

Plötzlich richtete sich Bertha senkrecht in ihrem Sessel auf. »Seit wieviel Jahren?« fragte sie.

»Seit zweiundzwanzig.«

»Wie hoch war das Vermögen?«

»Es wurde auf achtzigtausend Dollar geschätzt.«

Bertha beugte den Kopf zurück und rechnete nach.

»Die Entschädigungen für die Nachlaßverwalter und andere Unkosten gehen auch noch ab«, half ich ihr nach.

»Dann muß der Besitz ja enorme Gewinne abwerfen.«

»Es ist eine Goldmine, die ständig produziert. Auf jeden Fall glaube ich, daß Harry Sharples wiederkommt.«

Bertha rieb sich freudig die Hände. Ihre Augen glänzten. Traumwandelnd, wie im Geld schwimmend, sagte sie: »Donald, Liebling, manchmal sagst du die hübschesten Sachen.«

8

Bertha Cool hatte ihren Schreibtisch abgeschlossen und war nach Hause gegangen. Ich saß im Vorzimmer und unterhielt mich mit Elsie Brand.

»Sie brauchen eine Hilfe, Elsie.«

»Ich komme schon durch. Aber es ist gut, daß Sie wieder da sind, Donald. Sie wissen nicht, was das ...«

Sie sah mich an, wandte ihren Blick dann aber schnell ab und errötete leicht.

»Es bedeutet mehr Arbeit«, sagte ich.

Sie lachte nervös. »Natürlich. Aber Sie bringen ja schließlich das Geschäft vorwärts.«

»Das wollte ich damit nicht sagen. Ich meinte, daß Sie dadurch mehr Arbeit haben.«

»Ich tue sie gern.«

»Dazu haben Sie keinen Grund. Sie können sich hier nicht allein acht Stunden täglich auf der Schreibmaschine abrackern. Ich werde Bertha sagen, daß Sie eine Hilfe brauchen.«

»Ich komme schon durch, Donald. Manchmal bleibt zwar etwas liegen, aber nach und nach kann ich es auch wieder aufholen.«

»Eine zusätzliche Schreibkraft ist notwendig«, fuhr ich fort. »Und ich denke, die Neue kann dann für Bertha arbeiten, und Sie werden meine Sekretärin.«

»Donald! Wenn Bertha davon hört, kriegt sie einen Tobsuchtsanfall.«

»Dann haben Sie mehr Zeit. Bertha schickt laufend diese komischen Rundschreiben heraus und ist der Auffassung, jedes müsse einzeln getippt sein. Das kostet zuviel Zeit und Kraft.«

»Aber sie bringen uns Aufträge ein.«

»Was sind das schon für Aufträge? Kleine und kleinste Fische. Wir müssen uns jetzt mehr auf die großen Sachen konzentrieren. Ich werde das schon in Ordnung bringen.«

»Bertha wird der Schlag treffen.«

»Soll er doch. Sie . . .«

Das Telefon klingelte.

Elsie Brand sah mich fragend an. »Laß es klingeln, Elsie«, sagte ich. »Nein, Moment mal. Es könnte Sharples sein, der um Hilfe schreit. Fragen Sie mal, wer es ist.«

Elsie meldete sich und sagte dann: »Es ist für Sie, Donald.«

Ich griff nach dem Hörer und vernahm eine klare, scharfe Stimme: »Ich möchte Mr. Donald Lam sprechen.«

»Am Apparat.«

»Von der Detektivagentur Cool und Lam?«

»Ja. Mit wem spreche ich?«

»Hier ist Benjamin Nuttall«, sagte die Stimme. »Sie haben mich heute aufgesucht und mir erklärt, daß ein bestimmtes Smaragdkollier gestohlen worden sei. Darüber möchte ich mit Ihnen reden.«

»Nicht nötig. Sie haben gesagt, Sie hätten das Kollier nicht gesehen, und das genügt mir.«

»Gewiß«, erwiderte Nuttall. »Aber jetzt ist die Lage anders.«

»Wieso ist die Lage jetzt anders?«

»Gerade darüber möchte ich mich ausführlicher mit Ihnen unterhalten.«

»Ich verfüge über ziemlich viel Phantasie. Aber ich kann mir nicht vorstellen, welche Änderung der Lage mich veranlassen könnte, mit Ihnen über ein Smaragdkollier zu reden, von dem Sie behaupten, daß Sie es nie gesehen haben.«

»Nun, vielleicht genügt Ihnen der Hinweis«, erklärte Nuttall trokken, »daß Leutnant Buda mir gegenübersitzt und Fragen stellt.«

»Na schön. Ich bin in fünf Minuten bei Ihnen. Sagen Sie Buda, daß ich komme.«

»Was gibt es denn?« fragte Elsie Brand.

»Falls Bertha nach mir fragen sollte: Ich gehe zu Nuttall. Sam Buda ist bei ihm, und Benjamin Nuttall hat nicht genug Verstand gehabt, seinen Mund zu halten. Ich werde einiges erklären müssen.«

»Werden Sie das denn wieder einrenken können?«

»Nun, ich werde es eben versuchen.«

»Können Sie denn dort mit der Wahrheit operieren?« fragte sie besorgt.

»Die Wahrheit ist eine kostbare Perle«, erwiderte ich.

»Was meinen Sie damit?«

»Es gibt doch ein Sprichwort, nach dem man die Perlen nicht vor die Säue werfen soll.«

Elsie war sichtlich beunruhigt. »Bringen Sie sich nur nicht in Schwierigkeiten, Donald.«

»Ich bin schon so oft in verzwickte Situationen geraten, daß mir auch die Technik recht geläufig ist, wie man wieder herauskommt. Rufen Sie lieber Bertha an. Sie soll sich zunächst unsichtbar machen, bis ich mich bei ihr melde und wir unsere Stories aufeinander abstimmen können.«

»Und was für eine Story wollen Sie erzählen, Donald?«

»Wenn ich das jetzt schon wüßte, würde ich es Ihnen gern sagen. Ich weiß es aber noch nicht. Alles hängt davon ab, ob Nuttall etwas von Peter Jarratt gesagt hat.«

»Und wenn er das getan hat?«

»Dann wird der Makler Peter Jarratt das meiste reden müssen. Rufen Sie Bertha an und sagen Sie ihr, sie solle verschwinden. Ich gehe jetzt.«

Ich war sehr schnell vor Nuttalls Juweliergeschäft. Vor dem Haus hielt ein Streifenwagen. Ein Polizist brachte mich hinein. Drinnen übernahm mich Nuttalls Wachmann und reichte mich an einen Posten weiter, der mich die Treppe hinauf zu Nuttalls Büro führte. Nuttall, Leutnant Buda und Peter Jarratt saßen in den bequemen Sesseln, rauchten und schwiegen allesamt. Die Atmosphäre des Raumes war von Qualm und Schweigen erfüllt, und die Haltung der Männer ließ erkennen, daß sie in eine hoffnungslose Sackgasse geraten waren. Sie erinnerten mich an Geschworene, die zusammensitzen und sich gegenseitig nur noch anstarren, weil sie sich über einen Schuldspruch nicht einigen können und vom Richter vorher aber nicht entlassen werden.

»Hallo, meine Herren«, begrüßte ich die Versammlung.

Leutnant Buda grunzte nur und wandte sich an Nuttall. »Erzählen Sie ihm, was Sie mir eben vorgetragen haben.«

Nuttall wählte seine Worte sehr vorsichtig. Ich hatte den Eindruck, als wolle er *mich* davor warnen, zuviel auszusagen.

»Im Laufe des Tages«, begann er auffallend genau artikulierend, »erschien dieser Herr und erklärte, daß er mich in einer Angelegenheit von größter Wichtigkeit zu sprechen wünsche. Ich empfing ihn und bat ihn, sich auszuweisen. Er wies Papiere vor, die ihn als Privatdetektiv namens Lam und Teilhaber der Firma . . .«

»Lassen Sie das«, unterbrach ihn Buda ungeduldig, »kommen Sie zur Sache. Wie geht's weiter?«

»Er fragte mich, ob ich ein bestimmtes Smaragdkollier gesehen hätte oder etwas davon wisse«, fuhr Nuttall fort. »Er erläuterte die Form und Anordnung der Steine des Kolliers durch eine rohe Skizze, die er mir vorlegte. Ich fragte ihn, warum er deswegen ausgerechnet zu mir gekommen sei. Er gab zur Antwort, daß er der Meinung wäre, ich sei auf Smaragde spezialisiert.«

»Weiter«, drängte Buda. »Erzählen Sie, womit er seine Anfrage begründete.«

»Daran kann ich mich nicht mehr genau erinnern«, sagte Nuttall. »Mir ist nicht klar, ob er das Kollier für einen Kunden auffinden wollte oder nicht. Aber ich gewann den Eindruck, daß möglicherweise im Hintergrund der Affäre eine häusliche Unklarheit oder etwas Ähnliches eine Rolle spielt.«

Buda wandte sich an mich. »Was steckt dahinter, Lam? Ganz klare Antwort bitte!«

»Sie haben es ja gerade gehört.«

»Welchen Grund haben Sie angegeben?«

»Soviel ich weiß, gar keinen.«

»Mr. Nuttall meinte, Sie nannten ihm einen Grund, aber er kann sich nicht erinnern, welchen.«

Lächelnd sagte ich: »Das ist doch eine meiner Touren, auf denen ich reise. Ich sprach viel und schnell und versuchte, ihn mundtot zu reden. Es war nicht meine Absicht, ihm einen Grund anzugeben. Ich wollte nur herausbringen, ob er das Kollier kannte oder nicht.«

Buda kaute auf seiner Zigarre und sah mich mit beinahe schon feindlichen Blicken an. »Ganz wie Sie wollen, Lam! Versuchen Sie Ihre Tour bei mir, und Sie werden sehen, wie weit Sie damit kommen. Warum fahnden Sie nach dem Smaragdkollier?«

»Ihnen sage ich doch stets die Wahrheit, Sir. Ein Klient von uns wollte wissen, wo es verblieben ist.«

»Warum?«

»Da müssen Sie den Klienten selbst fragen.«

»War es Harry Sharples?«

»Darüber kann ich Ihnen leider keine Auskunft geben.«

Buda schob die Zigarre in den Mundwinkel und wies mit dem Kopf in Nuttalls Richtung. »Weiter. Erzählen Sie uns auch den Rest noch mal.«

»Ich belehrte diesen jungen Mann der Wahrheit gemäß, daß ich über das von ihm beschriebene Kollier keine Auskünfte geben könne«, sagte Nuttall. »Später jedoch erschien Mr. Jarratt, den ich flüchtig kenne, und legte mir ein derartiges Kollier zur Schätzung vor. Ich empfahl ihm, noch ehe ich mich zu einer Schätzung entschloß, doch mit Mr. Lam in Verbindung zu treten, um festzustellen, was die Firma Cool und Lam in diesem Zusammenhang zu erfahren wünscht und welche Interessen sie in dieser Angelegenheit vertritt.«

»Das stimmt«, bestätigte Jarratt mit anhaltendem Kopfnicken.

»Und woher haben Sie das Kollier?« fragte Buda Jarratt.

»Von Mr. Robert Cameron. Er beauftragte mich, es schätzen zu lassen.«

Buda kaute wieder auf seinem nassen Zigarrenstummel herum und warf ihn schließlich in den Aschenbecher. »Das gefällt mir alles nicht«, platzte er heraus.

Keiner antwortete ihm.

»Ich habe Ihnen die Chance gegeben, gemeinsam Ihre Geschichte zu erzählen«, sagte Buda, ohne sich an einen von uns insbesondere zu wenden, »damit keiner von Ihnen sich auf Kosten der anderen herausreden kann. Auf der anderen Seite gibt Ihnen diese Methode natürlich die Möglichkeit, sich aufeinander abzustimmen. Sollte ich herausbekommen, daß dieser Fall eingetreten ist, werde ich sehr unangenehm, meine Herren.«

Dazu schwiegen wir alle.

»Haben Sie schon vorher für Cameron Geschäfte getätigt?« fragte Buda Jarratt. Diese Frage schoß er so schnell und unerwartet ab, ähnlich einem Boxer, der seine linke Grade blitzartig an den Gegner bringt.

Jarratt hob den Kopf und starrte auf einen Fleck über Budas Kopf an der Wand. Er runzelte die Stirn, als versuche er sich angestrengt zu erinnern. »Ich bin Mr. Cameron früher schon verschiedentlich begegnet. Es kann sein, daß ich für ihn Aufträge übernommen habe. Ich muß es wohl, denn sonst wäre er wegen der Schätzung des Kolliers nicht zu mir gekommen. Aber wie ich auch mein Gedächtnis durchwühle, Inspektor, ich kann mich einfach nicht daran erinnern, was das für Geschäfte gewesen sein können.«

»Worin bestehen Ihre Geschäfte denn?« fragte Buda.

»Nun, meine Tätigkeit fällt ins Maklergewerbe. Ich verkaufe wertvolle Schmuckstücke für Leute, die Geld aufgenommen haben und gezwungen sind, ihre Wertsachen zu veräußern. Natürlich befinden sich gelegentlich auch Kunden darunter, die es sich einfach nicht leisten können, persönlich in Erscheinung zu treten, weil sie dadurch verraten würden, daß sie in finanzielle Bedrängnis geraten sind.«

»Sie betreiben also eine Art bessere Pfandleihe?«

»Nein, nein. Ich mache keine Geschäfte auf eigene Rechnung, sondern trete nur als Vermittler auf. Natürlich habe ich eine Liste von Stellen, wo man hochwertige Juwelen absetzen kann, und ich verstehe auch selbst etwas von Schmuck. Das setzt meine Tätigkeit ja voraus. Ich kann es nicht in Kauf nehmen, daß einer meiner Klienten übervorteilt wird.«

»Und Cameron kam also zu Ihnen und beauftragte Sie, das Kollier zum höchstmöglichen Preis zu verkaufen.«

»Er beauftragte mich, es zunächst schätzen zu lassen. Das ist natürlich etwas ganz anderes.«

»Aber bei Ihrer Art von Tätigkeit führt das doch zum gleichen Ergebnis?« bohrte Leutnant Buda weiter.

»Manchmal.«

»Im allgemeinen?«

»Ja.«

Jetzt stürzte sich Buda auf mich. »Und Sie, Lam? Sie klapperten auf gut Glück die Juweliere ab?«

Ich tat ihm nicht den Gefallen, in diese Falle zu gehen. »Im Gegenteil. Nuttall war der erste und einzige Juwelier, den ich aufsuchte.«

»Und warum?«

»Ich kam nicht mehr dazu, zu weiteren Juwelieren zu gehen, weil ich mich mit der anderen Angelegenheit befassen mußte.«

»Welche andere Angelegenheit? Meinen Sie Sharples?«

»Unseren gemeinsamen Besuch bei Cameron.«

Buda sagte gereizt: »Sie wollen mich nur ablenken, um bei mir den Eindruck zu erwecken, als ob Sie Ihre Karten offen auf den Tisch gelegt hätten. Dabei haben Sie mir noch nicht das geringste erzählt.«

»Das tut mir leid.«

»Wenn Sie Ihre Taktik nicht ändern, werden wir noch die ganze Nacht hier sitzen bleiben«, drohte Buda. »Sie wissen, wo das Kollier gefunden wurde, Lam. Ich muß herausbekommen, wo es herstammt. Meine Leute ließ ich inzwischen bei den großen Juwelieren nachforschen. Keiner hat es je gesehen. Bis wir zu Nuttall kamen. Er gab uns den Hinweis auf Jarratt, und dann erinnerte er sich auch, zwar reichlich zögernd, an Sie. Sie waren also hier und forschten nach diesem Kollier. Warum?«

»Ich will Sie über alles informieren, was ich darüber weiß. Das Kollier ist ein Erbstück. Es gehört einer Frau, und jemand, der dieser Frau sehr zugetan ist, kam dahinter, daß sie es nicht mehr besaß. Er wollte nun wissen, was daraus geworden war.«

»Warum wollte er das wissen?«

»Nehmen wir an, Sie kämen plötzlich dahinter, daß Ihre Frau einen Schmuck, der gut ein paar tausend Dollar wert ist, nicht mehr hätte. Dann würden Sie doch erfahren wollen, wo er geblieben ist, oder nicht?«

»Es steckt also eine Ehegeschichte dahinter?«

»Das habe ich nicht gesagt.«

»Aber Sie haben es angedeutet.«

»Womit, bitte?«

»Als Sie mich fragten, wie ich mich in einem solchen Fall meiner Frau gegenüber verhalten würde«, antwortete Buda gereizt.

»Ach, das war nur so eine rhetorische Frage.«

»Zum Teufel, wenn hier einer Fragen zu stellen hat, dann bin ich's«, schrie Buda.

»Bitte, fragen Sie.«

»Ist es eine Ehegeschichte?«

Ich runzelte die Stirn. »Nun ja, es könnte eine sein. Zunächst hatte ich nicht den Eindruck. Aber ich fürchte, diese Möglichkeit ist nicht auszuschließen. Er hat nicht direkt bestätigt, daß sie seine Frau ist.«

»Verdammt«, fuhr Buda mich an, »hat er denn gesagt, daß sie nicht seine Frau sei?«

»Nein. Ich bin absolut sicher, daß er das nicht gesagt hat!«

»So kommen wir nicht weiter. Hatten Sie den Eindruck, daß es sich um eine Erpressung handeln kann?«

»Ich glaube, daß unser Klient wünschte, dieser Möglichkeit nachzugehen.«

»Haben Sie sich darauf konzentriert?«

»Nein.«

»Warum nicht?«

»Als ich das Kollier bei Cameron liegen sah, war ich überzeugt, daß es sich nicht um eine Erpressung handelt. Tatsächlich stellte es sich dann auch heraus, daß die Person, für die mein Klient Interesse bekundete, den Schmuck schon vor Monaten veräußert hatte. Cameron hatte ihn offensichtlich von anderer Seite erworben.«

Peter Jarratt stürzte sich auf diese Erklärung. Er strich über seinen kahlen Kopf. »Ich glaube, das ist eine Möglichkeit, die in Betracht gezogen werden sollte. Eine sehr wahrscheinliche Möglichkeit«, sagte er nachdrücklich.

»Verstehen Sie doch, Leutnant«, sagte ich. »Ich muß meinen Klienten decken. Ich kann nicht herumlaufen und alles ausplaudern, was ich weiß. Aber als erfahrener Kriminalbeamter sollten Sie sich mit dem, was ich Ihnen gesagt habe, alles andere selbst erklären können. Später, im Laufe des Tages, erfuhr ich, daß die Person, die das Kollier besessen hatte, es nur verkaufte, weil sie sich an Smaragden ganz einfach sattgesehen hatte und nunmehr Brillanten den Vorzug gibt. Und wenn ich Mr. Jarratt richtig verstanden habe, wollte er darauf hinweisen, daß Cameron das Kollier nur deshalb erwarb, weil er sich speziell für Smaragde interessierte.«

»Genau so habe ich es gemeint«, bestätigte Jarratt. »Ich bin sicher, Mr. Cameron interessierte sich für Smaragde, weil er viele Jahre in Kolumbien war. Ich glaube, er verstand etwas davon. Soviel ich weiß, sollen die Smaragde des Kolliers eine ungewöhnlich tiefe und reiche Färbung gehabt haben. Sie waren absolut fehlerlos. Ich hielt sie für außerordentlich wertvoll und bat Mr. Nuttall, mein Urteil zu bestätigen.«

»Aber wer hat es zum Kauf angeboten?« fragte Buda.

»Es wurde nur geschätzt«, berichtigte ihn Jarratt.

»Und wem gehört es?«

Jarratt sah ihn erstaunt an: »Nun, Mr. Cameron natürlich.«

»Sind Sie dessen sicher?«

»Ich nehme an, daß es ihm gehörte.«

»Und wie lange besaß er es?«

Jarratt sah zu mir herüber und erwiderte: »Nach dem, was Mr. Lam sagte, seit einigen Monaten.«

Buda trommelte mit den Fingern auf der Tischkante. »Warum, zum Teufel, sollte Cameron sich all die Umstände gemacht haben, um das Kollier so genau schätzen zu lassen und danach die Steine herauszubrechen?«

»Vielleicht hat ein Einbrecher die Steine aus den Fassungen entfernt«, gab ich zu bedenken.

»Blödsinn«, antwortete Buda. »Cameron löste die Steine selbst aus den Fassungen. Wir fanden einen kompletten Satz Juwelierwerkzeuge in seinem Schreibtisch. Er nahm die Steine aus dem Kollier heraus und begann dann, sie zu verstecken, sechs in den Käfig der Krähe, wo er glaubte, daß niemand sie finden würde, zwei lagen auf dem Tisch. Das sind acht.«

»Von insgesamt dreizehn«, ergänzte ich.

»Und«, fuhr Buda fort, »als wir aus Routine das Abflußrohr des Waschbeckens im Badezimmer des Obergeschosses untersuchten, um festzustellen, ob der Mörder Blut von seinen Händen gewaschen hatte und Spuren davon im Wasser zurückgeblieben wären, fanden wir die fünf weiteren Smaragde.«

»Das ist großartig«, sagte ich, »dann fehlt ja keiner mehr.«

Buda sah mich ärgerlich an. »Wollen Sie mir bitte erklären, warum, zum Teufel, Cameron die Steine aus der Fassung nahm, fünf im Abfluß des Waschbeckens, sechs im Käfig der Krähe versteckte und die beiden übrigen auf dem Tisch liegen ließ?«

»Ich nehme nicht an, daß Sie mich hierhergeholt haben, damit ich Sie berate«, antwortete ich.

»Damit haben Sie verdammt recht! Ich habe Sie herrufen lassen, um Tatsachen zu erfahren, und nur Tatsachen will ich haben. Wenn Sie irgendwelchen Firlefanz machen, Mr. Lam, wird Sie das Ihre Lizenz kosten, worauf Sie sich verlassen können.«

»Bis jetzt habe ich doch wohl jede Ihrer Fragen beantwortet!«

»Ja, sicher«, erwiderte er sarkastisch. »Sie haben sie beantwortet, sehr ausführlich sogar. Auch die beiden anderen Herren waren sehr, sehr hilfreich, aber genau betrachtet, habe ich nichts in die Hand bekommen.«

»Sie sind müde und nervös, Leutnant, Sie haben in der letzten Zeit zuviel gearbeitet«, sagte ich. »Mir scheint alles ganz klar zu sein. Ich wurde beauftragt, herauszufinden, wo das Kollier verblieben war, wieso es verschwand, wer es bekam und warum. Ich fing damit an, bei den Juwelieren nachzuforschen . . .«

»Und hatten das große Glück, schon bei dem ersten Versuch den großen Treffer zu machen, und fragten deshalb bei keinem anderen mehr nach.«

»Soviel Glück hatte ich nun wiederum auch nicht, Leutnant. Mir war doch bekannt, daß Nuttall den Ruf hat, kostbare Smaragde zu führen, und ich kam daher logischerweise zuerst hierher.«

»Und Nuttall sagte Ihnen, daß er den Schmuck hatte.«

»Seien Sie nicht töricht. Nuttall deckte seinen Kunden.«

»Sie wollen damit sagen, daß er Ihnen erklärt habe, er wisse nichts davon?«

»Ich will sagen, daß er mir nicht die geringsten Informationen gab.«

»Warum gingen Sie dann überhaupt zu ihm, wenn Sie wußten, daß er seine Kunden decken und keine Informationen geben würde? Warum?«

»Das konnte ich doch nicht vorher wissen.«

»Aber das stellten Sie fest?«

»Ja.«

»Und was dann?«

»Dann ließ ich die Angelegenheit fallen, weil andere Ereignisse eingetreten waren, die im Moment wichtiger schienen. Das ist alles.«

»Aber diese wichtigeren Ereignisse führten Sie schließlich zu dem Kollier.«

»Ehrlich gesagt, ja.«

»Hören Sie auf mit Ihrem ›ehrlich gesagt‹«, herrschte Buda mich an. »Das sagen Sie mir nur, weil Sie wissen, daß ich darüber im Bilde bin. Wie kam denn nun Cameron in den Besitz des Kolliers?«

»Ich habe wiederholt darauf hingewiesen, Inspektor, daß ich Ihnen das nicht sagen kann. Aber in Anbetracht der Tatsache, daß das Kollier gefunden wurde, kann ich Ihnen sagen, daß mein Klient Gelegenheit hatte, offen mit der Frau, die in diesem Falle eine Rolle spielt, zu sprechen, und dabei feststellte, daß sie es schon vor Monaten verkauft hatte, weil sie einen anderen Schmuck dafür erstehen wollte. Das ist alles, was dazu von meiner Seite aus zu sagen wäre. Sie können daraus leicht ersehen, daß der Mann ohne Zögern zu seiner ... zu der jungen Dame, die hierbei eine gewichtige Rolle spielt, gegangen ist und sie fragte ...«

»Jungen Dame?« unterbrach Leutnant Buda mich.

»Ja, nun ja.«

»Es steckt also eine Weibergeschichte dahinter?«

»Das habe ich nicht gesagt.«

»Sie haben sich verraten. Also doch eine Weibergeschichte. *Ich* behaupte es.«

»Ich kann Sie natürlich nicht daran hindern, Ihre Schlüsse zu ziehen.«

»Ach Quatsch«, sagte Buda angewidert. »Es wird schon so eine Geschichte mit einem Zuckerdaddy sein. Er hat den Verdacht, daß sie seine Geschenke verjubelt, und das hat sie ja auch prompt getan.«

»Jetzt glaubt er es aber nicht mehr.«

Buda lachte unfreundlich. »Sicher nicht, denn sie hatte ja die Möglichkeit, sich eine plausible Ausrede auszudenken. Sie brauchte ihn nur auf die bewährte Weise zu bezirzen und zu gestehen, wie alles gekommen war, und schon fiel der alte Narr darauf herein. Jetzt will ich nur noch eines wissen: War Cameron der Zuckerdaddy?«

»Ich glaube nicht, daß Cameron ein Zuckerdaddy war.«

»Es wird schon stimmen«, meinte Buda unbeirrt. »Noch eine Frage: Wollte er einen Rivalen bei diesem Täubchen ausstechen?«

»Ich kann mir nicht denken, daß Camerons Interesse an dem Kollier mit einer Liebesaffäre zusammenhängt«, sagte ich.

»Und ich bestätige Ihnen«, erklärte Jarratt nachdrücklich, »er interessierte sich dafür, weil er etwas von Smaragden verstand. Die Smaragde in dem Kollier waren wirklich ungewöhnlich schön. Ich glaube, Mr. Nuttall hat sie viel zu niedrig eingeschätzt. Ich nehme an, daß er wegen der altmodischen Fassung gegen die Steine voreingenommen war. Das Kollier erweckte den Eindruck, als hätte es sehr lange irgendwo nur herumgelegen, und daher ging er wohl davon aus, daß, wenn die Steine wirklich besonders wertvoll gewesen wären, man sie längst neufassen lassen und verkauft hätte. Offen gesagt, ich habe Mr. Cameron darauf hingewiesen, daß diese Smaragde in einer neuen, modernen Fassung ein kleines Vermögen wert wären und nicht mal ein so sehr kleines. Ich glaube, das ist der Grund, weshalb er sie aus der Fassung herausnahm, als ... nun, als das heute mit ihm geschah.«

Nuttall räusperte sich. »Meine Herren«, sagte er, »ich will zugeben, daß ich das Kollier vielleicht etwas oberflächlich geschätzt habe. Ich war gegen die Fassung voreingenommen. Höchstwahrscheinlich habe ich mir die Smaragde nicht gründlich genug angesehen. Smaragde haben ihre Tücken. Wenn ich es recht bedenke, waren sie wirklich von selten schöner Farbe. Damals dachte ich ... nun, ich habe damals eben nicht gedacht. Wahrscheinlich habe ich mir etwas entgehen lassen.«

Buda erhob sich. »Das wäre es dann wohl.« Er fügte fast herausfordernd hinzu: »Damit muß ich mich anscheinend begnügen.«

Jarratt nickte begütigend. »Das müssen Sie wohl, Leutnant. Cameron wollte die Fassung ändern lassen, wie ich ihm geraten hatte.«

Nuttall griff in seinen Schreibtisch und holte eine Flasche zwölfjährigen Whisky hervor. »Unter diesen Umständen, meine Herren, sehe ich keinen Grund, warum wir jetzt nicht einen Drink nehmen sollten.«

9

Ich vergewisserte mich, daß mir niemand folgte, ehe ich in eine Telefonzelle verschwand und Sharples anrief. Sharples' Stimme klang hell und gespannt durch den Hörer.

»Hallo, hier Sharples.«

»Hier spricht Donald Lam.«

»Oh, Sie sind es. Was gibt's?«

Die Begeisterung aus seiner Stimme war verschwunden. Er mußte auf einen sehr wichtigen Anruf gewartet haben, denn es schien ihn offensichtlich zu enttäuschen, daß er nur meine Stimme hörte.

»Haben Sie einen Rechtsanwalt aufgesucht?« fragte ich.

»Aber ja doch. Ich habe meinen ständigen Anwalt, der alle unsere geschäftlichen Dinge bearbeitet; die Nachlaßverwaltung, die Abrechnungen und so weiter.«

»Kann er was?«

»Er ist einer der besten Anwälte.«

»Ist er auch gut, wenn scharf geschossen wird? Ist er nicht nur einer von jenen Schreibtischstrategen für Gesellschafts- und Pachtverträge und ähnliches Zeug? Ist er auch einer Sache gewachsen, bei der es hart auf hart und Schlag auf Schlag zugeht?«

»Da bin ich ganz sicher. Er ist ein ausgezeichneter Jurist.«

»Gehen Sie sofort zu ihm.«

»Ich fürchte, ich verstehe Sie nicht ganz.«

»Gehen Sie ja zu ihm. Tragen Sie ihm alles vor, denn Sie werden ihn noch brauchen.«

»Warum?«

»Leutnant Sam Buda ist hinter Ihnen her.«

»Schon wieder?«

»Ja, schon wieder. Sie werden ihn noch öfter am Hals haben.«

»Ich fürchte, ich verstehe wirklich nicht, worauf Sie hinaus wollen, Lam.«

»Buda ist zu der Schlußfolgerung gekommen, daß es mit dem Smaragdkollier doch etwas auf sich hat.«

»Es fehlen aber einige der Smaragde.«

»Die Polizei hat sie jetzt alle gefunden.«

»Wo denn nur?«

»Zwei lagen auf dem Tisch, sechs im Käfig der Krähe und fünf fand man im Abflußrohr des Waschbeckens.«

»Im Abflußrohr des Waschbeckens«, wiederholte Sharples ungläubig. »Lieber Himmel, wie kamen sie denn dort hin?«

»Irgend jemand wollte sie fortwerfen, in die Kanalisation spülen, aber sie blieben im Knie des Abflußrohres hängen.«

»Das verstehe ich nicht.«

»Buda auch nicht.«

»In welchen Zusammenhang will er das denn mit mir bringen?«

»Sie werden sich wundern, was er im Laufe der nächsten Zeit noch alles mit Ihnen in Zusammenhang bringen wird. Es dürfte kaum bei der Sache mit dem Smaragdkollier bleiben.«

»Woraus folgern Sie das?«

»Weil ich danach gesucht habe, und weil ich mit Ihnen zu Cameron ging, bei dem das Kollier dann gefunden wurde. Man muß kein besonders cleverer Detektiv sein, um hier zwei und zwei zusammenzuzählen ...«

»Jetzt bedaure ich, daß Sie diese Nachforschungen angestellt haben, Lam.«

»Sie haben mir dazu den Auftrag gegeben.«

»Ja, ja, ich weiß. Aber das war natürlich, ehe ... nun, ehe ich eine Ahnung hatte, wer das Kollier besaß.«

»Machen Sie sich doch nur nichts vor, Sharples. Sie wußten ganz genau, wer es hatte. Sie versuchten nur noch herauszubekommen, warum die Besitzerin sich davon getrennt hatte.«

»Ja, so war es wohl.«

»Und aus irgendeinem Grunde wollten Sie nicht zu der Besitzerin gehen und sie selbst danach fragen.«

»Ich versuchte, herauszubekommen, ob ...«

»Sehr richtig. Und Sie beauftragten mich damit, und ich klärte die Sache auf. Das können Sie jetzt nicht mehr ungeschehen machen.«

»Nein, dazu ist es zu spät.«

»Heute morgen suchte ich in Ihrem Auftrag nach dem Kollier, und heute mittag gingen wir zu Cameron. Aber Cameron war tot, und das Kollier, hinter dem wir her waren, lag mit herausgebrochenen Smaragden auf seinem Tisch. Es wird nicht lange dauern, bis Buda auf den Gedanken kommt, daß das Kollier wahrscheinlich die Ausgangsbasis für die Aufklärung des Mordes bildet.«

»Dann wird er Sie aber auch vernehmen.«

»Er hat mich schon vernommen.«

»Wann?«

»Gerade eben.«

»Und wo fand die Vernehmung statt?«

»In Nuttalls Geschäft. Nuttall und Jarratt waren zugegen.«

»Was haben Sie ausgesagt?«

»Nichts von Bedeutung.«

»Und Sie glauben, er wird sich nun meine Person vorknöpfen?«

»Davon bin ich überzeugt.«

»Was soll ich denn Buda gegenüber aussagen?«

»Lassen Sie sich von Ihrem Gewissen beraten.«

»Aber ich brauche doch einen Rat.«

»Darum habe ich Ihnen ja empfohlen, zu Ihrem Anwalt zu gehen.«

»Warum können Sie mich denn nicht beraten?«

»Jede Mitteilung, die Sie einem Anwalt machen, ist vertraulich und steht unter dem Schutz der Gesetze. Ein Anwalt kann für Sie sprechen, und wenn es scharf zugeht, kann er Ihnen nahelegen, keine Frage zu beantworten. Einem Anwalt kann niemand etwas anhaben. Ich bin Privatdetektiv. Von mir wird erwartet, daß ich mit der Polizei zusammenarbeite. Wenn man mir einen Verstoß gegen meine Berufsvorschriften nachweisen kann, wird mir meine Lizenz entzogen. Verstehen Sie jetzt?«

»Ja, ich glaube schon.«

»Sie haben zwei Möglichkeiten: Sie können entweder aussagen, daß Shirley Bruce das Kollier besaß, oder Sie können behaupten, daß Sie nichts darüber wissen.«

»Ich habe Ihnen doch schon mitgeteilt, daß ich nichts davon weiß.«

»Darum rate ich Ihnen ja, mit Ihrem Anwalt in Verbindung zu treten.«

»Ich fürchte, ich verstehe wirklich nicht, worauf Sie hinauswollen.«

»Vielleicht war Ihre bisherige Aussage nicht ganz das Richtige. Ich habe Sie gedeckt, soweit ich konnte. Es ist vielleicht besser, wenn Sie Ihre Aussage korrigieren, ehe Sie sich in diese Misere so weit verstricken, daß Sie nachher nicht mehr herauskönnen. Sagen Sie der Polizei, daß Sie das Kollier nicht erkannten, weil die Steine herausgenommen worden waren. Aber jetzt, nachdem Sie Zeit zum Nachdenken hatten, können Sie sich daran erinnern, es schon einmal gesehen zu haben.«

»Nein«, sagte Sharples voller Würde, »Miss Bruce werde ich aus der Geschichte heraushalten. Ich bin fest entschlossen, zu verhindern, daß sie in diese unerquickliche Geschichte mit hineingezogen wird.«

»Wenn sie Buda das gleiche erzählt wie mir, dann wäre alles klar.«

»Vielleicht, soweit es das Kollier betrifft. Aber es wird eine Menge unangenehmes Gerede geben, sobald sie erst als Eigentümerin des Kolliers erkannt wird.«

»Als frühere Eigentümerin.«

»Ganz, wie Sie wollen.«

»Nein. Nicht, wie ich will, sondern wie *Sie* wollen.«

»Schön«, antwortete er. »Ich danke Ihnen sehr, Mr. Lam. Als Klient weiß ich Ihre Dienste zu würdigen.«

»Als ehemaliger Klient«, korrigierte ich ihn.

»Was soll das heißen?« forschte er.

»Sie haben uns einen Auftrag erteilt. Wir haben ihn ausgeführt. Zwischen uns ist alles klar. Wir schulden Ihnen nichts, und Sie schulden uns nichts. Wir sind völlig quitt miteinander.«

»Ich weiß nicht recht, ob ich Ihrer Auffassung ohne weiteres zustimmen kann, Lam.«

»Was ist Ihrer Meinung nach falsch daran?«

»Sie sollten mich in dieser Angelegenheit weiter unterstützen.«

»In welcher Angelegenheit?«

»Nun, dieser ganzen Geschichte.«

»Was unsere Firma betrifft, darf ich Sie darauf hinweisen, daß Sie uns beauftragt haben, nach dem Kollier zu forschen. Wir haben unseren Auftrag inzwischen ausgeführt.«

»Aber die anderen Dinge, die sich da noch ergeben haben.«

»Dieserhalb kommen Sie besser in unser Büro und reden mit Bertha darüber«, sagte ich. »Übrigens werden Shirley Bruce und Robert Hockley Besuch von Kriminalbeamten bekommen.«

»Warum denn das?«

»Reine Routinevernehmungen. Sicher nur, um festzustellen, was sie wissen, falls sie überhaupt etwas wissen sollten.«

»Danke für Ihren Hinweis«, sagte Sharples und schien plötzlich Eile zu haben, das Gespräch zu beenden.

»Es war mir ein Vergnügen«, sagte ich und hängte ein.

Auf dem Rückweg zu unserem Büro kaufte ich die Frühausgaben der Morgenzeitungen, die schon am Abend vorher auf der Straße ausgerufen wurden. Ich las sie aber erst im Büro. Sie brachten ausführliche Berichte über den Mord, auch Bilder von der Krähe, von dem Haus, in dem die Leiche gefunden worden war, und von dem Smaragdkollier. Wie immer in derartigen Fällen enthielten die Zeitungen eine Fülle wilder Theorien, und verschiedene Reporter hatten ihrer Phantasie völlig freie Bahn gelassen.

Einer schrieb, daß er ›aus bester Quelle‹ wisse, Leutnant Buda habe sogar die Krähe verhört und jedes Wort, das sie von sich gab, niedergeschrieben, weil ›er hofft, hierdurch einen Hinweis auf den noch unbekannten Täter zu finden, der Cameron offensichtlich beim Telefonieren ein Messer in den Rücken gestoßen hat‹.

Buda hatte die Zeitungen wohl auch ersucht, eine Aufforderung der Polizei zu veröffentlichen, wonach jeder, der an diesem Tag mit Cameron telefoniert hatte, sich sofort bei der Polizei melden solle.

Auch die auf dem Schreibtisch gefundene Pistole hatte zu allerlei Spekulationen Anlaß gegeben. Mit der Waffe war offenbar zu der Zeit, als der Mord geschah, geschossen worden. Aber nirgends hatte man einen Einschuß feststellen können. An diesen Umstand wurde daher die Vermutung geknüpft, Cameron habe auf den Mörder geschossen, und es bestünde die große Wahrscheinlichkeit, daß er den Angreifer verwundet hätte. Es könne durchaus sein, daß der Mörder gezwungen wäre, einen Arzt aufzusuchen, und sich dadurch leicht der Polizei verraten würde.

Plötzlich läutete das Telefon. Ich zögerte einen Moment und überlegte, ob ich mich melden sollte oder nicht. Dann nahm ich den Hörer ab und sagte mit verstellter Stimme: »Hier ist der Pförtner, soll ich etwas bestellen?«

Die Stimme am anderen Ende der Leitung kam mir bekannt vor. Ich konnte mich aber nicht sogleich daran erinnern, wem sie gehörte. Sie klang sanft und liebenswürdig. »Verzeihen Sie bitte die Störung, aber ich möchte dringend mit Mr. Donald Lam von der Firma Cool und Lam sprechen. Können Sie mir vielleicht sagen, wo ich ihn erreichen kann?«

»Wer spricht dort?« fragte ich.

»Ich möchte nicht gern meinen Namen nennen. Können Sie mir nicht sagen, wo er sich aufhält?«

»Sie müssen mir schon sagen, wer dort spricht.«

»Es tut mir leid, das kann ich nicht, es ist sehr vertraulich und ...« Da erkannte ich die Stimme: Es war Peter Jarratt.

»Einen Moment, bitte«, sagte ich, »es kommt gerade jemand. Vielleicht ist es ... Ah, guten Abend, Mr. Lam, hier ist jemand am Telefon, der Sie dringend sprechen will.«

In das Telefon sagte ich: »Hallo, ich verbinde mit Mr. Lam.«

Ich legte den Hörer auf den Tisch, ging laut auftretend durch das Zimmer, damit meine Schritte auch im Apparat zu hören waren, nahm den Hörer wieder auf und fragte mit normaler Stimme: »Hallo, wer ist dort?«

»Hier ist Peter Jarratt, Mr. Lam.«

»Ja bitte, Mr. Jarratt.«

»Es hat mir sehr gefallen, wie Sie Budas Fragen so geschickt beantwortet haben, Mr. Lam. Das war wirklich sehr gekonnt.«

»Vielen Dank für das Kompliment.«

»Haben Sie schon die Zeitungen gelesen?«

»Ja.«

»Mir ist eingefallen, wer der Besitzer des Smaragdkolliers war. Ich weiß nicht, ob Sie dem nachgehen wollen oder nicht.«

»Wer ist es denn?«

»Eine Miss Phyllis Fabens.«

»Haben Sie ihre Adresse?«

»Sie wohnt im Crestwell Apartmenthouse in der 9. Straße. Ich habe die Nummer nicht bei der Hand, aber ich kann nachsehen.«

»Das Haus kenne ich.«

»Ich dachte, es würde Sie vielleicht interessieren.«

»Vielen Dank für Ihre Mühe.«

»Ist die Information für Sie wertvoll?«

»Nicht im geringsten«, sagte ich heiter. »Ich habe meinen Auftrag bereits erfüllt und auch mein Honorar erhalten. Damit ist der Fall für mich vollkommen erledigt. Trotzdem schönen Dank für Ihr Vertrauen.«

»Aber ich bin der Ansicht, daß man dieser Geschichte nachgehen sollte«, drängte Jarratt.

»Dann setzen Sie sich doch mit Leutnant Buda in Verbindung.«

»Nein, nein, das kann ich nicht. Verstehen Sie denn nicht – nach allem, was geschehen ist, meine ich, daß die Polizei die letzte Stelle ist, der man diese Information geben sollte.«

»Warum denn nicht?«

»Der Fall könnte dadurch noch komplizierter werden. Aber vergessen Sie nicht«, sagte Jarratt sehr betont, »daß es einen Ihrer Klienten betrifft.«

»Er war mein Klient.«

»Ich bin überzeugt davon, daß es ihm recht angenehm wäre, wenn Sie die Angelegenheit prüften. Der Tip ist aber heiß. Vielleicht steckt etwas dahinter, was Sie wissen sollten.«

»Vielen Dank für die Information«, sagte ich.

Er zögerte einen Moment, ehe er sagte: »Keine Ursache.« Dann hängte er ein.

Ich lief zum Aufzug, sprang in den Wagen und fuhr, so schnell ich konnte, zum Crestwell Apartmenthouse. Die Klingeltafel am Eingang zeigte, daß Phyllis Fabens in Nummer 328 wohnte. Ich drückte auf den Knopf, und fast im gleichen Augenblick öffnete der elektrische Summer das Schloß.

Der Fahrstuhl brachte mich in den dritten Stock. Dort fand ich das Apartment mit dem Namen Phyllis Fabens und klopfte an die Tür.

»Wer ist da?« fragte eine Stimme.

»Donald Lam, Sie kennen mich noch nicht.«

Die Tür wurde einen Spalt weit geöffnet, bis sie von einer Sicherheitskette festgehalten wurde. Offensichtlich war die Bewohnerin vorsichtig mit jungen Männern, die abends im Vorbeigehen an ihrer Wohnungstür klingelten.

Ich steuerte direkt auf mein Ziel los. »Mein Name ist Lam, ich bin Privatdetektiv und in dieser Eigenschaft einem Schmuckstück auf der Spur. Ich glaube, Sie wissen etwas darüber. Darf ich für einen Moment hineinkommen?«

Sie sah mich durch den Türspalt prüfend an, lachte plötzlich und löste dann die Sicherheitskette.

»Natürlich«, sagte sie. »Bei einem Mann, der so schnell und geradeheraus sagt, was er will, sollte man eigentlich . . .«

Offenbar kam ihr noch rechtzeitig in den Sinn, daß das folgende Wort mir nicht ganz so passend erscheinen könnte wie ihr. Daher beendete sie ihren Satz mit einem Lächeln.

»Sicher sein?« ergänzte ich ihren Satz in fragendem Ton.

Sie lachte wieder. »Nein, sicher fühle ich mich schon. Treten Sie bitte näher.«

Es war eine hübsche, kleine Wohnung, äußerst gepflegt und ordentlich aufgeräumt. Man sah, daß sie bewohnt wurde, trotzdem war sie wie aus dem Ei gepellt.

»Nehmen Sie bitte Platz«, sagte sie und deutete auf einen Sessel.

Ich wartete, bis sie sich gesetzt hatte.

»Haben Sie zufällig die letzten Ausgaben der Zeitungen gelesen?« begann ich das Gespräch.

»Nein, warum fragen Sie danach?«

»Ich bin einem bestimmten Smaragdkollier auf der Spur. Man hat mir einen Hinweis gegeben, daß ich bei Ihnen vielleicht etwas darüber erfahren kann.«

»Wer gab Ihnen den Tip?« fragte sie neugierig.

»Als Detektiv kann ich mir nicht erlauben, Namen preiszugeben.«

Sie überlegte einen Moment und meinte zustimmend: »Das entspricht sicher Ihren Vorschriften.«

Ich zog die Abendzeitung aus der Tasche, die ich vorher sorgfältig so gefaltet hatte, daß nur die Zeichnung des Kolliers, aber nichts anderes zu sehen war, und reichte sie ihr. »Das ist das Kollier. Können Sie mir etwas darüber sagen?«

Sie betrachtete das Bild einen Moment, faltete dann die Zeitung auseinander, so daß sie lesen konnte, was darunter stand. Die Bildunterschrift besagte, daß das Kollier auf dem Schreibtisch des Ermordeten gelegen hätte, daß die Fassungen aufgebrochen und die dreizehn Smaragde daraus entfernt worden waren. Dann drehte sie die Zeitung um, so daß sie die Schlagzeilen sehen konnte, und las nun den Namen des Ermordeten. Die ganze Zeit über blieb ihr Gesicht völlig ausdruckslos, und ihre Hände waren vollkommen ruhig. Sie hielt weder plötzlich den Atem an, noch sagte sie etwas oder zeigte sonst ein Zeichen der Überraschung.

Ich beobachtete sie scharf. Sie war schätzungsweise 24 Jahre alt. Ihr blondes, welliges Haar hatte die Farbe von goldgelbem Honig. Sie hatte eine hübsche, klar geschnittene Stirn, und ihre geraden Augenbrauen gaben ihrem Gesicht den Ausdruck nachdenklicher Konzentration. Ihre Lippen waren nicht schmal genug, um ihrem Gesicht einen strengen Zug zu verleihen. Ich taxierte, daß ihr Mund gern lächelte, aber auch fest und entschlossen sein konnte, wenn es ihr notwendig erschien.

Sie blickte von der Zeitung auf. »Was wollen Sie von mir wissen?« fragte sie.

»Ist Ihnen das Kollier bekannt?«

Sie überlegte einen Moment, ehe sie antwortete. »Es könnte sein. Können Sie mir sagen, was es damit auf sich hat?«

»Alles, was ich weiß, steht hier in dem Blatt.«

»Ich habe die Zeitung noch nicht gelesen. Nur die Schlagzeile, diese hier, überflogen. Anscheinend wurde das Kollier auf dem Tisch des Zimmers gefunden, in dem ein Mann ermordet wurde.«

»Ja, so ist es.«

»Ehrlich gesagt, Mr. Lam, ich kenne dieses Kollier nicht. Aber ich kann Ihnen folgendes sagen: Ich hatte einige altmodische Schmuckstücke, die schon eine ganze Reihe von Jahren in unserer Familie waren. Das meiste taugte nicht viel; das heißt, die Steine waren nicht besonders wertvoll. Darunter befand sich auch ein Kollier, das diesem hier in der Zeitung sehr ähnlich sieht, aber ich glaube nicht, daß das sehr viel bedeutet. Es muß Hunderte Kolliers dieser Art geben.«

»Und was ist mit Ihrem Kollier?«

»Nun, nichts Besonderes, es war eben ein Halsband. Es entsprach nicht der hier wiedergegebenen Beschreibung.«

»Wodurch unterscheidet es sich?«

»In meinem Kollier waren keine Smaragde. Meines sah, soweit ich mich entsinnen kann, fast genauso aus wie das hier auf dem Bild, aber in meinem war ein synthetischer Rubin, und die anderen Steine waren Granaten.«

»Was ist aus Ihrem Kollier geworden?«

»Ich habe es verkauft.«

»An wen?«

»Warum wollen Sie das wissen?«

Ich lachte und sagte: »Ich weiß es nicht. Wahrscheinlich, weil ich Detektiv bin und deshalb Fragen stellen muß. Wenn ich nun schon einmal dabei bin, etwas aufzuklären, dann kann es auch gleich alles sein, was dazu in Beziehung steht.«

Sie reichte mir die Zeitung zurück. Nachdenklich betrachtete sie mich mit ihren silbergrauen Augen. »Nun ja, ich verkaufte es an einen Mann namens Jarratt, eine Art Makler, der gelegentlich mit altem Schmuck handelt.«

»Das ist interessant. Und Sie kamen zufällig mit Mr. Jarratt zusammen?«

»Es war kein Zufall. Ich machte ihn ausfindig.«

Fragend zog ich die Augenbrauen hoch.

Sie lächelte etwas und sagte: »Ich brachte den Schmuck zu einer Firma, von der ich glaubte, sie würde sich dafür interessieren.«

»Zu Nuttall?« fragte ich.

»Gütiger Himmel, nein. Nuttall ist ein erstklassiges Geschäft. Ich ging zu einem kleinen Juwelier, wie es viele gibt. Ich hatte eine ziemliche Menge antiken Schmuck. Das kostbarste Stück darunter war ein Ring mit einem Diamanten von ganz schöner Größe. Aber irgend etwas war mit seinem Schliff nicht in Ordnung. Ich glaube, er war zu altmodisch. Auch waren zwei Uhren darunter, wissen Sie, wie die Damen sie früher an ihren Busen steckten.«

Wir lächelten beide.

»Und wie ging es weiter?«

»Dann waren noch das Kollier und ein Armband dabei. Ich glaube, das Wertvollste von allem war lediglich das Gold daran.«

»Und wie kamen Sie an Jarratt?«

»Der Juwelier wog alles zusammen ab, prüfte den Goldgehalt und machte mir ein Angebot. Es schien mir zu niedrig. Er erklärte, daß er mir nicht mehr als den Goldwert und einen Preis für den Diamanten bieten könne. Der Rest sei praktisch wertlos. Dann meinte er aber, daß er mit einem Mann in Verbindung treten könne, der mir vielleicht etwas mehr bieten würde, weil er Interesse an besseren alten Schmuckstücken für Kostümzwecke habe.«

»Nannte er Ihnen den Namen?«

»Damals noch nicht.«

»Wie entwickelte es sich weiter?«

»Der Juwelier setzte sich mit dem Mann in Verbindung und machte mir dann ein neues Angebot, das erheblich höher war als sein erstes. Es war fast das Doppelte.«

»Und das haben Sie natürlich angenommen?«

»Nein, das habe ich nicht getan. Diese plötzliche Erhöhung und ihr Umfang machten mich stutzig, und ich dachte, daß vielleicht etwas – nun, Sie verstehen –, ich glaubte, man wolle mich übervorteilen. Ich sagte ihm also, ich hätte mich nunmehr entschlossen, den Schmuck nicht zu verkaufen.«

»Und wie geht's weiter?«

»Dann ging ich zu einem anderen Juwelier; er bot mir fast den gleichen Preis, den mir der andere zuerst zahlen wollte, und sagte mir das gleiche, daß er nur den Goldwert berücksichtigen könne.«

»Und was taten Sie dann?«

»Ich fragte ihn, ob er nicht einen Interessenten für bessere alte Schmuckstücke kenne. Einen Makler vielleicht, der Bedarf an solchem Schmuck hätte. Er sagte, daß er dergleichen nie gehört habe. Darauf brachte ich den Schmuck zu dem ersten Juwelier zurück und erklärte ihm offen, daß ich mich nicht gern übervorteilen lassen würde, daß es richtig wäre, wenn er einen angemessenen Gewinn daran hätte, aber daß es nicht in meinem Sinn liege, wenn irgend jemand übermäßig dabei profitiere. Auch sagte ich ihm, daß ich mißtrauisch geworden sei, als er nachträglich sein erstes Angebot nahezu verdoppelt habe.«

»Wie verhielt sich der Juwelier nun?«

»Er lachte und meinte, er könne mich sehr gut verstehen. Dann nahm er aus seiner Registrierkasse Mr. Jarratts Geschäftskarte und schlug mir vor, mich direkt an ihn zu wenden. ›Schlagen Sie soviel heraus, wie Sie können, und geben Sie mir 15 Prozent davon. Das war der Gewinn, mit dem ich kalkuliert hatte‹, sagte er.«

»Und darauf gingen Sie zu Jarratt?«

»Ja, ich besuchte Jarratt, der mir schließlich ein Angebot machte, das es mir ermöglichte, dem Juwelier seine 15 Prozent Anteil zu bezahlen und immer noch vierzig Dollar mehr zu erzielen, als wenn ich mir diese Umstände nicht gemacht hätte.«

»Und was war nun mit dem Kollier, das bei Ihrem Schmuck war? Ich nehme an, daß Jarratt alles kaufte?«

»Besonderes Interesse schien er an keinem der Stücke zu haben. Er ist eigentlich ein Immobilienmakler, der manchmal Kunden hat, die sich für ausgefallene, alte Schmuckstücke interessieren. Vermutlich das gleiche Interesse, mit dem manche Leute antike Möbel sammeln. Mir erklärte er, daß er hin und wieder wertvolle alte Schmuckstücke verkaufen könnte. Die Uhren schienen ihn mehr als alles andere zu interessieren. Er meinte, daß die Uhren repariert werden könnten und dann auch ziemlich genau gehen würden.«

»Recht seltsame Geschäfte für einen Mann seines Kalibers.«

»Welches Kaliber hat er denn?« fragte sie.

»Das möchte ich gern selbst wissen. Immerhin zieht er sich gut an und fährt einen teuren Wagen. Jedenfalls muß er gut verdienen, denn er unterhält ein Büro, das ihn wahrscheinlich eine ziemliche Stange Geld kostet.«

»Ich hatte den Eindruck, daß er diesen Juwelenhandel nur nebenbei betreibt. Mich würde es nicht überraschen, wenn Mr. Jarratt zu den Leuten gehört, die zwar auf große Geschäfte aus sind, aber daneben auch nichts vernachlässigen, was einen Gewinn abwirft.«

»Wie lange ist es her, daß Sie Jarratt den Schmuck verkauften?«

»Drei oder vier Monate.«

»Robert Cameron kannten Sie nicht?«

»Ich habe nie von ihm gehört.«

»Befanden sich bei Ihrem Schmuck auch Smaragde?«

»Aber nein.«

»Waren Sie je in Südamerika?«

»Fragen Sie nicht so törichtes Zeug. Ich muß mir ehrlich meinen Lebensunterhalt verdienen.«

»Was sind Sie von Beruf, wenn ich fragen darf?«

»Ich bin Sekretärin bei einer Versicherungsgesellschaft.«

»Brauchten Sie aus einem besonderen Grunde Geld, als Sie Ihren Schmuck verkauften?«

Sie lachte. »Sie stecken Ihre Nase in alles, nicht wahr?«

»Nicht nur die Nase. Oft genug muß ich auch meinen Kopf hinhalten. Fragenstellen gehört zu meinem Beruf.«

»Habe ich Ihnen jetzt genug beantwortet oder nicht?«

»Ich denke schon. Ich versuche nur, eine Spur zu finden, die mich weiterführt.«

»Warum ist das Kollier so wichtig?«

»Ich weiß es noch nicht. Es spielt bei diesem Mord eine Rolle.«

»Gehörte es Mr. Cameron?«

»Das nehme ich an.«

»Ich muß Sie leider enttäuschen, Mr. Lam. Das hier ist nicht mein Kollier. Sie interessieren sich für ein Smaragdkollier. Meines hatte eine ähnliche Fassung, aber Sie wissen genausogut wie ich, daß diese Art Fassungen einmal modern waren. Es muß viele ähnliche Kolliers gegeben haben. Die meisten sind wahrscheinlich eingeschmolzen worden. Es ist bestimmt nicht schwierig, ein solches Kollier zu beschaffen, falls jemand es haben wollte, um ...«

»Um was?« fragte ich, als sie schwieg.

»Um ein Schmuckstück nachzuahmen.«

»Glauben Sie, daß Jarratt diese Absicht hatte?«

»Wie könnte ich das behaupten?«

»Ich frage, was Sie glauben.«

»Sie sind der Detektiv. Nachdenken ist doch Ihre Angelegenheit.«

»Richtig! Das werde ich auch. Ich danke Ihnen jedenfalls.«

Ruhig und selbstsicher stand sie sofort auf, aber es war eine eindeutige Verabschiedung.

»Sonst wissen Sie nichts, was mich interessieren könnte?«

»Nicht das geringste.«

Ich bedankte mich nochmals und ging. Von einer Telefonzelle rief ich Peter Jarratt an, der scheinbar in seinem Büro auf meinen Anruf wartete.

»Haben Sie etwas herausgefunden?« fragte er, sobald ich meinen Namen genannt hatte.

»Ja«, erwiderte ich, »eine ganze Menge.«

»Konnte Phyllis Fabens das Kollier identifizieren?«

»Ihr Kollier enthielt einen Rubin und Granaten.«

»Oh«, sagte er enttäuscht.

»Wie kamen Sie auf Miss Fabens?« fragte ich.

»Sie fiel mir eben so ein, Mr. Lam. Ich erinnerte mich, daß ich von einer jungen Frau einige alte Schmuckstücke gekauft hatte. Dann sah ich in meinen Büchern nach und fand ihren Namen und auch die Adresse.«

»Und was haben Sie mit dem Schmuck getan?«

»Ich habe ihn an verschiedenen Stellen abgesetzt. Es waren ein paar alte Uhren darunter, die ich mit ganz schönem Gewinn verkaufte. Der Rest war mehr oder weniger Plunder.«

»Sie haben das Kollier nicht zufällig Robert Cameron geschenkt?«

»Du meine Güte, nein. Ich schenke meinen Kunden keine Juwelen.«

»Er hat es auch nicht von Ihnen gekauft?«

»Nein, bestimmt nicht.«

»Na schön. Vielen Dank für den Tip.«

»Können Sie etwas damit anfangen?«

»Nein, mein Lieber. Ich kann und werde nichts damit anfangen, zumal ich nicht weiß, welche Verbindung Sie zu dem Mädchen haben. Ich weiß auch nicht, ob die Polizei bei ihrer Suche nach dem Besitzer des Kolliers sehr weit kommen wird. Aber eins weiß ich genau: Wenn ich Leutnant Buda einen glühendheißen Tip gebe, der sich später als Versuch erweist, die Polizei auf eine falsche Fährte zu lenken, wird der Leutnant davon nicht gerade erbaut sein. Ebensowenig wie ich. Also guten Abend und auf Wiedersehen.«

Ehe Peter Jarratt eine Erwiderung herausbringen konnte, hing ich auf.

10

Erleichtert stellte ich fest, daß vor Robert Hockleys Wohnung kein Polizeiwagen stand. Es war ein Wohnhaus besseren Stils. Der Pförtner meldete mich an, und Hockley öffnete auch gleich seine Tür, als ich auf den Klingelknopf drückte. Obwohl sein rechtes Bein merklich kürzer war als sein linkes, war er ein gut aussehender Bursche mit etwas spöttischen Augen. Er blieb in der Tür stehen, bis ich ihm erklärt hatte, wer ich sei und was ich wolle. Dann erst ließ er mich eintreten.

Die Wohnung kostete wahrscheinlich um die zweihundert Dollar Miete monatlich. Im Wohnzimmer stand ein großer, mit Papieren überladener Arbeitstisch. Die brennende Schreibtischlampe, die diese Papiere beleuchtete, wies darauf hin, daß Hockley dort gesessen hatte, als ich angemeldet wurde.

Ich erkannte einige Briefbogen an der Firmenbezeichnung ›Acme Schweißerei und Reparaturwerkstatt‹ und einen Rennwettschein.

Hockley mißfiel die Art, wie ich die Vorgänge auf seinem Schreibtisch überflog, und sagte schroff: »Nun? Was wünschen Sie?«

»Ich wollte mit Ihnen über das Testament von Cora Hendricks sprechen.«

Sofort fiel ein Schleier kalten Mißtrauens über sein Gesicht, der verdecken sollte, was in ihm vorging.

»Was wissen Sie über das Testament?« fragte er.

»Ich habe es mir einmal angesehen.«

Er lachte höhnisch. »Und schon glauben Sie, Sie wüßten darüber Bescheid, wie?«

»Nun, ich weiß einiges.«

»Das nehmen Sie an. Die besten Anwälte haben das Ding Wort für Wort unter die Lupe genommen. Machen Sie sich nichts vor.«

»Das tue ich nie.«

»Was wollen Sie eigentlich von mir?«

»Mit Ihnen reden.«

»Worüber?«

»Zum Beispiel darüber, wieviel Sie von dem Erbe abbekommen.«

»Das geht Sie einen Dreck an.«

»Legen Sie keinen Wert darauf, mehr zu erhalten?«

»Quatschen Sie nicht so kariert.«

»Ich bin Privatdetektiv. Ich war einmal Rechtsanwalt.«

»Ich habe einen Anwalt.«

»Was tut er für Sie?«

»Alles, was er nur kann.«

»Und was kommt dabei heraus?«

»Nichts.«

»Das habe ich mir gedacht.«

»Cora Hendricks war ein Biest«, sagte er.

»Sie scheint aber einiges für Sie übriggehabt zu haben.«

»Quatsch. Ich muß ein paar alten Schuften jedesmal die Füße küssen, wenn ich auch nur einen Cent bekommen will. Der Teufel soll sie holen! Aber ich kann warten.«

»Die beiden können Sie auf eine Rente setzen.«

»Sollen sie doch!«

»Was hält Ihr Anwalt von der Rechtmäßigkeit dieser Bestimmung?«

»Er hält sie für bedeutungslos. Er kann sie anfechten.«

»Wirklich?«

»Haben Sie das Testament gelesen?«

»Ich habe mir die Bestimmungen über die Treuhänderschaft angesehen.«

»Aber nicht das Testament?«

»Nein.«

»In dem Testament hat sie bestimmt, daß die Treuhänder die Haupterben werden, falls die Treuhänderschaft teilweise oder gänzlich außer Kraft gesetzt wird, das heißt, daß das Vermögen vollständig in ihren Besitz übergeht und sie damit machen können, was sie wollen. Sie hat ferner bestimmt, daß jeder, der entweder das Testament anficht, es für ungültig erklärt haben will und vor Gericht Klage erhebt oder gegen die Treuhänder vorgeht, aller Anrechte auf den Besitz, das Barvermögen und das gesamte Eigentum verlustig geht. Versuchen Sie einmal, gegen dieses Bollwerk von rechtlichen Bestimmungen anzugehen. Die besten Anwälte des Landes haben hilflos davorgestanden. Vor diesem Komplex und vor anderen Dingen auch.«

»Sie bekommen fünfhundert Dollar monatlich.«

»Das reicht gerade für meinen Anwalt.«

»Wieso? Man läßt sich doch nur einmal beraten und weiß dann Bescheid. Wozu halten Sie sich einen Anwalt?«

»Um die Abrechnungen zu prüfen. Um darauf zu achten, daß die beiden mit ihren Auslagen, außerordentlichen Unkosten und so weiter nicht übertreiben. Gegenwärtig fliegen sie auf unsere Kosten zwischen den Vereinigten Staaten und Kolumbien hin und her, und Sie sollten mal ihre Spesenabrechnungen sehen.«

»Sind sie so hoch?«

»Es steht alles drauf, was Sie sich nur wünschen können.«

»Bisher war die Bilanz aber in Ordnung. Shirley bekommt das gleiche wie Sie?«

»Was geht Sie das eigentlich an?«

»Ich dachte, wir könnten vielleicht ein paar kleine Informationen austauschen. Es könnte für uns beide nützlich sein.«

»Sagen Sie mir erst einmal, was Sie für Informationen zu bieten haben.«

»Haben Sie die Abendzeitungen gelesen?«

»Nein.«

»Nun, die Polizei wird bald bei Ihnen auftauchen.«

»Die Polizei?«

»Ja.«

Seine Augen waren hart und stechend. »Was soll das heißen?«

»Robert Cameron, der eine der Treuhänder, wurde heute mittag ermordet.«

»Wer hat ihn getötet?«

»Man weiß es noch nicht.«

»Kann man Ihnen trauen?«

»Ja.«

Er zog eine Zigarettendose aus der Tasche und zündete sich eine Zigarette an. »Aus welchen Motiven wurde er ermordet?«

»Sie sind noch unbekannt.«

»Warum erzählen Sie mir das alles?«

»Das würde ich selbst gern wissen. Ich habe für jemand, der mit dem Testament zu tun hat, einen Auftrag erledigt, und nun interessiert mich der Fall. Ich habe inzwischen Shirley Bruce kennengelernt und dachte, es wäre vielleicht ganz aufschlußreich, auch Ihnen zu begegnen.«

»Und was versprechen Sie sich davon?«

»Ich sagte Ihnen schon, ich weiß es nicht.«

Ein paar Sekunden rauchte er schweigend. Dann begann er schnell und nervös zu sprechen. Die Zigarette zwischen seinen Lippen bewegte sich auf und ab, während er redete, und kleine Rauchwolken unterstrichen seine Worte. »Ich habe keinen Grund, Mitgefühl und Schmerz zu heucheln, nur weil dieser Kerl tot ist. Ich haßte ihn wie sonst was. Ich habe weder für ihn noch für Harry Sharples das geringste übrig. In meinen Augen sind sie nur ein paar aufgeblasene Fettwänste. Das sind mir schöne Treuhänder. Aber sie haben alles sauber hingekriegt. Cora Hendricks muß ihnen blindlings vertraut haben. Nach allem, was ich feststellen konnte, war sie aber auch die einzige, die das je getan hat. Aber machen Sie sich nichts vor. Diese Treuhänderschaft ist luftdicht und bombensicher. Ihre Vorschriften sind so abgefaßt, daß sie mir jeden Cent abnehmen können. Und das werden sie auch fleißig weiter tun, solange sie Gelegenheit dazu haben. Sie haben schon alles dazu vorbereitet, was in ihrer Macht steht. Mein Anwalt rät mir immer, nicht mit dem Kopf durch die Wand zu rennen. Ich soll hübsch ruhig und ordentlich bleiben, damit ich wegen Begünstigung Einspruch erheben kann, wenn sie plötzlich Shirley den ganzen Rahm zufließen lassen wollen. Aber dazu muß mein Lebenswandel so weiß wie frischgefallener Schnee sein. Darum muß ich diesen schmutzigen Autoladen betreiben, während diese Brüder in der Welt herumfliegen. Verstehen Sie meine Lage? Ich kann die Treuhänderschaft nicht angreifen, das läßt das Testament nicht zu, aber wenn sie den anderen Erben begünstigen, kann ich sie vielleicht ausschalten. Ich kann versuchen, daß das Vermögen anderen Treuhändern übergeben wird und daß sie wegen Unzuverlässigkeit abgelöst werden.«

»Aber bisher wurde niemand begünstigt. Shirley Bruce erhält doch den gleichen Betrag wie Sie?«

»Ja, die liebe, kleine Shirley. Das ist auch so ein bestrickendes Persönchen«, sagte er, und seine Stimme bebte vor Wut. »Sie ist so ein richtiges süßes, kleines Musterkind. Jedesmal, wenn sie ihre – in Anführungsstriche – Onkels sieht, überfällt sie sie mit Küssen, die selbst einen alten Droschkenkutscher noch erröten lassen. Ein süßes Herzchen. Sie denkt nicht daran, auch nur einen Pfennig mehr anzunehmen, als ich bekomme, o nein! Aber sie wohnt in einer luxuriösen Wohnung, sie geht nach der letzten Mode gekleidet, und die Hälfte ihrer Zeit verbringt sie in einem Schönheitssalon. Wo kriegt sie, zum Teufel, all das Geld dafür her?«

»Danach wollte ich Sie auch fragen.«

»Fragen Sie sie selbst, fragen Sie Sharples, schauen Sie bei Cameron nach. Die Buchführung der Nachlaßverwalter weist aus, daß sie nicht einen Cent mehr als ich bekommt. Aber woher hat sie das Geld? Das möchte ich wissen!«

»Soviel ich weiß, hat sie ihr eigenes Einkommen.«

Er lachte hämisch. »Ihr eigenes Einkommen! So kann man es auch nennen. Wenn ich ein Mädchen mit ihren Reizen wäre und wie sie mit Seidenstrümpfen, einem farbenfrohen dünnen Morgenrock und bestickten Pantöffelchen Besuch empfinge, hätte ich vielleicht auch ein eigenes Einkommen. Wenn Sie wissen wollen, woher sie ihr Einkommen hat, dann fragen Sie Sharples. Und fragen Sie Cameron.«

»Cameron kann ich nicht fragen, er ist tot.«

»Dann fragen Sie Sharples.«

»Danach ist er doch wohl schon gefragt worden.«

»Und ob. Und er wird noch öfter gefragt werden.«

»Ist Shirley Bruce mit Ihnen verwandt?«

Er sah mich überrascht an. »Hören Sie mal, Sie haben mit dieser Geschichte zu tun und wissen nicht, wer Shirley ist?«

»Wer ist sie denn?«

»Die liebe, kleine Shirley«, sagte er spöttisch, »das Waisenkind, das Cora Hendricks aus den Staaten mit zurückbrachte. Soweit ich es herausbringen konnte, war Cora Hendricks sieben oder acht Monate fort gewesen. Dann kam sie mit dem kleinen Baby zurück, der Tochter entfernter Verwandter, die beide plötzlich gestorben waren, wie es hieß. Wenn Sie wollen, können Sie das glauben – oder auch nicht.«

»Sie meinen, Cora Hendricks bekam ein Baby, als sie in den Staaten war?«

Er zuckte die Achseln.

»Wer soll denn Shirleys Vater gewesen sein?«

»Ja«, meinte er, »wer ist dann wohl Shirleys Vater?«

»Wissen Sie es?«

»Ich weiß nur, daß ich zuviel dummes Zeug rede«, antwortete er. »Zufällig haben Sie mich an meiner verwundbaren Stelle getroffen. Wie war denn das mit Cameron?«

»Cameron wurde in seinem Haus erstochen. Als man ihn fand, flog in dem Zimmer eine Krähe herum.«

»Ja, die Krähe kenne ich.«

»Und ein Smaragdkollier lag auf seinem Tisch«, sagte ich und beobachtete ihn scharf. »Wissen Sie etwas von dem Smaragdkollier?«

Er schüttelte den Kopf.

»Nun gut. Aber eines müssen Sie zugeben. Die beiden sind gute Geschäftsleute. Trotz aller Kosten für die Nachlaßverwaltung ist das Vermögen gewachsen.«

Er sah mich eigentümlich an. Dann stand er auf und ging zur anderen Seite des Zimmers, wo ein Telefon an der Wand hing. Er nahm den Hörer ab, wählte eine Nummer, und als sich der andere Teilnehmer meldete, sagte er: »Hier ist Bob Hockley, Jim. Ich habe gerade einen Tip bekommen, daß Robert Cameron heute irgendwann erledigt wurde. Es wäre gut, wenn du nachprüfst, ob das stimmt. Wenn es wahr ist, dann laß uns feststellen, wieviel Geld Bob Cameron besaß, als er die Treuhänderschaft übernahm, und wieviel, als er ins Jenseits befördert wurde. Wir sollten auch versuchen, zu überprüfen, wie hoch sein Privatkonto ist. Vielleicht stellt sich dabei heraus, woher Shirley Bruce ihr Einkünfte hat.«

Er schwieg eine Weile, während aus dem Hörer nur unverständliche Geräusche kamen. Dann sagte er: »Bei mir ist gerade jemand, der mir den Tip gegeben hat. Er meint, daß die Polizei die ganze Geschichte durchwühlen wird, um ein Motiv zu finden ... Sicher ... Natürlich bin ich vorsichtig ... Warum soll ich so tun, als ob ich für den alten Geier was übrig hätte? Persönlich bin ich froh, daß es ihn erwischt hat ... Schon gut, ich bin vorsichtig ... Prüf es rasch nach und ruf mich dann an.« Er hing den Hörer auf und blickte mich dann an, als ob er mich noch nie gesehen hätte. »Sie können verdammt gut zuhören«, sagte er, »ich glaube, ich habe zuviel geredet. Machen Sie, daß Sie hier verduften.«

»Nicht so hastig. Vielleicht können wir ...«

»Haben Sie nicht verstanden? Verschwinden Sie, und zwar augenblicklich!«

Er kam auf mich zugehumpelt.

»Mir soll's recht sein«, sagte ich beruhigend. »Deswegen keine Feindschaft. Ich wollte Sie nur informieren.«

»Vielleicht kann man Ihnen doch trauen«, sagte er immer noch voller Mißtrauen. »Wenn mein Anwalt angerufen hat, werde ich mehr wissen. Haben Sie nicht eine Geschäftskarte?«

Ich gab ihm eine meiner Karten. »Es wäre mir lieb, wenn die Polizei nicht erfährt, daß ich bei Ihnen war.«

»Ich verspreche Ihnen gar nichts«, antwortete er schroff und las die Karte. »Welcher sind Sie, Cool oder Lam?«

»Ich bin Lam, Cool ist eine Frau.«

»Vielleicht kann man Ihnen doch trauen«, wiederholte er. »Dann unterhalte ich mich vielleicht noch mal mit Ihnen. Sie sagten, Sie hätten in der Angelegenheit einen Auftrag gehabt. Wer hat Sie beauftragt? Es war doch nicht etwa Sharples? Oder ...?«

Ich drückte mich aus der Tür und grinste.

»Wenn ich dahinterkomme, daß es Sharples war, breche ich Ihnen das Genick. Darauf können Sie sich verlassen«, rief er und kam mir auf den Korridor nachgehumpelt.

An der obersten Stufe der Treppe blieb ich stehen.

»Vielleicht hat Ihr Anwalt doch etwas in den Bestimmungen der Vormundschaft übersehen?«

»Mein Anwalt hat nicht das geringste übersehen.«

»Im Falle des Todes beider Treuhänder oder der Beendigung der Treuhänderschaft aus einem anderen Grunde muß das Vermögen vorschriftsmäßig zur Hälfte geteilt werden.«

Er starrte mich finster an, aber auf seinem Gesicht zeigte sich nicht die geringste Spur, die etwas verriet. »Sie wissen viel, aber Sie reden auch viel«, sagte er nur.

»Der eine ist tot«, damit wandte ich mich ab und ging die Treppe hinunter.

11

Als ich am nächsten Morgen unser Büro betrat, erwartete mich Bertha mit leuchtenden Augen. »Donald, Liebling, du hast wirklich einen Haupttreffer gemacht. Du bist einfach großartig. Bertha wußte genau, daß wir einen Goldfisch geangelt haben.«

»Was ist nun schon wieder los?« fragte ich und ließ mich in einen Stuhl fallen.

»Harry Sharples«, erklärte sie. »Du hast ihn dir geangelt, Donald. Er hat gerade angerufen. Stell dir vor, er bietet fünfhundert Dollar in der Woche. Du sollst ständig bei ihm sein.«

»Was heißt das, ständig bei ihm sein?«

»Er will dich als Leibwache.«

»Für wie lange denn?«

»Er garantiert sechs Wochen.«

»Ohne mich! Kommt überhaupt nicht in Frage.«

Berthas Stuhl quietschte empört, als sie überrascht hochfuhr.

»Was sagst du da?«

»Sharples kann von mir aus ins Wasser gehen. Ich will nichts von ihm wissen.«

»Was soll das heißen! ›Ich will nichts von ihm wissen‹«, schrie Bertha mich an. »Bist du völlig verrückt geworden, daß du dich wie eine Primadonna aufführst? Es geht um fünfhundert Piepen in der Woche.«

»Dann mach du es doch. Ich werde dich nicht daran hindern.«

»Ich?«

»Ja, du.«

»Aber er will nicht mich, sondern dich.«

»Laß den Stuß. Er will eine Leibwache. Dazu tauge ich nicht, aber du müßtest das prachtvoll können.«

Sie starrte mich wütend an.

»Ich gehe jetzt wieder und sehe mich ein bißchen um. Du weißt wohl auch noch nicht, was aus Bob Camerons Krähe geworden ist?« fragte ich sie.

»Das Federvieh ist mir wurscht. Aber wenn du dir einbildest, du könntest einen Auftrag ablehnen, der uns über zweitausend Dollar im Monat einbringt, irrst du dich. Bedenke doch, das sind über fünfundsechzig Dollar pro Tag!«

»Ich werde es bedenken«, antwortete ich ungerührt.

Plötzlich änderte sie ihre Taktik. »Donald, Liebling«, flötete sie, »du warst immer ein Spaßvogel. Du willst Bertha nur auf den Arm nehmen, nicht wahr?«

Ich gab keine Antwort.

Mit einem verlogenen Lächeln fuhr sie fort: »Ich sollte dich besser kennen. Bertha verläßt sich auch weiter auf dich, Donald. Wenn es brenzlig wird, stehst du ja doch deinen Mann.«

Auch darauf erwiderte ich nichts.

Nach einer Pause fing sie wieder an. »Ich erinnere mich noch genau, wie du zu mir kamst und nach Arbeit fragtest. Damals war es nicht leicht, einen Job zu finden, und du hattest Hunger, Donald; fast verhungert warst du. Damals hätte dir ein winziger Bruchteil von dem, was uns dieser Sharples jetzt einbringt, viel bedeutet, oder nicht? Sei ehrlich, Donald!«

»Sicher hätte es das.«

Nun strahlte sie mich an. »Ich werde nie vergessen, wie schwach und blaß du ausgesehen hast, so heruntergekommen, und wie du dankbar für die Arbeit warst. Lieber Himmel, hast du damals geschuftet. Ich konnte dir auftragen, was ich wollte, du hast es erledigt. Du hast ein gutes Stück Aufbauarbeit für die Firma geleistet. Nach und nach gab Bertha dir immer wichtigere Aufträge, und dann wurden wir schließlich Teilhaber. Ist es nicht eine schöne Entwicklung, Donald?«

»Einfach herrlich«, erwiderte ich trocken.

»Ich weiß, daß du mir dankbar bist, es liegt dir nur nicht, viele Worte darum zu machen.«

»Als ich bei dir anfing, war dein Laden allerletzte Klasse, du bekamst nur den miserabelsten Kram. Du mußtest jeden Auftrag annehmen, jede Dreckarbeit, für die andere Agenturen sich zu schade waren. Für übelriechende, kleine Scheidungsfälle warst du deinen Winkeladvokaten gerade gut genug. Du quältest dich mühsam durch und hattest keine Vorstellung von dem, was dazugehört, mehr als fünfhundert Dollar im Monat zu verdienen ...«

»Das ist eine Lüge«, schrie sie.

»Erst nachdem ich zu dir kam, ging es mit der Agentur aufwärts. Heute bezahlst du im Monat mehr Einkommensteuer, als du damals im ganzen Jahr verdient hast. Sicher, ich bin dir dankbar, aber ich bin dir nichts schuldiggeblieben.«

Sie drehte sich in ihrem Drehstuhl erregt hin und her. Die grimmigen und scharfen Linien um ihren Mund ließen ihre Empörung erkennen. »Wenn wir durch deine Schuld diese fünfhundert Dollar in der Woche verlieren«, drohte sie, »löse ich die Teilhaberschaft mit dir und bearbeite die Sache allein.«

»Mir soll es recht sein«, erwiderte ich, stand auf und ging. Bertha ließ mich bis an die äußere Tür kommen. Dann hörte ich, wie ihr Drehstuhl ein besonders ruckartiges Quietschen von sich gab, und schon stand Bertha neben mir.

»Donald, wir wollen uns nicht streiten.«

»Du hast ja angefangen.«

Bertha kam durch das Vorzimmer. Elsie Brand, die merkte, daß die Situation kritisch war, unterbrach ihre Arbeit.

»Warum willst du nicht für ihn arbeiten, Donald?« fragte Bertha.

»Ich weiß nicht, was er von mir erwartet.«

»Er will dich als Leibwache. Er glaubt, er ist in Gefahr. Meinst du, daß er wirklich bedroht ist?«

»Er verwaltet als Treuhänder rund zweihunderttausend Dollar. Solange er lebt, kann er sie verteilen, wie es ihm Spaß macht. Wenn auch ihm etwas zustößt, ist die Treuhänderschaft beendet. Dem anderen Treuhänder wurde ein Tranchiermesser mitten in den Rücken gestoßen. Rechne dir selbst aus, ob du ihn zu normalen Prämien aufnehmen würdest, wenn du verantwortlich für eine Lebensversicherung wärst.«

»Donald, das sagst du zwar alles, aber du glaubst es selber nicht.«

»Aber Sharples glaubt es.«

»Was hast du gegen ihn? Was hast du an ihm auszusetzen?«

»Ich habe heute keine Lust zur üblichen Arbeit. Ich möchte ein paar Studien machen.«

»Was willst du denn studieren?«

»Die Lebensweise von Krähen«, sagte ich und schloß die Tür. Ich warf einen letzten Blick auf Bertha; ihr Gesicht war dunkelrot angelaufen, ihr Blutdruck mußte hart an der Grenze zu einem Schlaganfall liegen. An der Art, wie Elsie Brand auf die Tasten ihrer Schreibmaschine hämmerte, sobald die Tür geschlossen war, erkannte ich, daß Bertha sich auf Elsie stürzte, um ihre ganze Wut an dem Mädchen auszulassen.

Ich öffnete die Tür wieder.

Bertha stand vor Elsie und starrte auf sie herab. Sie keifte gerade: »... und außerdem wünsche ich nicht, daß Sie hier herumschnüffeln und bei geschäftlichen Besprechungen zuhören. Sie sind hier, um zu tippen. Sie haben genug Arbeit, die Ihre Zeit ausfüllt, und wenn nicht, werde ich dafür sorgen, daß Sie mehr bekommen. Und nun machen Sie sich an Ihre Arbeit und bleiben Sie dabei, bis ...«

»Noch etwas, Bertha«, unterbrach ich. »Ich habe entschieden, daß Elsie eine Hilfe bekommt. Die zweite Kraft kann deine Sekretärin werden. Elsie wird dann nur noch für mich arbeiten. Ruf die Arbeitsvermittlung an und sieh zu, was wir kriegen können. Ich habe auch mit dem Hausverwalter gesprochen, daß wir den angrenzenden Raum für mich als Arbeitszimmer übernehmen. Er wird eine Verbindungstür zu uns brechen lassen.«

Bertha drehte sich um und kam auf mich los. »Ach, du ... du ...«

»Na, weiter«, sagte ich.

Berthas Lippen verzogen sich langsam zu einem harten Lächeln. »Was, zum Teufel, glaubst du eigentlich, wer du bist?« Ihre Stimme überschlug sich fast.

»Der Mann mit der Goldfischangel. Zähle deine Köder, und dann kannst du dir ja ausrechnen, auf wieviel du Anspruch hast.« Danach schloß ich die Tür wieder hinter mir.

Diesmal hörte ich nicht mehr, daß Elsie auf die Tasten ihrer Schreibmaschine hämmerte.

*

Ich machte mich auf die Suche nach Dona Grafton, bei der auch ein Käfig für die Krähe stand. Schließlich fand ich ihre Wohnung im Hof hinter einem unscheinbaren Bungalow. Es war ein kleines Holzhäuschen, das aus Kistendeckeln zusammengenagelt zu sein schien. Eine Zeitlang war es Mode gewesen, derartige Hinterhäuser mit geringsten Kosten zu bauen und dafür zwanzig bis dreißig Dollar monatlich als Miete herauszuschlagen.

Auf mein Klopfen öffnete eine junge Frau die Tür. Ihre Figur war schlank und sportlich, wie sie die Herstellerfirmen von Badeanzügen und Skikostümen gern in ihren Katalogen abbilden. Ihr Haar war dunkel, wenn auch nicht so rabenschwarz wie das von Shirley Bruce, ihre Haut hatte jene glasklare Feinheit, die man im allgemeinen nur bei Blondinen findet.

Sie war so zutraulich wie ein verspielter Hund. Auf meine Frage: »Sind Sie Miss Dona Grafton?« antwortete sie lächelnd: »Ich nehme an, Sie sind auch Zeitungsreporter und wollen etwas über die Krähe wissen.«

»Die Krähe interessiert mich tatsächlich. Ich bin zwar nicht gerade Zeitungsreporter, aber würden Sie mir etwas über den Vogel erzählen?«

»Gern. Kommen Sie bitte herein.«

Sie führte mich in ein winziges Wohnzimmer, und ich kam mir vor, als wäre ich in einem etwas groß geratenen Puppenhaus. Sie deutete auf einen Stuhl, setzte sich selbst und fragte: »Was möchten Sie denn gern wissen?«

»Wo hält sich die Krähe jetzt auf?«

Lachend erwiderte sie: »Im Holzschuppen. Mr. Cameron konnte Pancho natürlich das bessere Nest bieten. Ich kann das nicht. Meine Wirtin ist Krähen gegenüber leider etwas voreingenommen. Darum muß Pancho sich bei mir mit dem Holzschuppen nebenan begnügen.«

»Wieso ist die Krähe jetzt bei Ihnen?«

»Nun, Pancho und ich sind alte Freunde. Er verbrachte immer den halben Tag bei mir.«

Ich bat sie, mir mehr von dem Vogel zu erzählen.

»Mein Vater hieß Frank. Die Krähe wurde nach ihm genannt. Der spanische Name Pancho entspricht dem englischen Namen Frank.«

»Dann kannten Sie also auch Mr. Cameron näher?«

»Aber ja.«

»Schon lange?«

»Ich kannte ihn schon als Kind.«

»Kennen Sie Harry Sharples?«

Sie nickte zustimmend.

»Auch Shirley Bruce?«

»Ja, ich kenne Miss Bruce. Aber wir sind nicht ... Nun, ich sehe sie nicht oft. Wir sind einander nicht sehr gewogen.«

»Und Robert Hockley?«

»Ja, ihn kenne ich auch.«

»Das finde ich alles recht interessant.«

Sie schüttelte den Kopf und sagte: »Ich fürchte, ich werde Sie enttäuschen. Es steckt keine besondere Geschichte dahinter. Mein Vater war Verwalter einer Mine von Cora Hendricks. Als Miss Hendricks starb, war ich noch ein Kind. Ich kann mich also nicht an sie erinnern. Mein Vater wurde drei oder vier Jahre später bei einem Unglück im Bergwerk getötet. Mr. Cameron und Mr. Sharples, die zusammen das Hendrickssche Vermögen verwalten, hingen sehr an meinem Vater und waren von seinem Tod tief betroffen. In gewisser Weise glauben sie, daß ... Nun, ich nehme an, ihm sind die ersten Erfolge des Unternehmens zu verdanken. Große Einnahmen aus der Goldmine wurden erst drei oder vier Jahre nach dem Tod von Miss Hendricks erzielt.«

»Die Krähe kennt Sie also?«

»Aber ja. Wir sind gute Freunde. Sehen Sie, Pancho fliegt gern herum, und da eine Krähe Bewegungsfreiheit haben soll, hatte Mr. Cameron es oben in seinem Hause so eingerichtet, daß sie kommen und gehen konnte, wie sie wollte. Ich konnte ihr nur den alten Holzschuppen bieten. Dort habe ich einen Käfig für sie aufgestellt und eine Scheibe aus dem Fenster entfernt. So kann Pancho zu mir kommen, wann er will. Manchmal setzt er sich auf das Schuppendach und ruft nach mir. Dann gehe ich hinaus und spreche mit ihm, und er setzt sich auf meine Schulter und läßt sich mit kleinen Leckerbissen füttern. Wenn ich nicht zu Hause bin, fliegt er hier in seinen Käfig und wartet auf mich oder fliegt auch zu Mr. Cameron zurück. Aber seit drüben diese schreckliche Sache passiert ist, ist er nur hier. Pancho fühlt sich nun sehr einsam. Wollen Sie ihn sehen?«

»Ja, sehr gern.«

Sie führte mich hinter das Haus zu einem kleinen Schuppen, der nicht größer als drei Meter im Quadrat war und in dem alte Koffer, Kisten, Feuerholz, ein paar abgebrauchte Autoreifen und einige Holzkloben herumlagen.

»Heutzutage wird ja überall mit Gas geheizt«, erklärte sie. »Meine Wirtin im Vorderhaus hat zwar einen Kamin, aber ich glaube, sie benutzt ihn nie. Pancho muß in seinem Käfig sein. Komm her, Pancho, wo bist du?«

Jetzt erst bemerkte ich in einer dunklen Ecke den Krähenkäfig. Er war ein genaues Gegenstück zu dem Käfig, den ich in Camerons Haus gesehen hatte. Als sie lockte, rührte sich der Vogel, aber ich konnte ihn in der dunklen Ecke nicht erkennen. Dann kam er aus dem Käfig gehüpft und flatterte mit schlagenden Flügeln auf Miss Grafton zu, und als er mich beäugte, hüpfte er plötzlich mit einem merkwürdigen Flattern zur Seite.

»Na komm, Pancho«, lockte sie wieder und streckte ihm einen Finger entgegen.

Die Krähe verdrehte den Kopf, um mich mit ihren Perlaugen zu betrachten: »Lügner«, krächzte sie und gab komische Laute von sich.

»Aber Pancho, das tut man doch nicht. Das ist unartig. So benimmt sich doch eine gute Krähe nicht. Komm her zu mir«, lockte Miss Grafton wieder.

Vorsichtig hüpfte die Krähe auf sie zu und blieb auf dem Brennholz vor ihr sitzen.

»Nun komm doch. Mr. Lam will sich mit dir anfreunden. Er möchte gern etwas über dich wissen. Komm her und sprich freundlich mit ihm.«

Die Krähe machte einen weiten Hüpfer und landete mit einem raschen Flügelschlag auf ihrem ausgestreckten Finger. Miss Grafton kraulte sie mit der anderen Hand unter der Kehle und sagte beiläufig: »Pancho haßt es, wenn man ihm die Hand auf den Kopf legt. Damit kann man ihn strafen. Man braucht nur die Hand auf seinen Kopf zu legen, dann bekommt er geradezu Anfälle. Alle Vögel hassen es, eingesperrt zu sein. Pancho gerät förmlich in Panik, wenn etwas über seinem Kopf ist. Wahrscheinlich fürchtet er, daß er dann nicht mehr fort kann. Nun komm, Pancho, und sage Mr. Lam ›Guten Tag‹.«

Sie streckte mir ihre Hand entgegen, und ich hob meine Hand, aber Pancho wollte nichts von mir wissen. Er zuckte nervös und gab ein paar barsche Töne von sich, die ich nicht gleich verstand. Dona Grafton erklärte lachend: »Er sagt: ›Geh weg.‹ Er spricht nicht sehr deutlich. ›Lügner‹ kann er noch am deutlichsten sagen. Er ist goldig. Er steckt voller Unsinn. Ach, ich wollte, ich könnte ihn in das Haus bringen. Er ist nicht gewöhnt, so vernachlässigt zu werden, und er ist sicher durch den Tod von Mr. Cameron vollkommen verstört.«

»Mr. Camerons Haus ist nicht sehr weit von hier?«

»Nur drei oder vier Straßen.«

»Besucht Pancho auch noch andere Orte?«

»Wir glauben, ja.«

»Wen meinen Sie mit ›wir‹?«

»Mr. Cameron und mich. Ich kann mich einfach nicht damit abfinden, daß er ... daß ihm das geschehen ist.«

»Sie glauben also, daß Pancho auch noch andere Häuser aufsucht?«

»Ja, aber wir wissen nicht genau, wohin er fliegt. Pancho ist ein sehr kluger, aber auch ein sehr verschwiegener Vogel, nicht wahr, Pancho? Manchmal war Pancho verschwunden, und weder Mr. Cameron noch ich wußten, wo er war. Es tut mir leid, Pancho, aber du bist mir zu schwer. Dona kann dich nicht die ganze Zeit auf ihrem Finger halten. Willst du nicht einmal zu Mr. Lam gehen?«

Sie streckte mir wieder die Hand entgegen, aber die Krähe zuckte zurück. Dona hob ihre Hand und gab Pancho einen kleinen Stoß in Richtung auf seinen Käfig.

»Lügner«, schrie die Krähe und dann: »Geh weg! Geh weg!«, während sie über das Holz in ihren Käfig zurückflatterte.

»Sie ist wirklich völlig durcheinander«, sagte Dona. »Ich versuche sie aufzuheitern, aber sie ist mürrisch und gereizt. Wollen wir in das Haus zurückgehen, Mr. Lam?«

»Mr. Cameron reiste viel, nicht wahr? War Pancho während seiner Abwesenheit bei Ihnen?«

»Natürlich. Mr. Camerons Besitzungen liegen in Kolumbien, und es ist schwierig, eine Krähe auf eine so weite Reise mitzunehmen. Mr. Cameron hielt sich gern auf dem laufenden, und darum fuhr er häufig nach Südamerika. Ich glaube nicht, daß ihm wirklich viel an den Reisen lag. Er hing sehr an Pancho und fühlte sich hier sehr wohl. Jedenfalls betreute ich Pancho für ihn, wenn er unterwegs war.«

»Ihr Vater ist tot«, fragte ich, während wir zum Haus zurückgingen, »aber Ihre Mutter lebt noch?«

»Ja.«

»Hier in der Stadt?«

»Ja.«

Die deutliche Zurückhaltung in ihrer Stimme ließ erkennen, daß ihr Fragen nach ihrer Mutter unangenehm waren und sie freiwillig nichts erzählen würde.

»Entschuldigen Sie, wenn ich zudringlich erscheine, aber hat Ihre Mutter wieder geheiratet?«

»Nein.«

»Sind Sie berufstätig? Ich weiß, daß das alles schrecklich persönlich ist, aber ...«

Sie antwortete lächelnd: »Ach, das macht doch nichts. Sie müssen Ihre Story haben, um Geld zu verdienen. Ich arbeite freiberuflich.«

»Schreiben Sie?«

»Nein. Ich male Bilder, und manchmal verkaufe ich welche. Gelegentlich bekomme ich sogar einen richtigen Auftrag. Zum Beispiel habe ich für ein Werbebüro das Bild eines Mädchens gemalt, das mit wehenden Haaren an der Reling eines Schiffes steht. Ich werde es Ihnen mal zeigen.«

Sie nahm aus einem Wandschrank eine große Mappe heraus, öffnete sie und hielt mir ein Bild hin. Es stellte ein junges Mädchen dar, das an der Reling eines Schiffes stand. Der Wind verwehte ihr Haar und ihren kurzen weißen Rock und legte ihre hübschen Beine frei. Ein weißer Pullover betonte die Formen, die eben ein Pullover betonen soll.

Ich verstehe nicht viel von Kunst, aber das Bild gefiel mir ausnehmend. Es war sauber und klar, vielleicht auch nur durch die naturalistische Art, in der das Weiß verwendet und das Wehen des Windes dargestellt worden war. Es war ein Bild voller Leben. Man spürte die Erwartung, die in den Augen des Mädchens lag, das seinen Blick über den Ozean zum Horizont richtete. Das Mädchen schien in die Zukunft schauen zu wollen, in eine freundliche Zukunft. Die Falten des vom Wind gehobenen Rockes über ihren Beinen hinterließen den Eindruck, als liebe sie es, den Wind auf ihrer Haut zu spüren.

»Gefällt es Ihnen?« fragte sie und sah mich erwartungsvoll an.

»Ich finde es ausgezeichnet. Es spricht mich innerlich an. Ich empfinde mit, von welchen Intuitionen Sie sich bei der Schaffung dieses Bildes leiten ließen.«

Sie seufzte. »Ich malte es im Auftrag eines Werbebüros. Sie wollten ein Bild, das die Lust am Reisen weckt. Als ich fertig war, änderte der höchste Chef seine Meinung hinsichtlich des Motivs. Er entschied sich nun für ein Bild im Mondschein, mit einem Mädchen an einem Geländer und einem Mann im Abendanzug, der sich ihr entgegenneigt. Er meinte, das sei für seine Zwecke wirkungsvoller.«

»Das Bild ist Ihnen großartig gelungen. Der Mann muß verrückt sein, wenn es ihn nicht überzeugt hat.«

»Nun, er änderte eben seine Ansicht. Mein Bild hat er kaum mit einem Blick gewürdigt. Daran lag es wohl. Der künstlerische Berater, der mir den Auftrag gab, hatte es sich so vorgestellt, wie ich es gemalt hatte. Er bezeichnete mein Bild als absolut gelungen. Aber dann kam der maßgebende Mann, sah es kaum an und entschied sich für eine Szene im Mondschein, die die Romantik des Reisens ausdrückt. Nun ja, so geht es eben.«

»Und was wollen Sie jetzt damit machen?« fragte ich.

»Ach, ich werde es eine Weile behalten. Vielleicht kann ich es irgendwo in einem Kalender unterbringen ... Manchmal werden derartige Bilder dabei berücksichtigt.«

»Wenn Sie mich fragen, ich finde, es ist eines der schönsten Bilder, die mir je zu Gesicht gekommen sind. Man sieht so richtig den Widerschein des besonnten Meeres in den blauen Augen des Mädchens, und die Hoffnung und die Lebensfreude und die Sehnsucht nach Abenteuern, und – es liegt alles darin, was jung und sauber und lebendig ist.«

»Sagt es Ihnen wirklich so viel?« fragte sie.

Ich nickte.

»Das freut mich. Ich wollte das alles wiedergeben. Ich war nicht ganz sicher, ob es mir gelungen war. Sie wissen, wie es einem dabei geht. Man versucht etwas in ein Bild zu legen, und weil man sich solche Mühe gegeben hat, glaubt man auch jedesmal, wenn man es ansieht, daß es künstlerisch vollendet ist. Aber man ist nie sicher, ob andere das auch sehen und ob man es sich selbst nicht nur einredet.«

»Doch, es ist wirklich alles drin. Was haben Sie sonst noch gemalt?«

»Ach, das wird Sie kaum interessieren. Dies ist mein bestes Bild. Von den anderen sind einige ziemlich scheußlich. Ich bilde mir gerne ein, daß ein paar ganz gut sind, aber sie sind zu unterschiedlich.«

»Wollen Sie mir die nicht auch einmal zeigen?«

»Gern, aber nur, wenn Sie sie aus ehrlichem Interesse sehen wollen. Ich würde gern Ihr Urteil hören. Sehen Sie, ein Künstler will etwas schaffen. Ich weiß nicht genau, was es eigentlich ist. Ich glaube, er versucht, das Leben zu deuten. Nehmen Sie das Bild von dem Mädchen auf dem Schiff als Beispiel. Ich gehe davon aus, daß fast jeder Mensch gern reist. Es ist ein Ausweg, um einmal aus sich selbst herauszukommen und den Alltagskram abzuschütteln. Aber wenn man reist, begnügt man sich nicht nur damit, neue, fremde Landschaften zu betrachten. Man versucht auch über den Horizont hinauszuschauen. Darum habe ich den Kopf und die Augen des Mädchens etwas nach oben gerichtet, um den Blick in die Weite . . . über den Horizont hinaus anzudeuten.«

Ich nickte verständnisvoll.

»Haben Sie das Bild so verstanden?«

»Ganz entschieden. Reisen Sie viel?«

»Natürlich nicht. Ich muß ja arbeiten. Im Vertrauen gesagt, muß ich mir die Zeit zum Malen absparen. Wenn dann der Wolf vor der Tür zu heulen anfängt, muß ich mir irgendeine Arbeit suchen, einen ganz gewöhnlichen Job.«

»Welcher Art?«

»Irgendeinen, von dem ich ehrlich leben kann. Ich spare, daß ich mir wie ein Geizhals vorkomme. Aber jeder Dollar, den ich von meinen Ausgaben erübrigen kann, bedeutet, daß ich länger malen kann. Eines Tages werde ich über den Berg kommen und auch Besseres leisten können.«

»Macht es Ihnen nichts aus, daß Sie Ihre Malerei unterbrechen müssen, um zu arbeiten?«

»Doch, schon. Aber ich nehme mir nicht die Zeit, darüber nachzudenken. Es muß sein, und ich habe herausgefunden, daß es keinen Zweck hat, sich wegen der Dinge, die sein müssen, das Leben schwerzumachen.«

»Eigentlich müßten Sie doch von Ihrer Malerei leben können.«

»Eines Tages werde ich das. Ich weiß genau, daß gelungene Arbeiten bei mir mehr oder weniger noch Zufallstreffer sind. Natürlich ist es heute auch schwer, Fuß zu fassen. Wenn man erst einmal bekannt ist, kann man seine Arbeiten leichter verkaufen und auch gute Preise erzielen. Fängt man aber gerade erst an, glauben die Leute, sie könnten künstlerisches Schaffen mit einem Butterbrot honorieren. Bei Anfängern sind sie auch wählerisch und kritisch. Hat man dagegen erst mal einen Namen, ist vom eigenen Urteilsvermögen der Käufer nichts mehr zu spüren, und sie schwärmen dann für Bilder, die sie bei einem unbekannten Künstler in Grund und Boden reden würden.«

»Das muß deprimierend wirken.«

»Ach, ich weiß nicht. Natürlich gibt es Tage, die von niedergedrückter Stimmung beschattet sind. Aber das ist nun einmal so. Und wenn man im Leben weiterkommen will, muß man lernen, sich mit Realitäten abzufinden. Sich selbst etwas vorzugaukeln hilft nicht weiter...«

»Sie wollten mir doch Ihre anderen Bilder auch noch zeigen?«

»Oh, entschuldigen Sie bitte, daß ich das vergaß.«

»So habe ich es nicht gemeint. Ich will durchaus nicht drängen, denn ich höre Ihnen gern zu. Mir ist doch eine Aufgabe gestellt worden, und Sie tragen dazu bei, daß ich sie erfüllen kann. Eine andere Frage: Sprechen Sie spanisch?«

»Ja, wie meine Muttersprache. Als Kind hatte ich zahlreiche Freunde, die nur spanisch sprachen, und meine Mutter hat viele spanische Bekannte. Ich lernte englisch und spanisch gleichzeitig.«

»Haben Sie das Smaragdkollier gesehen, das in den Zeitungen abgebildet war?«

»Ja. Ich habe alles gelesen, was über Mr. Camerons Tod in den Zeitungen stand. Glauben Sie, daß er auf den Mörder geschossen hat?«

»Das ist schwer zu sagen. Kannten Sie das Smaragdkollier?«

»Nein.«

»Aber Mr. Cameron muß es schon einige Monate besessen haben. Glauben Sie, daß er die Absicht hatte, es zu verschenken?«

»Vielleicht, aber woher soll ich das wissen?«

»Interessierte er sich für Schmuck?

»Ich glaube nicht. Aber er war ein sonderbarer Mann. Zeitweilig war er geradezu verblüffend. Er interessierte sich für sehr vieles. War er mit jemandem zusammen, so nahm er regen Anteil an Dingen, die diese Person speziell interessierten. Niemals drängte er anderen Menschen seine eigenen Standpunkte auf.«

»Und wie ist es mit Sharples?«

»Er ist eine ganz andere Natur, aber ihn kann ich nicht so gut beurteilen. Meine Mutter kennt ihn entschieden besser als ich.«

»Mögen Sie ihn nicht?«

»Das möchte ich nicht sagen.«

»Nun, wie ist es?«

»Müssen Sie danach fragen?«

»Es kam mir nur so in den Kopf.«

»Er ist ein gescheiter Mann. Ich glaube nicht, daß er sich intensiv seinen Freunden widmet, wie Mr. Cameron es tut – es tat. Mr. Sharples beschäftigt sich mehr mit seinen eigenen Angelegenheiten, und mir scheint, daß er sehr viele im Auge behalten muß.«

»Meinen Sie Liebesaffären?«

Sie lachte. »Sind nicht alle Männer so?«

»Das könnte ich nicht sagen.«

»Ich glaube schon.«

»War Cameron so?«

»Lieber Himmel, nein.«

»Da haben Sie's. Manche Männer sind anders.«

»Mr. Cameron war anders. Er war freundlich und aufmerksam und nie aufdringlich. Manchmal legte er mir den Arm um die Schulter, und ich hatte es gern, wenn er das tat. Es war freundschaftlich und aufmunternd gemeint, es war keine plumpe Zudringlichkeit.«

»Mochte Mr. Cameron Shirley Bruce ebenso gern wie Sharples?«

»Das weiß ich nicht.«

»Haben Sie gar keine Ahnung?«

»Ich kenne Shirley zu wenig.«

»Aber Sie wissen doch über Sharples gut Bescheid . . . oder?«

»Nicht sehr gut, und ich glaube nicht, daß ich oft mit ihm über Shirley gesprochen habe. Er betrachtet sie gewissermaßen als seinen Schützling. Ich nehme an, daß er aus diesem Grunde ihr besonders nahesteht. Aber wir kommen immer mehr von unserem Ausgangsthema ab. Mir scheint, Sie sind darauf spezialisiert, Leute geschickt dazu zu verleiten, über das zu reden, was Sie von ihnen gern hören wollen. Es ist nicht gerade meine Stärke, darüber zu wachen, wovon ich rede. Also wenden wir uns wieder Pancho und meinen Bildern zu. Mögen Sie gern Konfekt? Ich mache mir nicht viel daraus, aber irgend jemand hat mir eine Packung geschickt.«

Plötzlich wurde die Türklinke heruntergedrückt, und ohne anzuklopfen trat eine etwas hagere Frau mittleren Alters, mit dunklen, ausdrucksvollen Augen über hohen Backenknochen, in das Zimmer. Ihre Haut schimmerte in einem matten Olivton. Sie zeigte eine etwas stolze und verächtlich anmutende Miene, zu der ihre kurze, aufgestülpte Nase schlecht paßte.

»Guten Tag, Mutter«, sagte Dona.

Die Frau sah mich forschend an.

»Darf ich dir Mr. Lam vorstellen, Mutter?«

Ich versicherte ihr, wie sehr ich mich freue, sie kennenzulernen.

Sie neigte den Kopf und sagte mit einer weichen Stimme, die schön geklungen hätte, wenn ihre Eintönigkeit nicht verraten hätte, daß sie an etwas anderes dachte: »Guten Tag, Mr. Lam.«

Ihre dunklen Augen blitzten auf, als sie die Mappe und das Bild sah, das Dona gerade in die Hand genommen hatte.

»Schon wieder bei diesem Unsinn?« fragte sie ungehalten.

Dona lachte und sagte: »Ich plage mich weiter damit, Mutter.«

Mrs. Graftons Antwort war voller Mißachtung: »Damit kann man kein Geld verdienen. Du arbeitest und arbeitest, und was kommt dabei heraus? Nichts!«

Lächelnd überging Dona diese offensichtlich alte Streitfrage.

»Eines Tages werde ich doch Erfolg haben«, erwiderte sie. »Setz dich bitte, Mutter.«

Mrs. Grafton nahm Platz, blickte mich mißtrauisch prüfend an und sah dann auf Dona. Ihre dunklen, recht gierigen Augen – in ihrer Jugend waren sie gewiß oft als romantisch bezeichnet worden – schienen die Fähigkeit zu haben, alles mit einem Blick zu erfassen.

»Woher hast du das Konfekt?«

»Es kam mit der Post. Ich habe es noch nicht versucht. Der Briefträger brachte es gleich nach dem Frühstück.«

»Du solltest mehr ans Heiraten denken«, sagte die Mutter, nahm den Deckel von der Schachtel ab, betrachtete den Inhalt und wandte sich mir zu.

Jetzt waren ihre Blicke mehr abschätzend als feindselig, und mit einladendem Ton fragte sie: »Möchten Sie eine Praline, Mr. Lam?«

»Nicht so früh am Tage, danke vielmals.«

Mrs. Grafton wählte behutsam, nahm eins und biß hinein. Sie

schien etwas sagen zu wollen, überlegte es sich aber und aß den Rest des Konfektstückes, griff nach einem zweiten und sagte schließlich in abfälligem Ton: »Diese Polizei!«

»Was ist denn, Mutter?« fragte Dona, während sie die Mappe zurück in den Wandschrank legte und die Tür sorgfältig abschloß.

»Das sind alles Narren«, sagte Mrs. Grafton. »Hast du meinen Brief bekommen, Dona?«

»Ja.«

»Dann wußtest du also, daß ich komme.«

»Ja.«

Mrs. Grafton blickte mich ziemlich herausfordernd an.

»Nun, ich muß wohl gehen«, sagte ich. »Ich möchte Sie gern einmal wiedersehen, Miss Grafton, wenn ich darf. Gewissermaßen, um auf dem laufenden zu bleiben.«

»Für welche Zeitung arbeiten Sie?« fragte Dona.

Ich schüttelte den Kopf. »Ich bin nicht bei der Presse. Es ist etwas anderes. Ich bin ... Ich interessiere mich für den Fall.«

»Wofür interessieren Sie sich?« fragte Mrs. Grafton.

»Für Krähen«, sagte ich und lächelte.

»Und ich dachte, Sie wären Reporter«, sagte Dona.

»Nein, ich bin kein Reporter.«

»Reporter?« rief die Mutter aus. »Hast du nicht mehr Verstand, Dona, als mit jedem dahergelaufenen Reporter zu tratschen? Du bist zu naiv für den Umgang mit diesen Leuten. Du kannst dich nicht mit jedem, der Fragen an dich richtet, unterhalten. Du scheinst nie zu begreifen, wie gefährlich das werden kann.«

»Aber Mutter, er sagte doch eben, daß er gar kein Reporter ist.«

»Nun, was ist er denn?«

»Ich ...« Dona brach ab, lächelte mich verwirrt an und sagte: »Würden Sie bitte selbst darauf antworten, Mr. Lam?«

»Ja, sehen Sie, ich interessiere mich für ...«, begann ich.

Mrs. Graftons Gesicht verzerrte sich plötzlich. »Dona, was ist mit dem Konfekt?«

»Warum, Mutter, was ist dir denn?«

»Das letzte Stück schmeckte ...« Wieder verzerrte sich ihr Gesicht krampfhaft. Ihre Augen quollen vor Wut und Angst: »Du hast mich vergiftet«, schrie sie.

»Mutter, was hast du nur?« fragte Dona ängstlich.

Mrs. Grafton überschüttete sie mit einer Flut spanischer Flüche und Anschuldigungen.

Dona war vor Entsetzen bleich geworden. Dann schrie die Mutter auf englisch: »Und jetzt willst du auch mich töten.«

Sie machte eine schnelle Handbewegung, und als ich etwas blinken sah, ergriff ich blitzschnell ihren Arm, der gerade ausholte, um ein Messer zu werfen. Ich verfehlte zwar ihre Hand, packte sie aber am Arm, und das Messer fiel schwunglos zu Boden.

Noch einmal ließ sie eine spanische Schimpfkanonade los, versuchte ins Badezimmer zu laufen, stolperte jedoch, brach zusammen und übergab sich.

Ich hatte nicht bemerkt, daß Leutnant Buda hereingekommen war. Ich erinnere mich nur, daß uns jemand half, als das Mädchen und ich versuchten, die Mutter ins Schlafzimmer zu bringen. Ich sah auf und erkannte Sam Buda.

»Was ist denn mit ihr los?« fragte er mich mißtrauisch.

»Sie glaubt, sie sei vergiftet worden.«

Buda sah die Bonbonniere. »Mit dem Konfekt?«

»Ja«, antwortete ich.

»Haben Sie Senf?« fragte er Dona.

»Ja.«

»Machen Sie sofort Senfwasser, aber warm, und flößen Sie ihr soviel wie möglich davon ein. Wo steht Ihr Telefon?«

»Ich habe keins. Ich darf gelegentlich bei meiner Wirtin im Vorderhaus telefonieren.«

Buda verschwand und ließ mich und Dona mit der kranken Frau allein. Das Mädchen bereitete heißes Senfwasser vor. Die Mutter stöhnte, wimmerte und ächzte. Mir schienen Stunden zu vergehen, während wir versuchten, ihr das heiße Senfwasser einzuflößen und sie dann stützten, während sie von der Übelkeit, die darauf folgte, geschüttelt wurde.

Nach einer Weile ließen ihre Krämpfe nach. Ich ging in das Wohnzimmer und ließ Dona bei ihrer Mutter zurück. Ich sah mich nach dem Messer um: Es stak mit der Spitze im Boden, aber es war nicht das gleiche Messer, das Juanita hatte werfen wollen, denn das war ein bedrohlich aussehender Dolch mit einem Heft aus Onyx gewesen. Das Messer, das jetzt im Boden steckte, war ein gewöhnliches Küchenmesser mit einem Holzgriff und hatte ein paar Farbflecke auf der Klinge.

Ich rührte es nicht an.

Dann rief Dona. Ihre Mutter hatte einen hysterischen Anfall, schlug um sich und schrie. Ich ging in das Schlafzimmer und half Dona, die Mutter festzuhalten.

Die Sirene des Polizeiwagens, die Alarmglocke des Krankenwagens, weißgekleidete Männer und Buda, der schnell kurzgefaßte Anweisungen gab, kamen mir kaum zum Bewußtsein. Ein Arzt stieß mich zur Seite, und das nächste, woran ich mich erinnere, war, daß ich im Hof mit ein paar Polizisten vor den Streifenwagen stand und Leutnant Buda seine Blicke in meine Augen bohrte.

»Was haben Sie hier zu suchen?« forschte er.

»Ich interessierte mich für die Krähe.«

»Und warum?«

»Ich interessierte mich eben dafür.«

»Wer ist die Frau?«

»Ihre Mutter.«

»Haben Sie gesehen, wie sie das Konfekt aß?«

Ich nickte nur.

»Wieviel?«

»Drei oder vier Stück.«

»Wann ungefähr wurde ihr schlecht, nachdem sie das Zeug gegessen hatte?«

»Beinahe sofort.«

»Könnte Zyankali sein«, sagte Buda. »Bleiben Sie hier, Lam. Ich muß später noch mit Ihnen reden. Kommt mit, Jungs, wollen mal sehen, was mit dem Konfekt los ist.«

Die Polizisten gingen in das Haus. Zwei Sanitäter trugen auf einer Bahre Mrs. Grafton heraus. Sie luden sie in den Krankenwagen, und danach hörte ich die Sirene und die Alarmglocke.

Eine Frau aus dem Vorderhaus sah zu. Sie schien ihre Neugierde verbergen zu wollen. Immer, wenn sie bemerkt hatte, daß ich sie beobachtete, wandte sie hastig ihr Gesicht ab, verließ sofort das Fenster und beschäftigte sich eifrig mit anderen Dingen. Aber gleich darauf konnte ich ihr Gesicht wieder an einem anderen Fenster sehen.

Ich ging zum Holzschuppen hinter dem Kistendeckelhaus. Niemand zeigte für mich Interesse.

Pancho war nicht in seinem Käfig.

Ich kletterte über das verstaubte Holz, blieb dabei mit dem Fuß am Griff eines alten Koffers hängen und begann, den Käfig zu durchsuchen. Im Hintergrund war mit Ästchen und Zweigen, die lose und kreisförmig aufgehäuft waren, ein Teil des Käfigs abgegrenzt. Mit der Hand gelang es mir, dieses Nest zu erreichen, und ich begann, darin herumzufingern. Ich spürte mit den Fingerspitzen einen harten, glatten Gegenstand, klemmte ihn zwischen Zeige- und Mittelfinger und zog ihn mühevoll und vorsichtig heraus.

Selbst in dem trüben Licht des Schuppens leuchtete er in einem tiefen magischen Grün, das das Auge hypnotisch bannte.

Ich steckte ihn in die Tasche und griff wieder in das Nest. Aber ich fand weiter nichts und wollte die Suche schon aufgeben, als ich in einer anderen Ecke des Käfigs einen kleinen Haufen kieselartiger Steine entdeckte. Als ich sie in Händen hielt, erwiesen sie sich als vier weitere große Smaragde von ebenso schöner und tiefer Farbe wie der erste.

Nun vergewisserte ich mich, daß nicht noch mehr Smaragde in dem Käfig waren, und verließ dann den Schuppen.

Nachdem ich noch fünf oder zehn Minuten herumgestanden hatte, trat Leutnant Buda aus dem Haus. Forsch kam er auf mich zu und fragte: »Was war mit dem Konfekt, Lam?«

»Sie aß davon.«

»Ich weiß, ich weiß. Wo hatte das Mädchen es her?«

»Ich bin hier selbst fremd, woher soll ich das wissen?«

»Aber das verfluchte Konfekt ist hier nicht fabriziert worden.«

»Wahrscheinlich nicht.«

»Hat Ihnen jemand davon angeboten?«

»Ja.«

»Wer?«

»Die Mutter.«

»Aber das Konfekt war schon im Haus, als Sie auf der Bildfläche erschienen?«

»Ich habe es nicht bemerkt, denn ich habe mich um andere Dinge gekümmert. Das Mädchen hielt mich für einen Reporter. Schließlich kann sie kaum jeden Reporter, der im Laufe des Tages zu ihr hineinschneit, mit Konfekt füttern.«

»Aber ihrer Mutter bot sie davon an? Können Sie sich daran erinnern?«

»Nein, ich entsinne mich nicht. Soviel ich weiß, ging die Mutter an den Tisch und bediente sich unaufgefordert.«

»Denken Sie genau nach, Lam. Sie wissen, daß die Mutter das Konfekt nicht mitbrachte. Ihre Tochter hatte das Konfekt da und bot es ihrer Mutter an.«

»Soweit ich dunkel in Erinnerung habe, nahm die Mutter es sich von selbst. Ich glaube nicht, daß sie es mitbrachte. Aber beschwören kann ich das nicht, denn ich achtete nicht darauf, was die Mutter tat. Ich wollte etwas von dem Mädchen erfahren, und als die Mutter kam, störte sie mich dabei nur. Sie wollte mich loswerden, und daher war ich gerade im Begriff zu gehen.«

»Und was wollten Sie von ihr wissen?«

»Ich wollte mir ganz allgemein ein Bild verschaffen.«

»In wessen Auftrag arbeiten Sie?«

»Gegenwärtig auf eigene Rechnung.«

»Was meinen Sie damit?«

»Genau das, was ich sage.«

»Harry Sharples behauptet, er hätte Ihre Agentur beauftragt, den Fall im Auge zu behalten. Er scheint ziemlich aus der Fassung geraten zu sein.«

»Er hat uns ein Angebot gemacht.«

»Arbeiten Sie denn nicht für ihn?«

»Nein.«

»Aber Bertha scheint das anzunehmen.«

»Vielleicht vertritt Bertha seine Interessen. Ich nicht!«

»Wohinter sind Sie denn her?«

»Ach, ich will mir nur so einen allgemeinen Überblick verschaffen.«

»Ich kann Herumschnüffler nicht leiden«, sagte Buda.

»Ich gebe mir Mühe, mich nicht in diese Gruppe einzureihen.«

»Was halten Sie von dem Mädchen?«

»Klasse, kann es noch zu etwas bringen.«

»Mann, ich bin nicht blind. Sie ist vielleicht ein bißchen mager. Aber sie hat trotzdem eine verdammt gute Figur. Doch danach habe ich Sie nicht gefragt! Ich möchte wissen, was Sie von ihr halten.«

»Sie ist in Ordnung«, versicherte ich ihm.

Er nahm mich noch eine Weile aufs Korn, ehe er sagte: »Das sieht Ihnen ähnlich. Sobald Weiber im Spiel sind, fangen Sie immer gleich Feuer. Na schön. Verschwinden Sie hier und behalten Sie das mit der Vergiftung für sich.«

»Ich muß es meinem Teilhaber berichten.«

»Ich denke an die Zeitungen. Sagen Sie Bertha, sie soll auch die Klappe halten.«

»Warum? Steckt irgendein Geheimnis dahinter?«

»Es könnte sein. Wo kam das Messer auf dem Boden her?«

»Jemand ließ es fallen.«

»Wer?«

»Ich glaube, die Mutter.«

»Das hat aber die Tochter nicht ausgesagt.«

»Soviel ich weiß, hat die Mutter es fallen lassen.«

»Wieso ließ sie es fallen?«

»Ihr wurde schlecht.«

»Was hat sie denn überhaupt damit gemacht?«

»Ich weiß es nicht. Ich habe sie nicht gefragt. Es ging alles etwas durcheinander.«

Buda sah mich noch immer an. »Noch mehr durcheinander, als Sie jetzt sind?«

»Ich bin nicht so konfus, wie Sie glauben, aber ich konnte auch nicht alles sehen. Ich wollte gerade weggehen, als es passierte. Vielleicht hat sie das Messer benutzt, um die Konfektschachtel damit zu öffnen.«

»Wie geschah es denn?«

»Der Frau wurde schlecht – und zwar ganz plötzlich.«

»Sagte sie etwas davon, daß sie vergiftet wurde?«

»Ich glaube, sie sagte ihrer Tochter, sie solle das Konfekt lieber wegwerfen, es schmecke schlecht. Sie kann auch gesagt haben, daß sie glaube, es sei vergiftet oder so etwas ähnliches.«

»Und Sie wissen nicht, woher das Messer kam?«

»Ich entsinne mich, daß ich es gesehen habe. Aber der Frau wurde übel, und ich versuchte sie zu stützen, und da schenkte ich ihrem Zustand mein ganzes Augenmerk.«

»Die Tochter hat gesagt, daß das Messer auf dem Tisch lag. Haben Sie es da gesehen?«

»Kann sein, daß es da gelegen hat.«

»Die Tochter behauptet, daß sie es benutzt, um damit Farbe vom Rand ihrer Bilder abzukratzen, und daß sie es auf den Tisch gelegt hatte.«

»Es ist ihre Wohnung. Sie muß es ja wissen.«

»Kann das Messer auf dem Tisch gelegen haben?«

»Hören Sie zu, Leutnant. Ich habe mich um meine eigenen Dinge gekümmert. Auf dem Tisch lag ein Haufen Zeug. Das Messer kann auf dem Tisch unter einer Zeitung oder auch offen dagelegen haben. Die Bonbonniere kann da gelegen oder die Mutter kann sie mitgebracht haben. Ich weiß es nicht. Vielleicht hat sie auch das Messer mitgebracht.«

»Nein«, sagte Buda. »Das Mädchen gibt zu, daß das Messer auf dem Tisch lag. Es ist ihr Messer.«

»Nun, dann haben Sie's ja«, sagte ich.

Buda wurde wütend. »Was, zum Teufel, habe ich?«

»Wissen Sie das nicht?«

Die Frage gefiel ihm nicht, und er drückte sich um die Antwort, indem er sagte: »In ein paar Stunden werden wir mehr über das Konfekt wissen. Nun ja, das wollen wir mal abwarten. Vielleicht sprechen wir uns dann wieder.«

»Jederzeit«, sagte ich, ging dann an dem Bungalow vorbei, stieg in den Wagen und fuhr davon.

12

Elsie Brand winkte mir zu, als ich das Büro betrat. »Sie hat eine miserable Laune.«

Ich lächelte höflich.

»Kann ihr nur gut tun. Das steigert die Temperatur, und dann wird sie ihr Gift ausschwitzen. Laß sie ruhig schmoren.«

»Sie schmort nicht nur, sie kocht beinahe über.«

»Hat sie Sie etwa schlecht behandelt?«

»Sie starrt mich nur an, aber ich fürchte mich so vor ihr, Donald. Die Arbeitsvermittlung hat ein paar Mädchen hergeschickt, um sich vorzustellen, und die überzeugten nicht gerade sehr. Das letztemal, als Bertha eine Kraft einstellen mußte, waren Stellungen rar, und die, die was konnten, griffen sofort zu, ganz gleich, was es war – nur um Arbeit zu haben. Jetzt ist es genau umgekehrt. Die Mädchen, die heute hier waren, hatten gute Gehälter, ohne besonders viel zu können. Ich habe gesehen, wie sie ihre Probearbeit erledigten, es war ziemlich kläglich.«

»Na schön, ich werde mal sehen, was sie auf dem Herzen hat.«

»Donald, wenn Sie jetzt zu ihr gehen, bekommen Sie bestimmt Streit mir ihr. Sie ist förmlich in Weißglut.«

»Das ist mir gerade recht, es wird Zeit, daß hier ein paar Dinge geändert werden.«

»Donald, bitte nicht. Sie tun es doch nur für mich.«

»Nicht ausschließlich. Bertha hat Ihnen lange genug Arbeit für zwei aufgehalst. Das meiste Zeug, das Sie da tippen müssen, ist sowieso Quatsch.«

»Es gehört zu ihren Geschäftsmethoden. Sie hat die Vorstellung, daß es einen schlechten Eindruck macht, wenn die Leute die Tür zum Vorzimmer öffnen und sehen, wie ich gerade ein Magazin lese und sonst etwas tue, was nicht auf Anhieb nach emsiger Arbeit riecht. Die Besucher könnten dann meinen, wir hätten keine Aufträge. Darum will sie, daß ich wie wild auf der Schreibmaschine herumhämmere, besonders, wenn jemand die Tür öffnet.«

»Es wird höchste Zeit, daß hier eine ganze Menge geändert wird«, versicherte ich noch einmal und öffnete die Tür zu Berthas Arbeitszimmer.

Bertha saß an ihrem Schreibtisch mit dem Kinn auf der Brust und schnaufte in stummer Verbissenheit vor sich hin. Als ich die Tür öffnete, blickte sie auf, und als sie mich sah, lief ihr Gesicht rot an. Sie riß den Kopf hoch, holte tief Luft, öffnete den Mund, um etwas zu sagen, schwieg aber.

Ich betrat das Büro und ließ mich auf dem Besuchersessel nieder. Zehn oder fünfzehn Sekunden musterte sie mich mit verbissenem Schweigen. Ihr Drehstuhl gab ein schrilles Quietschen von sich, als sie sich vorlehnte und mich anschrie: »Was bildest du dir eigentlich ein, wer du bist?«

Ich zündete mir gelassen eine Zigarette an.

»Ich habe es jetzt satt«, donnerte sie weiter. »Ich lasse mir eine ganze Menge bieten. Aber du scheinst vollkommen verrückt geworden zu sein. Was denkst du dir eigentlich?«

Ich stieß eine Rauchwolke aus und sagte: »Die meisten Mädchen, die soviel können wie Elsie Brand, verdienen heutzutage das Doppelte von dem, was wir ihr zahlen. Es ist verdammt schwer, für so ein niedriges Gehalt noch jemand zu finden. Neunzig Prozent der Arbeit, die sie macht, ist sinnlos. Du deckst sie damit nur ein, damit sie auf der Schreibmaschine herumhämmern muß, um bei einem Klienten, der sich zufällig hierher verläuft, Eindruck zu schinden.«

»Und was ist schon dabei? Sie wird doch dafür bezahlt. Wenn sie nicht will, braucht sie hier nicht zu sitzen. Aber für ihr Gehalt ist sie auch verpflichtet, während der Bürozeit zu arbeiten. Und zwar acht Stunden am Tag, jede einzelne Minute. Achtmal sechzig Minuten. Das sind vierhundertachtzig Minuten am Tage. Ich verlange jede einzelne Sekunde Arbeit. In der Zeit, die wir ihr bezahlen, gehört sie uns.«

Ich schüttelte den Kopf. »Heutzutage hat man seinen Mitarbeitern gegenüber eine andere Einstellung. Außerdem hast du über Elsie Brand nicht mehr zu bestimmen. Sie ist von nun an meine Sekretärin. Setz dir eine neue Stenotypistin her, die kannst du mit so viel Arbeit eindecken, wie du willst, und die kann von mir aus ekstatisch auf die Tasten hämmern, wenn ein Klient in Sicht ist.«

»Ich kriege ja keine, die richtig und flott schreiben kann«, keifte Bertha. »Die Gänse, die mir der Stellenvermittler geschickt hat, suchen und picken und fummeln auf der Maschine herum, als hätten sie Angst, die Tasten wären Mausefallen, die nach ihren zarten, kleinen Fingerchen schnappen. Und was geht es dich überhaupt an? Ich führe mein Geschäft so, wie es mir paßt.«

»Nur weil du unsere Teilhaberschaft auflösen willst, brauchst du doch noch nicht so zu brüllen.«

Berthas Gesicht lief wieder rot an, dann verlor es alle Farbe. Ihre Hände krampften sich zusammen, und sie atmete schwer. Mit großer Anstrengung sagte sie: »Donald, mein Schatz, hör zu: Du weißt, daß Bertha dich sehr, sehr gern hat. Aber du hast eben keinen Sinn für das rein Geschäftliche. Du bist ein gerissener kleiner Satan, wenn es darum geht, einen Fall aufzuklären, aber vom internen Geschäftsbetrieb verstehst du rein gar nichts. Und mit dem sauer verdienten Geld wirfst du herum, als wenn es überhaupt keinen Wert hätte. Und von Frauen verstehst du ebenfalls nichts. Dich braucht nur eine lammfromm anzulächeln, und schon bist du Wachs in ihren Händen. Dich wirft jede mühelos um. Wir zahlen jetzt Elsie Brand genau das Doppelte von dem Gehalt, das sie anfangs bekam.«

»Wir sollten ihr Gehalt noch einmal verdoppeln«, sagte ich. Bertha preßte ihren Mund zu einer dünnen Linie zusammen und funkelte mich an. Ehe sie etwas erwidern konnte, klingelte das Telefon. Es kostete sie einige Mühe, sich so weit zu beruhigen, daß sie den Hörer abnehmen und sich melden konnte: »Ja, hallo . . . ja . . . Ah, ich verstehe . . . Nun, wir sind natürlich sehr beschäftigt, und Mr. Lam ist . . . nein, nein, nicht zu beschäftigt. Er wickelt gerade einen Auftrag ab, der . . . Es war ein wichtiger Fall. Er schließt ihn gerade ab, und sobald er damit fertig ist, wird er Zeit haben . . . Ja, sofort . . . Nun, ich will versuchen, ihn zu erreichen. Kann er Sie anrufen? . . . Wie war Ihre Nummer? Ja, danke.«

Bertha notierte eine Telefonnummer und sagte: »Ich rufe Sie in ein paar Minuten wieder an.«

Sie legte den Hörer auf und zeigte mir ohne jeden Übergang ihr strahlendstes Lächeln. »Du Satansbraten! Ich begreife nicht, wie du es schaffst, aber du hast eine Art, mit Frauen umzugehen – mit den Weibsbildern bekommst du es immer hin, sie sind geradezu verrückt nach dir.«

»Wer war denn das?«

»Das war Shirley Bruce. Sie will, daß du sofort zu ihr in die Wohnung kommst. Sie hat einen sehr wichtigen Auftrag für uns. Sie sagte, es wäre ihr bekannt, daß wir teuer seien, aber sie wisse auch, daß wir etwas leisten, und es täte ihr leid, daß sie dich bei eurer ersten Begegnung falsch eingeschätzt hätte. Sie war so zuckersüß, wie sie nur sein konnte.«

Ich drückte meine Zigarette aus und ging zur Tür.

»Gehst du zu ihr, Donald?«

Ich nickte nur.

Berthas Gesicht war eitel Sonnenschein. »So habe ich dich gern, Donald. Nur mutig auf den nächsten Auftrag zu. Geh nur und mache dir keine Sorgen wegen der Arbeit im Büro. Bertha wird das alles schon in Ordnung bringen. Du bekommst dein Einzelzimmer, und Elsie Brand wird deine Sekretärin. Mach dir nur keine Sorgen wegen lächerlicher Einzelheiten, mein Schatz.«

Elsie Brand bekam Berthas letzte Worte noch mit. Sie machte Augen wie Golfbälle, als ich lächelnd durch das Vorzimmer ging und die Außentür hinter mir schloß, während Bertha in der Tür ihres Zimmers stand und strahlte.

*

Von einer Telefonzelle an der nächsten Ecke rief ich Shirley Bruce an. »Hier Donald Lam. Sie wollten mich sprechen.«

»Ja, dringend, Mr. Lam. Ist es Ihnen vielleicht möglich, zu mir in die Wohnung zu kommen?«

»Wann?«

»So bald wie möglich.«

»Können Sie nicht zu uns ins Büro kommen?«

»Leider nicht. Ich habe versprochen, den ganzen Tag zu Hause zu bleiben, und kann diese Verabredung nicht absagen, außerdem ist sie sehr wichtig. Ich bin bereit, Ihnen Ihre Zeit zu bezahlen. Ich würde Sie sehr gern – wie nennt man es gleich – anstellen ... Nein, ich glaube, verpflichten ist wohl das richtige Wort.«

Sie lachte nervös.

Ich sagte nichts.

»Sind Sie noch da?«

»Ja.«

»Nun, ich möchte Sie für einen sehr wichtigen Auftrag verpflichten. Die Einzelheiten kann ich Ihnen nicht am Telefon erklären, aber ich dachte, daß unter den Umständen, da es ja nichts Fragwürdiges ist ... Nun, Sie verstehen mich doch? Da Sie ja für mich arbeiten würden, könnten Sie auch zu mir kommen.«

»Ich kann mich aber erst heute nachmittag bei Ihnen einfinden.«

»Oh«, sagte sie, und die Enttäuschung war deutlich zu hören.

»Hat es bis dahin Zeit?« fragte ich.

»Nun ja, ich glaube schon, wenn – wenn es eben nicht anders geht.«

»Wann haben Sie Ihre Verabredung? Vormittags oder nachmittags?«

»Sie ist an keine bestimmte Zeit gebunden. Ich habe jemandem versprochen, den ganzen Tag über zu Hause zu bleiben.«

»Gut, ich komme im Laufe des Nachmittags. Ich rufe Sie rechtzeitig vorher an, damit ich nicht störe, solange er da ist.«

»Solange *sie* hier ist«, korrigierte Shirley Bruce schalkhaft.

»Ach so. Nun gut, ich rufe vorher an.«

Ich hängte ein und rief die ›Acme Schweißerei und Reparaturwerkstatt‹ an. Eine unsichere, nicht sonderlich intelligent klingende Frauenstimme meldete sich am Telefon.

»Holen Sie Robert Hockley an den Apparat«, befahl ich.

»Das geht nicht, er ist nicht hier.«

»Wo ist er?«

»Wer ist denn dort?«

»Die Presse.«

»Wie – ich habe Ihren Namen nicht verstanden.«

»Es war kein Name. Hier ist die Presse. Die Presse wünscht ihn. Ich möchte ihn interviewen. Holen Sie ihn. Wo ist er?«

»Er ist zur Paßstelle gegangen.«

»Zur Paßstelle?«

»Ja.«

»Wozu denn das?«

»Um seinen Paß abzuholen. Sie haben angerufen, daß er fertig ist. Ich . . . Sie können ihn ja dort anrufen.«

»Wo will er denn hinreisen?« fragte ich.

»Das weiß ich auch nicht«, sagte sie steif. »Sie können Mr. Hockley in der Paßstelle anrufen, wenn Sie wollen.«

Ich hörte das Knacken am anderen Ende der Leitung und hängte auch ein.

Anschließend fuhr ich zu dem Krankenhaus, in das Mrs. Grafton gebracht worden war. Es fiel mir nicht schwer, ihre Krankengeschichte zu erfahren. Sie war mit einer Kupfersulfatvergiftung eingeliefert worden. Ein Assistenzarzt wollte zwar nicht über den Fall, wohl aber über die Wirkung von Kupfersulfat mit mir reden.

»Kupfersulfat«, sagte er im Ton eines Mannes, der gerade sein Prüfungsthema wiederholt hat, »wird selten von Giftmördern verwendet, obwohl es ein starkes Gift ist. Da es jedoch sofort große Übelkeit verursacht, ist es schwer, festzustellen, wie hoch die tödliche Dosis ist, weil der Magen viel wieder von sich gibt.«

Ich nickte, um ihm zu zeigen, wie sehr mich sein Wissen beeindruckte.

»Tatsächlich«, dozierte der Assistenzarzt weiter, »ist eine Dosis von fünf Gran Kupfersulfat ein schnell und nachhaltig wirkendes Brechmittel. Es ist das bekannteste Gegengift bei Phosphorvergiftungen, weil es nicht nur als Brechmittel wirkt und den Magen von dem Phosphor befreit, sondern auch durch seine chemischen Eigenschaften als Gegenmittel auf den verbleibenden Phosphorrest im Magen wirkt.«

»War es denn eine Phosphorvergiftung?« fragte ich.

»Nein, nein! Sie mißverstehen mich. Natürlich war es eine Vergiftung. In der Tat, das Konfekt war gründlich getränkt. In jedem Stück in der Schachtel fanden wir Kupfersulfat.«

»Wenn fünf Gran die Dosis ist, um Erbrechen hervorzurufen, dann kann das eben nicht tödlich wirken.«

»Nun«, sagte er, »die Kapazitäten stimmen hier nicht vollständig überein. Webster zitiert in seinem Buch ›Gerichtsmedizin und Toxikologie‹ von Hasselt, der acht Gran als tödlich wirkende Dosis angibt. Gonzales, Vance und Helpern bezeichnen die tödliche Menge als sehr variabel. Das Apothekerbuch der Vereinigten Staaten gibt die Dosis von fünf Gran als schnelles und wirksames Brechmittel an, die, falls es notwendig sein sollte, nach fünfzehn Minuten noch einmal verabreicht werden darf, aber nicht öfter.«

»Sehr interessant«, sagte ich, »und was geschah mit der Patientin?«

Er lächelte: »Anscheinend gab sie das Gift beinahe sofort wieder von sich, nachdem sie es zu sich genommen hatte.«

»Wo ist sie jetzt?«

»Entlassen. Persönlich glaube ich nicht, daß sie mehr Gift, als eben gerade für ein Brechmittel erforderlich ist, zu sich genommen hat. Mißverstehen Sie mich nicht, ich spreche nicht mit Ihnen über die Patientin. Ich belehre Sie lediglich über die Wirkung von Kupfersulfat.«

»Wofür wird es eigentlich gebraucht?« fragte ich. »Wofür verwendet man speziell Kupfersulfat?«

»Man benötigt es beim Bedrucken von Kaliko und in der Herstellung von Farbstoffen. Ferner hat es große Bedeutung bei der Reinigung des Wassers und wird auch beim Verkupfern verwendet.«

»Ist es schwierig zu beschaffen?«

»Nein, nicht besonders.«

»Wie kann jemand nur auf die Idee kommen, damit Konfekt zu vergiften, um jemanden umzubringen?« fragte ich.

Er sah mich an und schüttelte verwundert den Kopf. »Das möchte ich auch gern wissen.«

Damit begnügte ich mich und fuhr zum Polizeipräsidium.

Leutnant Sellers war in seinem Büro. Vielleicht hätte er sich über meinen Besuch gefreut, wenn er nicht annehmen mußte, daß ich etwas von ihm wollte. Er schien es stets für das Beste zu halten, keine Karte aus der Hand zu geben und möglichst abweisend zu sein. Früher, als er noch zum Morddezernat gehörte, waren wir immer gut mit ihm ausgekommen. Ich hatte ihn damals in Verdacht, in Bertha Cool verliebt zu sein. Sie verhielt sich gerade spröde genug, um auf ihn anziehend zu wirken.

»Hallo, Donald, was gibt es Neues?« begrüßte er mich kühl.

»Nichts Besonderes.«

»Wie geht es Bertha?«

»Glänzend, wie immer.«

»Zigarre gefällig?« Er schob sich selbst eine in den Mund, zündete sie aber nicht an.

»Nein, danke.«

»Was kann ich für Sie tun?«

»Ich wollte nur mal guten Tag sagen und hören, wie es Ihnen geht. Wir haben uns lange nicht gesehen.«

»Ja, ich bin nicht mehr beim Morddezernat.«

»Damals haben Sie uns gelegentlich besucht.«

»Aber immer nur dienstlich.«

»Gebissen haben wir Sie aber nie.«

»Nee, bestimmt nicht. So was tun Sie nicht«, sagte er ironisch. »Berthas Laden war ganz in Ordnung, bis Sie dazukamen. Sie hatte ihr ordentliches Auskommen. Aber Sie haben zu große Rosinen im Kopf, und nun hetzen Sie Bertha auf die großen Sachen.«

»Sie hat aber damit ganz schön Geld verdient«, verteidigte ich mich.

»Nu wenn schon? Aber denen da oben, hier im Präsidium, gefällt Ihre Methode nicht sehr. Sie rümpfen schon die Nase, wenn man nur Ihren Namen fallen läßt.«

»Wen stört das schon? Mich nicht.«

Er nickte finster. »Natürlich! *Sie* nicht! – Aber ich, ich sollte mehr an meine Karriere denken. Statt dessen lasse ich mich von euch weich machen, und dann inszeniert ihr wieder irgend so einen faulen Zauber, werdet geschnappt, und ich falle mit herein.«

Er kaute an seiner Zigarre.

»Keine Bange. Mich schnappt schon keiner.«

»Warten Sie nur ab.«

»Ich habe noch nie etwas getan, was gegen die Gesetze verstößt.«

Darauf zuckte er nur mit den Achseln. »Sie haben bis jetzt verdammt Massel gehabt, Lam. Manchmal kommen Sie mir vor, als wenn Sie mit einem Boot in voller Fahrt durch ein Minenfeld rasen. Sie glauben, in dem Fahrwasser so gut Bescheid zu wissen, daß Sie genau beurteilen können, wohin Sie steuern dürfen und wohin nicht. Gesetze kennen reicht allein zur Sicherheit noch nicht aus. Mag sein, daß Sie sich auch noch in erlaubten Grenzen halten, aber Sie kommen dem Rand doch oft so gefährlich nahe, daß man ein Mikroskop braucht, um festzustellen, ob Sie die Grenze des Zulässigen nicht schon überschritten haben – gelegentlich jedenfalls. Und eines Tages werden Sie doch auf eine Mine rasen und hochgehen. Ich möchte dann jedenfalls nicht mit Ihnen im gleichen Boot sitzen oder in der Nähe sein.«

»Seit wann haben Sie diese Sorge? Ich war doch eine ganze Weile nicht hier.«

»Sicher, Sie waren längere Zeit nicht hier«, bestätigte er nachdenklich. »Aber das hat nicht verhindern können, daß Bertha größenwahnsinnig geworden ist. Sie bildet sich ein, daß sie sich nun ständig an die großen Fälle heranwagen kann. Ich kann Bertha gut leiden. Sie ist nicht so eine Heulsuse wie andere Weiber. Sie ist geradeheraus und weiß vor allem, was sie will. Glauben Sie mir, für manchen Mann gäbe Bertha eine großartige Frau ab, wenn sie diesen Laden aufgeben würde. Wie alt ist sie eigentlich, Donald?«

»Ich weiß es nicht genau. In den vier oder fünf Jahren, die ich sie kenne, hat sie sich kaum verändert. Ich schätze sie zwischen fünfunddreißig und vierzig.« Dabei zwinkerte ich ihm zu.

»Finden Sie das alt?« fragte er mich wie eine Eheberaterin. »Ich bin vierzig und fühle mich so jung wie eh und je.«

»Das verspürt man auch auf den ersten Augenblick.«

»Lassen wir den Quatsch. Was wollen Sie eigentlich?«

»Gestern wurde ein Mann namens Cameron ermordet.«

»Ja, ich habe davon gehört.«

»Leutnant Buda bearbeitet den Fall.«

»Hm«, nickte er.

»Cameron war einer der beiden Verwalter eines Nachlasses.«

»Und wer ist der andere?«

»Er heißt Harry Sharples.«

»Arbeiten Sie für ihn?«

»Wir haben für ihn gearbeitet.«

»Ist Ihr Auftrag erfüllt?«

»Was mich betrifft, ja. Aber er will noch mehr von uns.«

»Was denn?«

»Er will mich als seine Leibwache engagieren.«

»Warum denn das?«

»Wenn ich das wüßte.«

»Als ob Sie keine Ahnung hätten ...!« sagte er zweifelnd.

Ich machte mein scheinheiligstes Gesicht, während Sellers das Ende seiner Zigarre zu Fransen zerkaute. »Donald, Sie sind ein verdammt hintergründiger Bursche. Wer sich mit Ihnen einläßt, kann leicht in Druck kommen.«

»Meine Freunde nicht. Ich habe noch nie einen Freund in Druck kommen lassen«, widersprach ich.

»Was wollen Sie denn nun wirklich?«

»Sharples fürchtet sich anscheinend.«

»Wovor?«

»Ich sagte Ihnen schon, ich habe keine Ahnung.«

»Und was soll ich nun für Sie tun? Den Hellseher abgeben oder so etwas ähnliches?«

»Sharples und Cameron verwalten gemeinsam den Nachlaß von Cora Hendricks. Es handelt sich um einen beträchtlichen Haufen Geld. Es gibt zwei Erben, ein Mädchen namens Shirley Bruce und einen jungen Mann namens Robert Hockley.«

»Und weiter?«

»Die Nachlaßverwalter sind für Shirley Bruce sehr eingenommen und glauben, sie müßten Robert scharf auf die Finger sehen. Shirley kann so viel Geld lockermachen, wie sie will, aber Robert nicht, solange der Nachlaß von den Treuhändern verwaltet wird.«

Sellers nahm die Zigarre aus dem Mund und spuckte die abgekauten Stummelteile in einen großen Messingnapf. »Sie können sich gar nicht vorstellen, wie wenig mich das alles interessiert«, sagte er.

»Die Treuhandverwaltung endet, wenn die Erben ein bestimmtes Alter erreicht haben. Dann können die Nachlaßverwalter ihnen entweder das Kapital auszahlen oder eine Rente kaufen.«

»So, so.«

»Ich nehme stark an, daß die Erben den Zaster lieber auf einen Haufen hätten.«

»Leider werden Sie nicht danach gefragt.«

»Es gibt aber noch eine andere Möglichkeit, bei der die Treuhänderschaft endet.«

»Welche?«

»Den Tod beider Treuhänder.«

Er sah mich einen Moment mit gerunzelter Stirn an und fragte dann plötzlich mit gespannter Aufmerksamkeit: »*Wie* war das?«

»Im Falle des Todes beider Treuhänder wird die ganze Summe automatisch zu gleichen Teilen an die beiden Erben ausgezahlt.«

»Wieviel ist es denn?«

»Runde zweihunderttausend.«

Das Ende seiner Zigarre bebte und zitterte, als er wieder nervös auf ihr herumzukauen begann. »Und damit kommen Sie zu mir?«

»Genau. Damit komme ich zu Ihnen.«

Er riß mit den Zähnen ein paar Tabakfetzen von seiner Zigarre los und spuckte sie aus. Mit dem Blick auf das ausgefranste Ende der Zigarre fragte er noch einmal: »Warum erzählen Sie mir das eigentlich alles?«

»Das Interessanteste an dem Mord ist, daß Cameron eine Krähe namens Pancho besaß. Cameron wurde erstochen, als er telefonierte. Vor ihm auf dem Tisch lag eine Pistole, mit der ein Schuß abgefeuert worden war. Auf wen mag er wohl geschossen haben?«

Sellers zuckte nur die Achseln.

»Ich war dabei, als Sharples die Leiche fand. Ich habe mich ein bißchen umgesehen, aber keinen Einschuß gefunden, und soviel ich weiß, hat die Polizei die Kugel auch noch nicht finden können.«

»Glauben Sie vielleicht, daß jemand die Kugel in seinem Körper mit herumschleppt?«

»Es wird behauptet, daß die Polizei das annimmt.«

Sellers fuhr sich durch sein welliges Haar. »Ich will Ihnen etwas verraten, Donald, aber sprechen Sie nirgends darüber, von wem Sie es wissen. Wir haben die Spur der Kugel gefunden.«

»Hat Cameron auf jemanden geschossen und gefehlt?«

Sellers schüttelte den Kopf. »Er hat in die Luft geschossen. Es sieht fast so aus, als hätte er einen Trick versucht. Aber er war ein zu schlechter Schütze.«

»Was soll das heißen?«

»Unter dem Dach ist doch ein Loch, durch das die Krähe ein- und ausfliegen konnte. Oben, direkt unter der Decke.«

Ich nickte.

»Nun, als unsere Jungens die Pistole fanden, aus der der Schuß abgefeuert worden war, sagten sie sich, irgend jemandem muß die Kugel ja gegolten haben. Und als sie keine Einschußspur fanden, dachten sie, vielleicht hat Cameron auf jemand geschossen, um sich zu verteidigen.«

Ich nickte wieder.

»Aber wer auch den Schuß abgefeuert hat: Augenscheinlich zielte er auf das Loch unter der Decke in der Hoffnung, die Kugel würde irgendwohin in den blauen Himmel fliegen. Es war aber ein Streifschuß, denn die Kugel traf einen Balken.«

Ich legte meine Stirn in tiefe Falten, um Sellers zu zeigen, daß ich angestrengt nachdachte. Er wartete eine Weile, da ich aber schwieg, fuhr er fort: »Sie können sich vorstellen, was geschah. Cameron besaß die Waffe – es war zwar nur eine zweiundzwanziger Pistole. Er wurde mit einem Messer getötet. Wenn Cameron wirklich geschossen hat, ist es nur logisch, daß er auf die Person mit dem Messer zielte. Das aber wäre dann ein Kampf gewesen.«

»Wie meinen Sie das?«

»Hätte *er* die Pistole abgefeuert, dann wäre das geschehen, ehe er mit dem Messer angegriffen wurde. Dem Obduktionsbefund zufolge wurde Cameron direkt ins Herz getroffen, und der Arzt, der die Leiche untersuchte, erklärte, daß er sofort tot gewesen sein muß. Wenn er nun derjenige gewesen war, der den Kampf mit der Pistole eröffnete, hat die Person mit dem Messer in Notwehr gehandelt.«

»Sie glauben also, daß der Mörder den Schuß abgefeuert hat?«

»Genau das«, sagte Sellers. »Der Mörder muß Cameron gut gekannt haben. Es muß jemand sein, zu dem er Vertrauen hatte. Cameron saß in seinem Stuhl und telefonierte, und der Mörder stand dicht neben ihm. Vielleicht gefiel dem Mörder nicht, was Cameron am Telefon sagte. Es kann auch sein, daß er nur auf den günstigsten

Moment wartete. Aber er zog das Messer und stieß im geeigneten Augenblick zu. Cameron fiel aus dem Stuhl, und der Mörder öffnete in aller Ruhe die Schublade, in der Cameron seine Pistole aufbewahrte, stellte sich genau hinter den am Boden Liegenden, zielte auf das Ausflugsloch, drückte ab und legte die Waffe auf den Tisch. Er hatte gehofft, daß die Kugel durch das Loch geflogen war. Aber dazu fehlte ein Zentimeter.«

»Schoß er zu hoch, oder zu niedrig, oder nach der Seite?«

»Zu hoch.«

»Sie glauben also, daß der Mörder geschossen hat?«

»Wir glauben, es war der Mann, der den Mord beging.«

»Oder die Frau?«

Er sah mich an und sagte dann langsam und voller Zweifel: »Oder die Frau, die den Mord beging.«

»Und warum nehmen Sie das an?«

»Wir fanden bei der Paraffinprobe an Camerons Händen keine Pulverspuren.«

»Wurden Fingerabdrücke gefunden?«

»Auch nicht.«

»Und an der Pistole?«

»Nur ein paar stark verwischte.«

»Sie meinen, die Pistole ist abgewischt worden?«

»Jedenfalls wurde sie nicht sauber genug abgewischt. Vielleicht hat der Mörder den Kolben mit dem Taschentuch angefaßt, als er schoß. – Aber was wollen Sie nun wirklich, Donald?«

»Nach Südamerika.«

»Das möchte ich auch.«

»Ich möchte sofort abreisen.«

»Was habe ich damit zu tun?«

»Sie sollen mir einen Paß beschaffen.«

»Sie sind verrückt.«

»Nein, das bin ich nicht. Sie werden jetzt dieses Telefon nehmen und die Paßabteilung im Außenministerium anrufen, dort sagen, wer Sie sind, und ihnen erklären, daß ich einen Mordfall bearbeite, daß Sie mir völlig vertrauen und wünschen, daß mir sofort ein Paß ausgehändigt wird.«

»Sie sind völlig von Sinnen.«

Ich schüttelte den Kopf.

»Ich könnte es nicht tun, selbst wenn ich wollte. Es würde auch nichts helfen.«

»Wenn Sie die richtige Stelle anrufen, wird es schon hinhauen.«

»Was sagt Bertha dazu?«

»Sie weiß nichts davon.«

»Wer schickt Sie nach Südamerika?«

»Niemand. Es ist mein eigener Entschluß.«

»Was gibt es denn da unten so Wichtiges?«

»Ich weiß es auch noch nicht.«

»Warum wollen Sie dann da hinunter?«

»Robert Hockley geht hin. Er ist einer der Erben von Cora Hendricks. Der größte Teil des Nachlasses besteht aus Besitzungen in Kolumbien.«

»Sie wollen ihn also beschatten?«

»Ich will nur nach Kolumbien und sonst nichts.«

»Und was geschieht mit mir? Ich hole für Sie die Kastanien aus dem Feuer und was dann?«

»Sie bekommen eine Extra-Kastanie.«

»Um mir die Finger daran zu verbrennen«, protestierte Sellers.

»Sie können sich Ihre Pfötchen abkühlen lassen, solange Sie wollen.«

»Die Sache schmeckt mir nicht, Donald. Ich soll mich für Sie stark machen, und geht etwas schief, dann bin ich der Dumme.«

»Es wird nichts schiefgehen. Sie riskieren absolut nichts. Will die Polizei denn nicht wissen, was Hockley in Kolumbien treibt?«

»Ich sehe nicht ein, wozu.«

»Haben Sie Gründe, es nicht wissen zu wollen?«

»Und wenn Sie etwas herausbekommen, werden Sie es mir dann erzählen, ohne etwas zu verschweigen?«

Lächelnd nickte ich mit dem Kopf.

»Das will ich auch stark hoffen.«

»Wenn ich klären kann, wer Robert Cameron ermordet hat, dann sage ich es Ihnen, und Sie können den Rahm abschöpfen.«

»Nur auf das hin, was Sie dann erzählen werden?«

»Reden Sie keinen Unsinn. Ich liefere Ihnen die Beweise. Sie können sie dann prüfen.«

Sellers zögerte noch.

»Schließlich haben Sie ja nichts zu verlieren«, drängte ich. »Sie wissen ebenso gut wie ich, daß die Polizei sich nicht in die Unkosten stürzen und jemand nach Südamerika hetzen wird, nur weil Robert Hockley dort hinfährt. Hier haben Sie eine Möglichkeit, von kostspieligen Recherchen zu profitieren, ohne daß es die Polizei einen Cent kostet. Damit können Sie sich stets herausreden, wenn es nötig sein sollte. Aber dazu wird es gar nicht kommen.«

Sellers riß die Zigarre aus dem Mund und schleuderte sie in den Aschenbecher.

»Habe ich Sie je hereingelegt?« fragte ich.

»Sie schneiden gern die Kurven.«

»Aber Sie haben noch nie verloren, wenn Sie auf mich gesetzt haben. Beim Finish war ich immer da.«

Leutnant Sellers seufzte vernehmbar und griff zum Telefon. »Wen soll ich anrufen?«

»Die Paßabteilung im Außenministerium. Und machen Sie Dampf dahinter. Wenn Sie sich schon dazu bereitfinden, können Sie es ja auch gleich zünftig machen.«

13

Es war spät am Nachmittag, als ich die Wohnung von Shirley Bruce betrat. Sie empfing mich an der Tür mit einem zarten Händedruck und Blicken, die so hingebungsvoll waren wie die eines zutraulichen Hundes.

»Waren Sie sehr überrascht, als ich bei Ihnen anrief?« fragte sie.

»Überraschungen gehören nun einmal zu meinem Beruf.«

»Zu Ihnen faßt man gleich Vertrauen. Sie haben so etwas ...«

»Vielen Dank.«

Sie hielt meine Hand fest und zog mich sanft in die Diele. Eine Seidenbluse und lange Hosen betonten ihre schlanke Taille und die anmutig geschwungene Kurve ihrer Hüften. Der tiefe, gerade noch in Grenzen gehaltene Ausschnitt ihrer Bluse zeigte ihren glatten, leicht olivgetönten Hals und den Ansatz zarter Rundungen.

Sie hielt noch immer meine Hand fest, kam näher an mich heran und sagte: »Meine Freundin ist noch hier. Warten Sie bitte noch etwas, bevor Sie zu sprechen beginnen. Ich will sie erst loswerden.« Dann fuhr sie lauter fort: »Wollen Sie bitte hereinkommen.«

Ich betrat das Zimmer. Auf der Couch lag, von Kissen gestützt und von einem Afghanenschal in leuchtenden Farben bedeckt, eine Frau, mit dem Gesicht von mir gewendet, so daß ich nur ihr dunkles Haar und den Umriß ihrer Wange sah.

»Nehmen Sie Platz«, bat Shirley Bruce und fügte hinzu: »Meine Freundin ist nicht ganz auf dem Posten. Sie hat etwas sehr Unangenehmes durchgemacht. Juanita, meine Liebe, ich möchte dir Mr. Lam vorstellen, den Freund, von dem ich dir erzählt habe.«

Die Frau auf der Couch fuhr auf und setzte sich. Dann schleuderte sie mit einer kräftigen Bewegung den Schal beiseite und gab dabei für einen kurzen Augenblick ihre nicht schlecht geformten Beine preis. Mit glühenden Augen stand sie vor mir und spie eine Serie gifterfüllter Worte aus. Es war Juanita Grafton.

»Das ist er! Er war dabei, als man mich vergiften wollte. Vielleicht hat er ihr geholfen. Er ist mit ihr befreundet. Trau diesem Kerl nicht. Ich sage dir . . .«

»Halt den Mund«, fuhr Shirley sie an.

Auf Shirleys Befehl schwieg Juanita Grafton.

Shirley Bruce sah nun mich an.

»Ich habe Mrs. Grafton kennengelernt, als ich ihre Tochter besuchte«, erklärte ich. »Mrs. Grafton hat vergiftetes Konfekt gegessen, als ich dort war.«

Shirley Bruce hielt ihre großen dunklen Augen auf mich gerichtet. »Und was haben Sie bei Dona gewollt?« fragte sie und sprach jedes einzelne Wort so klar und präzise aus, als ob sie die Frage in ein Diktaphon spräche.

»Ich befasse mich mit der Aufklärung des Mordes an Robert Cameron.«

»Warum tun Sie das?«

»Hauptsächlich, um meine eigene Haut zu retten. Die Polizei weiß, daß ich mit Sharples zusammen die Leiche fand. Die Herren von der Mordkommission schätzen es nicht, wenn Privatdetektive früher als sie Leichen entdecken.«

»Und warum waren Sie bei Dona Grafton? Ist die verdächtig?«

Ich zuckte die Achseln. »Dazu kann ich mich nicht äußern.«

»Wollten Sie sie ausfragen?«

»Sie können es so nennen.«

»Wußte sie, wer Sie sind?«

»Sie hielt mich für einen Zeitungsreporter.«

»Womit haben Sie denn Ihren Besuch begründet?«

»Camerons Krähe befand sich bei ihr. Die Krähe gab mir einen guten Vorwand, verstehen Sie?«

»Oh.«

Sie gab nur diesen einen kurzen Laut von sich, aber der Tonfall drückte vieles aus. Nun lächelte sie wieder mit lockenden Augen.

Juanita begann schnell auf spanisch zu sprechen. Shirley Bruce wandte sich zu ihr und sagte: »Ach, halt den Mund, du machst mich krank. Wenn du Süßigkeiten siehst, benimmst du dich wie ein Nimmersatt. Du hast sicher nur zuviel Konfekt in dich hineingestopft, und davon ist dir dann schlecht geworden. Ich bezweifle, daß es vergiftet war.«

»Mir wurde aber ganz plötzlich sehr schlecht«, ereiferte sich Mrs. Grafton. »Ich war ohnmächtig und wurde in ein Krankenhaus gebracht. Man hat mir dort den Magen ausgepumpt. Ich war wirklich sehr krank.«

»Aber jetzt geht es dir wieder gut. Hör auf, die Todkranke zu spielen, es langweilt mich. Koch uns lieber Tee.«

Gehorsam stand Mrs. Grafton auf, faltete den Schal ordentlich zusammen und verließ schweigend das Zimmer.

Shirley sagte leise: »Das ist ihr spanisches Blut. Diese Südamerikaner haben ein höllisches Temperament. Sie war die Frau eines Ingenieurs, der bei einem Unglück in dem Bergwerk, an dem ich indirekt Anteil habe, ums Leben kam. Das Bergwerk ist ein Teil des Erbes von Cora Hendricks.«

»Seit wann lebt sie hier?«

»Sie lebt nicht immer hier. Sie hält sich eine Zeitlang in den Staaten auf und geht dann wieder nach Kolumbien zurück. Wenn sie hier ist, spielt sie gern die große Dame. Aber soviel ich weiß, muß sie in Kolumbien als Dienstmädchen arbeiten. Sie spart, bis sie genug Geld hat, wieder nach hier zu reisen und ... Aber wir wollen nicht über sie reden, es gibt Wichtigeres.«

»Wo brennt es denn?«

Sie deutete auf die Couch. »Ich möchte ganz offen mit Ihnen reden.«

Ich folgte ihr zur Couch und ließ mich nieder. Sie war noch warm von Juanitas Körper. Shirley Bruce setzte sich so dicht neben mich, daß ich die Wärme ihres rechten Beines durch den Stoff ihrer langen Hose hindurch spürte. Sie ergriff ohne jeden Übergang und recht hemmungslos meine Hand und begann mit meinen Fingern zu spielen, während sie sprach: »Sie sollen sehr tüchtig sein.«

»Das ist Ansichtssache.«

»Ich habe Vertrauen zu Ihrer Arbeit.«

»Das freut mich.«

»Wirklich?« fragte sie mit kokettem Augenaufschlag.

Ich sah ihr fest in die Augen. Es waren dunkle, romantische Augen. Ihre vollen roten Lippen waren leicht geöffnet. Sie hatte ihr Kinn etwas gehoben, ihr Kopf befand sich dicht vor meinem.

»Aber natürlich.«

Sie schmückte ihr Gesicht mit einem kleinen und verführerischen Lächeln. Dann senkte sie ihre Augenlider und begann wieder meine Hand zu streicheln. »Ich habe Onkel Harry sehr lieb.«

»Das habe ich bemerkt.«

Sie schwieg einen Moment, wandte sich dann mir zu und fragte lachend: »Weil ich ihn geküßt habe?«

»Auch daran.«

»Aber ich küsse ihn jedesmal, wenn er kommt. Er ist wie ein Onkel zu mir.«

»Dann müssen Sie eine besondere Neigung für ihn haben.«

Sie lachte wieder. »Wenn ich küsse, küsse ich richtig. Ich tue nichts halb.«

»Wirklich nicht?«

»Nein, nichts! Für halbe Sachen bin ich nicht zu haben.«

»Nein, den Eindruck erwecken Sie auch nicht.«

Ihre Stimme klang ärgerlich, als sie mich fragte: »Was meinen Sie damit?«

»Was haben *Sie* denn damit gemeint?«

»Ganz einfach, daß ich nicht ... daß ... Wenn ich etwas unternehme, versuche ich, es richtig anzupacken.«

»Das setze ich bei Ihnen voraus.«

»Sie könnten aber auch an etwas anderes gedacht haben.«

»Manchmal ist es schwer, genau das auszudrücken, was man eigentlich meint.«

Ihre zarten, warmen Finger streichelten wieder zärtlich meine Hand. »Ich bin zu impulsiv«, sagte sie.

»Sie verlassen sich wohl gern auf Ihr Gefühl und sind sich über Ihre Zu- und Abneigungen Menschen gegenüber schnell im klaren?«

»So ist es. Ich freunde mich im allgemeinen rasch mit Menschen an, die mir gefallen. Wenn ich jemanden ansehe, kann ich ihn entweder sofort gut leiden oder gar nicht.«

»Auch wenn Sie ihn zum erstenmal sehen?«

»Ja, auch wenn ich ihn das erstemal sehe«, bestätigte sie.

»Und wie ist es mit mir? Mögen Sie mich?«

Sie drückte so stark meine Hand, daß sich ihre langen Nägel in meine Haut bohrten.

Eine Minute lang saßen wir schweigend da. Dann fragte sie plötzlich: »Donald, woher wußten Sie, daß ich Robert Hockley Geld gegeben habe?«

»Ich wußte es nicht.«

»Aber Sie haben doch danach gefragt?«

»Das war nur so eine Frage am Rande.«

Sie griff in die Tasche ihrer Bluse, zog dort ein zusammengefaltetes längliches Papier heraus und reichte es mir. Es war ein von ihr unterschriebener Scheck, der ein Datum der vergangenen Woche trug und auf den Namen Robert Hockley ausgestellt war. Er lautete über zweitausend Dollar, war von ihm gegengezeichnet und von der Bank mit dem Stempel ›Bezahlt‹ versehen.

Sie streckte ihre Hand aus, und ich gab ihr den Scheck zurück.

»Donald, warum sagen Sie nichts?«

»Was soll ich dazu sagen?«

»Wollen Sie nicht wissen, warum ich ihm das Geld gegeben habe?«

»Ist der Grund so wichtig?«

»Er war in Bedrängnis und verbittert. Oh, so unglücklich. Er tat mir unendlich leid. Zuerst wies ich ihn ab. Er verlangte, ich solle für mich selber tausend Dollar monatlich mehr verlangen, weil er wußte, daß Onkel Harry und Cameron es mir nicht abschlagen würden, damit er dann den gleichen Betrag bekäme.«

»Und das lehnten Sie ab?«

»Ja. Ich wollte Onkel Harry nicht in Aufregungen versetzen. Dann tat mir aber Robert leid, und ich brachte ihm diesen Scheck.«

»Als Darlehen?«

»Nein, als Geschenk.«

Aus der Küche rief Juanita Grafton: »Wo ist die chinesische Teekanne?«

Ungeduldig antwortete Shirley: »Ich weiß es auch nicht, störe mich damit nicht. Wenn du sie nicht findest, dann nimm eine andere.«

Sie wandte sich mir wieder zu, und ihre Stimme klang sanft und einschmeichelnd: »Ich muß mich beeilen, denn Juanita ist eine neugierige, alte Klatschbase. Donald, ich brauche Ihre Hilfe.«

»Wofür? Warum?«

»Ich habe Onkel Harry furchtbar gern, und ich bin in Ängsten um ihn.«

»Weshalb nur?«

»Ich weiß es nicht. Vielleicht ist es nur so eine Ahnung. Ich werde das Gefühl nicht los, daß er in Gefahr ist.«

»Und was soll ich nun tun?«

»Sie sollen bei ihm bleiben und ihn beschützen. Sie werden es doch tun? Bitte, übernehmen Sie es.«

»Zum Leibwächter anderer Leute tauge ich nicht besonders.«

»O doch, diese Fähigkeiten besitzen Sie durchaus. Sie sind klug. Sie erkennen Gefahren augenblicklich, wo ... Ich meine, Sie können Leute auf ihre Absichten hin durchschauen. Ihr Beruf verlangt eine gute Menschenkenntnis.«

»Was hat das damit zu tun?«

»Wissen Sie nicht, warum Harry in Gefahr ist?«

»Woher soll ich das wissen?«

»Muß ich noch Namen nennen?«

»Bitte, warum nicht?«

»Es ist diese Nachlaßverwaltung«, sagte sie zögernd. »Es gibt jemanden, der profitieren würde, wenn – wenn Harry aus dem Wege geräumt wäre.«

»Wollen Sie damit sagen, daß Cameron getötet wurde, weil ...«

»Nein, nein. Das nicht.«

»Was denn?«

»Nur, daß er jetzt tot ist.«

»Das scheint ganz außer Frage zu stehen.«

»Nehmen Sie einmal an, Onkel Harry würde auch etwas zustoßen.«

»Dann würden Sie doch eine Riesensumme Geld in die Hand bekommen.«

»Ich?« fragte sie herzhaft lachend.

»Ja, Sie! Oder etwa nicht?«

Sie sah mich mit ihren dunklen Augen an. »Ja, natürlich. Muß ich Ihnen denn noch mehr erklären?«

»Sie denken an Robert Hockley?«

»Ich denke an gar nichts. Nur daran, daß Sie Onkel Harry beschützen sollen.«

»Das liegt nicht auf meiner Linie.«

»Ich werde Sie gut bezahlen. Geld habe ich genug.«

»Und wie soll ich ihm erklären, daß *Sie* mich beauftragt haben?«

»Sie brauchen ihm gar nichts zu erklären. Sie würden einfach bei ihm sein, und er würde Sie bezahlen. Und von mir erhielten Sie außerdem auch noch ein Honorar. Onkel Harry hält Sie für umsichtig und zuverlässig. Er möchte gern, daß Sie für eine Zeitlang ständig bei ihm sind, Tag und Nacht.«

»Und nehmen wir nun einmal an, ich entdeckte dann etwas, von dem Onkel Harry nicht will, daß ich es weiß? Was dann?«

Sie lachte. »Sie brauchen ja nicht alles weiterzusagen, was Sie dabei mitbekommen.«

»Wenn ich Sachen erfahre, von denen mein Auftraggeber nicht will, daß ich sie weiß, dann bin ich mit ihm nicht gern Tag und Nacht zusammen. Für irgend jemand kann das nämlich auch Unglück bedeuten.«

Während dieser Unterhaltung hatte sie mit ihren Fingern unaufhörlich den Rücken meiner Hand gestreichelt. Nun hörte sie damit plötzlich auf, und ich bemerkte, wie sie angestrengt nachdachte. Ihre Stimme klang vorsichtig, sie setzte ihre Worte gleichmäßig und ohne besondere Betonung, als sie sagte: »Das möchte ich bitte noch einmal von Ihnen hören, Donald.«

Gerade in diesem Moment schob Juanita Grafton einen Teewagen aus der Küche in das Zimmer.

Shirley sah zu ihr auf, und einen Augenblick schien sie vollkommen verzweifelt zu sein. Aber sie faßte sich sofort wieder und goß uns beiden mit der Geste einer vollendeten Gastgeberin Tee ein.

Juanita Grafton zeigte nicht die geringste Spur von Schwäche oder gar Kranksein. Sie bemühte sich mit zärtlicher Aufmerksamkeit um Shirley und schien jetzt bereit, sich mit mir als einem der Hausfreunde Shirleys abzufinden. Shirley saß dicht neben mir. Hin und wieder blickte sie mich lächelnd an. Ihr Anblick war wirklich eine Augenweide . . . mehr als das. Von ihr ging eine verlockende Wärme aus, die deutlich erkennen ließ, daß eine gehörige Dosis Sinnlichkeit entscheidender Bestandteil ihres Wesens war. Mit Shirley Bruce eine platonische Freundschaft zu pflegen schien ebenso absurd, als wenn man einen Rennwagen ständig mit einer Geschwindigkeit von fünfzig Kilometern fahren wollte. Sie war nun einmal so veranlagt und konnte sich nicht beherrschen.

Juanita Grafton wartete auf den geeigneten Moment, um mich zu fragen: »Sie müssen mich für eine Rabenmutter halten?«

»Warum eigentlich?«

»Weil ich behauptet habe, daß meine Tochter mich vergiften wollte.«

»Das geht mich doch nichts an.«

»Nein, nein«, sagte sie ernsthaft, »das sagen Sie nur aus Höflichkeit. Ich lege aber Wert darauf, daß Sie mich richtig verstehen.«

»Laß das doch, Juanita«, sagte Shirley. »Donald wird es nicht gerade interessieren, was du für deine Tochter Dona empfindest.«

»Aber er war doch dabei, als ich sie beschuldigte, daß sie mich vergiften wollte. Das war dumm von mir, ich war in diesem Moment nicht ganz zurechnungsfähig. Meine Nerven gingen mit mir durch, und ich wurde hysterisch. Ich wollte mich gerade mit Dona aussprechen und erreichen, daß wir uns besser verstehen, doch dann wurde mir schlecht und ich dachte . . . Aber zum Denken kam ich ja gar nicht mehr. Wir Menschen aus dem Süden werden stark von unseren Gefühlen beherrscht.«

Ich nickte nur.

»Es ist wirklich nicht so wichtig, was du Mr. Lam da erzählst, Juanita«, sagte Shirley.

Juanita Grafton wandte ihren Blick nicht von mir ab. Ihre dunklen durchdringenden Augen baten förmlich um Verständnis. »Uns Südländern bedeutet unsere Familie alles. Wir jagen nicht nach Geld und materiellem Besitz wie die meisten Menschen hier und in anderen Ländern. Unser Heim, unsere Freunde und unsere Familie sind für uns das Wertvollste auf dieser Welt. All das ist uns wichtiger als euch hier im Norden. Ich kann mir darüber ein Urteil erlauben, denn ich habe hier und im Süden gelebt.«

»Ich habe Ihre Tochter heute zum erstenmal gesehen. Ich war in einer geschäftlichen Angelegenheit bei ihr. Wir sprachen über ihre Bilder, und ich muß schon sagen, daß sie mir recht gut gefielen.«

»Dann sind Sie also nicht mit ihr befreundet?«

»Ich bin ihr nie zuvor begegnet.«

»Hat sie Ihnen gegenüber vielleicht etwas über mich verlauten lassen?«

»Nicht ein Wort.«

»Ich begreife Dona nicht. Zwischen ihr und mir liegt eine so große Kluft. Sie hat reichlich viel vom Norden angenommen. Sie ist ehrgeizig und läßt sich durch nichts von ihren Zielen abbringen. Sind Sie nicht auch der Meinung, Señor Lam, daß es wenig hilft, wenn man als Künstler große Leistungen vollbringt, aber dafür alle Liebesbande zu seiner Umgebung zerstören muß? Die Liebe ist es doch, die den Menschen das Leben erst wertvoll erscheinen läßt; die Liebe seiner Freunde, seiner Familie, die Bande, die die Herzen der Menschen zusammenhalten. Bei uns fühlt man sich reich, sobald man viele gute Freunde hat. Reich an Geld, aber arm an Freunden erscheint uns als ein großes Unglück. Verstehen Sie mich, Señor Lam?«

»Ich bin zwar nie in Ihrer Heimat gewesen, aber ich habe von der idealistischen Einstellung Ihrer Landsleute zum Leben schon gehört.«

»Es ist so. Das ist bei uns ein Lebensgebot. Und nun betrachten Sie sich meine Tochter Dona, wie weit sie sich bereits von den guten Volkssitten meines Landes entfernt hat. Sie hat sich gegen mich gewandt, betrachtet mich als etwas, das sie einfach beiseiteschieben kann. Mich, ihre Mutter! Sie vertraut sich mir nicht mehr an! Ihre Liebe gehört der Malerei. Schauen Sie nur ihre Bilder an, dann erkennen Sie ihren Ehrgeiz und wonach sie strebt. Dem Erfolg rennt sie nach! Und was bedeutet schon Erfolg? Er ist genau so vergänglich wie alles andere auf dieser Welt. Welcher Erfolg ist überhaupt das Opfer einer Freundschaft und der Liebe zur eigenen Mutter wert? Was kann Erfolg schon bieten, wenn man die Liebe opfern muß?«

»Hat sie wirklich keine Freunde?« fragte ich.

»Nein, ich wüßte keinen. Sie stößt alle beiseite. Sie lebt nur ihrem Ehrgeiz. Außer Studieren und Arbeiten kennt sie nichts. Sie behauptet, es sei ihre Pflicht, ihr Talent zu entwickeln. Aber was sind denn Talente, wenn man kein Herz hat und keine Zuneigung kennt? Erfolgreich sein, ohne Freunde zu haben, ist das gleiche, als wenn man die Sahara besitzt. Man hat das ganze Land, aber nicht einen einzigen lebenden Menschen. Was nutzt dieser Besitz? Wer wollte schon eine Wüste haben?«

»In Palm Springs hat man beispielsweise eine ganz hübsche Oase daraus gemacht.«

»Sie scherzen«, erwiderte sie leicht eingeschnappt.

»Natürlich macht er Witze, Juanita«, sagte Shirley. »So sind wir hier im Norden nun einmal. Scherze haben wir immer im Kopf, um mit dem Ernst des Lebens besser fertig werden zu können. Mr. Lam versteht dich schon. Noch etwas Tee, Donald? Zucker oder Sahne? Oh . . .«

Das Sahnekännchen entglitt ihrer Hand, stieß an die Tischkante und zerbrach auf dem Boden. »Schnell, Juanita, einen Lappen, wisch das weg.«

Juanita Grafton sprang auf und lief in die Küche.

»Und einen anderen Sahnetopf«, rief Shirley ihr nach. »Es tut mir leid, Donald«, wandte sie sich an mich.

»Es ist nicht nötig, daß Sie sich entschuldigen. Sie taten es doch absichtlich.«

Sie schenkte mir ein vertrauliches Verschwörerlächeln, als wolle sie sagen: ›Wir haben gemeinsam ein Geheimnis.‹ »Vor Ihnen kann ich wohl nichts verbergen, Donald?«

»Ich habe noch eine weitere Bitte an Sie.«

Sie senkte die Stimme und sprach hastig weiter: »Es kann sein, daß Robert Cameron Tresorfächer gemietet hatte. Vielleicht gar nicht unter seinem Namen. Halten Sie es für möglich, daß man die verschiedenen Banken beobachten lassen kann und . . .«

Juanita kam mit einem Tuch wieder, wischte die Sahne auf und hob die Scherben auf.

»Bringe auch neue Sahne für Mr. Lam«, sagte Shirley.

Sie wartete, bis Juanita wieder in der Küche war. »Ich glaube, Robert Cameron hatte verschiedene Stahlfächer gemietet.«

»Hat er darin Teile Ihres Erbes aufbewahrt?«

»Ich weiß es noch nicht, aber ich möchte gern dahinterkommen. Sie werden verstehen, daß es mich brennend interessiert.«

»Um das zu erfahren, benötigen Sie keinen Privatdetektiv. Wenn jemand stirbt, zieht der Staat Erbschaftssteuer ein. Stahlfächer können benutzt werden, um dem Staat einen Teil dieser Steuern zu entziehen. Das liebt der Staat nicht, und darum hat er eine Menge Gesetze und Bestimmungen erlassen, was alles zu geschehen hat, wenn Leute Wertobjekte oder irgendwelche Sachen in Stahlfächern hinterlegen. Und der Staat nimmt es dabei sehr genau.«

»Wollen Sie sich über mich lustig machen?«

»Keineswegs. Ich erkläre Ihnen nur, daß Sie sich wegen Camerons Tresorfächer keine Sorgen zu machen brauchen.«

Sie beugte sich zu mir. »Wollen Sie Onkel Harrys Schutz übernehmen?«

»Ich weiß nicht, ich glaube kaum.«

»Warum nicht?«

»Weil ich anderes zu tun habe.«

»Was denn?«

»Ich habe andere Aufträge.«

»Aber ich bin bereit, Sie gut zu bezahlen.«

»Davon bin ich überzeugt, aber ich werde kaum Zeit dafür haben.«

»Sie wollen also nicht?«

Juanita rief aus der Küche, daß nur noch ein kleiner Rest Sahne da sei.

»Dann fülle sie doch in einen kleinen Gießer und bringe sie herein«, antwortete Shirley nervös.

»Ist Mrs. Grafton bei Ihnen angestellt?«

»Lieber Himmel, nein! Sie ist meine Freundin. Manchmal wird sie unerträglich.«

Auf mein erstauntes »So?« fuhr sie hastig fort: »Sie verstehen hoffentlich, wie ich das meine. Soviel ich weiß, arbeitet sie als Dienstmädchen, wenn sie sich in Südamerika aufhält, und das nutze ich irgendwie aus. Da sie schon älter ist, glaube ich, daß sie gern für andere Leute sorgt. Sie sehnt sich danach, mit Menschen zu sprechen, die sie verstehen. Mit ihrer Tochter versteht sie sich nicht gut. Ich glaube zwar, daß es hauptsächlich Juanitas Schuld ist, aber ganz unschuldig ist ihre Tochter auch nicht. Dona ist völlig von ihrem Studium in Anspruch genommen, so daß sie nicht die geringste Zeit für ihre Mutter hat, und das tut Juanita sehr weh. Man muß die Südamerikaner näher kennen, um zu verstehen, was das bedeutet. In Juanitas Leben stehen ihre Familie und ihre Freunde an erster Stelle. Erst dann kommt die materielle Seite. Aber sie langweilt mich zeitweise mit ihren stets gleichbleibenden Problemen. Dennoch habe ich sie sehr gern und ich würde viel, ja sogar sehr viel für sie tun.«

Juanita brachte einen neuen Sahnegießer herein und setzte sich wieder. Wir sprachen noch zwei bis drei Minuten über nichts Besonderes, und dann erhob ich mich, um zu gehen. Shirley hielt mich noch eine Weile mit unbedeutenden Fragen auf. Sie hoffte, daß Juanita vor mir gehen und uns allein lassen würde. Einen Moment lang sah es so aus, als würde sie Juanita fortschicken, aber sie tat es nicht, wahrscheinlich weil sie befürchtete, ich würde mit Juanita zusammen gehen.

Shirley brachte mich zur Wohnungstür. Sie blickte zurück, um sich zu vergewissern, daß Juanita Grafton im Wohnzimmer geblieben war. Dann trat sie mit mir aus der Wohnung heraus und sah rechts und links den Gang hinunter.

Da ich wußte, was kommen würde, wartete ich ruhig ab.

Sie trat dicht an mich heran und zog mich an sich, wie ein Magnet ein Stück Eisen an sich zieht. Sie preßte ihre heißen, feuchten Lippen gegen meinen Mund und schlang ihren Arm um meinen Nacken, wühlte mit ihren Fingern in meinem Haar und zog so fest daran, daß mein Friseur Gefahr lief, mich als Kunden zu verlieren.

»Du, Liebster?« flüsterte sie, als ich wieder Luft schöpfen konnte. Dann wandte sie sich ohne ein weiteres Wort um und verschwand in ihrer Wohnung. Ich hörte nur noch das Zuschlagen der Tür.

14

Vor dem Hause, in dem Shirley Bruce wohnte, parkten einige Wagen. Es war um die Zeit, zu der die Menschen von der Arbeit zurückkommen, und ich machte mich auf ein paar Verkehrsstauungen, die heute schon zum normalen Bild des Großstadtverkehrs gehören, gefaßt.

Ich ließ meinen Wagen zurückgleiten, bis die Stoßstange des Autos hinter mir berührt wurde, und bog dann in die Fahrbahn der Straße ein.

Unmittelbar vor mir reihte sich ein anderer Wagen ein. Er wurde von einem etwa dreißigjährigen Mann gefahren, der keine besondere Eile zu haben schien. Neben ihm saß ein Mann, der ebenso uninteressiert an der Umgebung zu sein schien wie der Fahrer. Sie unterhielten sich nicht, und ihre Blicke waren geradeaus gerichtet. Ich gab ein Signal und fuhr an ihnen vorbei. In meinem Rückspiegel stellte ich fest, daß von einem Parkplatz hinter mir ein zweiter Wagen abgefahren war. Der Fahrer dieses Wagens schien mehr Eile zu haben. Er hupte, als er mich einholte, und versuchte zu überholen. Offensichtlich hatte er aber den Gegenverkehr unterschätzt und fuhr dann dicht hinter mir weiter.

Auch dieser Wagen wurde von einem Mann gesteuert, der einen schweigsamen Begleiter neben sich hatte.

Ich verlangsamte das Tempo und machte mir über die beiden ein paar Gedanken. Für Polizisten hielt ich sie nicht, aber wenn es Privatdetektive waren, gab jemand meinetwegen Geld aus.

Ich winkte nach links ab.

Mir schien, daß der Wagen links hinter mir auch nach links wollte, und ich beobachtete, daß der langsamer fahrende Wagen plötzlich schneller wurde und aufholte, während er auf die äußere Fahrbahn zusteuerte.

Gerade im letzten Moment änderte ich mein Winksignal zum Abbiegen von links nach rechts und bog scharf um die Ecke. Ein paar Fahrer drückten wütend auf ihre Hupen und stießen Verwünschungen aus, als sie hinter mir vorbeifuhren, während ich in die Seitenstraße rollte. Einer der beiden Wagen, die ich beobachtete, hatte es nicht geschafft, mir zu folgen. Dem anderen gelang es jedoch, eine Lücke im Verkehr auszunutzen, und er kam hinter mir her.

Vor einem Hydranten trat ich auf die Bremse, hielt, stieg aus und rief hinüber: »Nun Jungs, was soll's denn sein?« Sie wandten mir nicht einmal den Kopf zu. Augenscheinlich schienen sie von meiner Anwesenheit keine Notiz nehmen zu wollen. Zwar hatten sie die Fahrt so verlangsamt, daß ihr Wagen fast im Schrittempo fuhr, aber als ich ausstieg, rollten sie an mir vorbei, anscheinend vollkommen mit der Suche nach einer Hausnummer auf der anderen Straßenseite beschäftigt.

Ich ging zu meinem Wagen zurück, stieg ein und riskierte einen Verstoß gegen die Verkehrsregeln, indem ich in der Mitte des Straßenblocks umdrehte, und sah von meinen Beschattern nichts mehr.

Als ich mich endgültig davon überzeugt hatte, daß mich niemand mehr verfolgte, fuhr ich zum Büro von Jarratt.

Jarratt wollte sich nicht mit mir unterhalten. Er redete sich damit heraus, daß er sein Büro gerade schließen und nach Hause gehen wolle.

Es sei spät und er müsse eine Verabredung zum Abendessen einhalten. Er hätte mir auch alles gesagt, was er von der ganzen Angelegenheit wisse, als er mir den Hinweis am Telefon gab. Dann fragte er, ob unsere Unterhaltung nicht bis morgen aufgeschoben werden könne.

Ich erwiderte, daß das nicht ginge.

Ungeduldig sah er auf die Uhr und fragte, was ich wünsche.

Ich setzte mich ihm gegenüber an seinen Schreibtisch und nahm mir die Zeit, ihn bedeutend sorgfältiger zu betrachten, als ich es bei Nuttall getan hatte.

Er war groß und hager, etwa zwei- oder dreiundfünfzig, und seine Glatze war weit fortgeschritten. Der Mangel an Haaren auf seinem Kopf wurde zum Teil durch seine buschigen Augenbrauen ausgeglichen. Er schien die Gewohnheit zu haben, den Kopf leicht zu senken, die Augen zu heben und dann unter seinen zerzausten Brauen hindurchzulugen. Offensichtlich wollte er sein Gegenüber damit beeindrucken und in die Defensive drängen.

Ich ließ ihn mich so lange fixieren, bis er sich überzeugt hatte, daß diese Tour bei mir nicht anzuwenden war. Dann sagte ich: »Wie kamen Sie auf die Idee, mich auf diese Phyllis Fabens zu hetzen?«

Gegen seinen Willen flackerte sein hypnotischer Blick. Mit einiger Anstrengung gelang es ihm aber, mir weiter in die Augen zu sehen. »Gelegentlich handele ich mit altmodischem Schmuck – so nebenbei. Zufällig fielen mir Miss Fabens und ihr Kollier wieder ein.«

»Betätigen Sie sich des öfteren so?« fragte ich.

»Sie meinen, mit altem Schmuck handeln?«

»Das meine ich.«

»Ab und zu. Früher war es häufiger der Fall. Die Nachfrage ist nicht mehr so groß.«

»Wie setzen Sie das Zeug ab? In größeren Mengen?«

Er fuhr sich mit der Hand über den Kopf. »Sie werden nicht von mir erwarten, daß ich Ihnen meine Geschäftsgeheimnisse verrate.«

»Na schön, wir wollen es dabei belassen. Leutnant Buda haben Sie von Ihrer kleinen Nebenbeschäftigung jedenfalls nichts erzählt.«

»Er hat mich nicht danach gefragt.«

»Und von selber haben Sie nicht davon angefangen.«

»Sie waren auch nicht sonderlich gesprächig.«

»War Cameron einer Ihrer Abnehmer vom alten Schmuck?«

»Ganz gewiß nicht.«

»Dann wollen wir einmal annehmen, Phyllis Fabens sagt die Wahrheit. Wir wollen ferner annehmen, daß sie Ihnen ein Granatkollier verkauft hat. Was haben Sie damit gemacht?«

»Ich habe es weiterverkauft.«

»Etwa an Cameron?«

»Ausgeschlossen.«

»Aber es tauchte in Camerons Besitz auf und war dann plötzlich mit Smaragden besetzt.«

Jarratts Hand beschäftigte sich mit seinem Kopf. »Es kann natürlich sein«, meinte er dann, »daß es nicht dasselbe Kollier war. An die Farbe der Steine kann ich mich nicht genau entsinnen.«

»Aha! Sie hatten nur eine dunkle Erinnerung an ein Kollier und hielten es für nützlich, dem nachzuspüren. War es so?«

Seine Augen leuchteten auf. »So war es. Genau so.«

»Sie waren einfach nicht sicher, ob Smaragde oder Granate darin waren, als Sie es kauften.«

Darauf gab er keine Antwort.

»Ein Mann in Ihrer Position, der nur nebenbei mit antikem Schmuck handelt, kann natürlich vergessen, daß er einmal für lumpige zehn Dollar ein wirklich wertvolles Kollier gekauft hat. Das meinen Sie doch wohl?«

»In dem Kollier waren keine Smaragde, als ich es zu Gesicht bekam.«

»Und Sie wissen auch nicht, ob es das gleiche Kollier war?«

»Mit Sicherheit nicht. Ich erinnere mich nur, daß ich ein Kollier mit ähnlicher Fassung von dieser Phyllis Fabens gekauft habe. Ich erinnerte mich nicht einmal an ihren Namen. Erst als ich in meinen Büchern nachgesehen hatte, stieß ich darauf. Ich wollte Ihnen eine Gefälligkeit erweisen, Mr. Lam, mich aber nicht Verdächtigungen aussetzen.«

»Bei diesen Geschäften läuft nicht alles immer so glatt, wie man es sich gern wünscht.«

»Ja, das mag wohl sein.«

»Diese Phyllis Fabens sah mir sehr nach einem Lockvogel aus.«

»Das tut mir leid. Ich dachte, ich könne Ihnen helfen.«

»Sie war ruhig, gefaßt und umgänglich und so schnell bereit, eine Geschichte vorzutragen, daß mir der Verdacht kam, sie wäre mir gewissermaßen serviert worden.«

»Ich kann Ihnen immer wieder nur versichern, Mr. Lam, daß es sich nicht um ein abgekartetes Spiel handelt.«

»Dann können Sie mir vielleicht folgendes erklären: Von Phyllis Fabens haben Sie ein Kollier erworben, das Sie an jemanden, über den Sie sich nicht äußern wollen, weiterverkauften. Dieses Kollier kam in den Besitz von Robert Cameron, der die Granate und den synthetischen Rubin, mit denen es besetzt gewesen war, entfernte und durch kostbare Smaragde ersetzte. Darauf brachte Cameron das jetzt mit Smaragden besetzte Kollier zu Ihnen, um es schätzen zu lassen. Sie legten es Nuttall zur Bewertung vor, holten es von ihm wieder zurück, gaben es Cameron, und das nächste, was Cameron tat, war, die Smaragde wieder herauszunehmen; womöglich nur zu dem Zweck, um die Granate und den synthetischen Rubin wieder einzusetzen?«

»Wenn Sie es so darstellen, erscheint das Ganze völlig sinnlos.«

»Haben Sie eine Erklärung, die es sinnvoller erscheinen läßt?«

»Nein«, gab er zu und zupfte sich am linken Ohrläppchen.

»Sie scheinen in der Angelegenheit eine recht bedeutsame Rolle zu spielen. Zuerst erwerben Sie das Kollier, dann verkaufen Sie es wieder, dann wird es von einem Mann gekauft, der Smaragde einsetzt und es zu Ihnen bringt, damit es von Nuttall geschätzt werden kann. Für einen Mann, der in einer Großstadt derartige Geschäfte nur nebenbei betreibt, haben Sie eine große Ähnlichkeit mit Rom.«

»Wie meinen Sie das mit Rom?«

»Viele Wege führen zu Ihnen.«

Er zupfte weiter an seinem Ohrläppchen. »Ich glaube, es gibt nur eine Erklärung«, meinte er dann.

»Und die wäre?«

»Daß das Kollier, das ich von Phyllis Fabens gekauft habe, nicht das gleiche ist, das Cameron mir brachte, und doch – ich hätte schwören können, daß es dasselbe war.«

»Die Ähnlichkeit ist Ihnen anfangs nicht aufgefallen?«

»Nein. Ich maß dem Kollier zunächst keine besondere Bedeutung bei. Das heißt – Sie verstehen schon.«

»Ich fürchte, ich verstehe gar nichts.«

»Nun, der Kauf von Phyllis Fabens war selbstverständlich ein Gelegenheitsgeschäft. Ich erinnerte mich erst daran, als ich über die mögliche Bedeutung des Kolliers nachdachte.«

»Das Kollier ist ein gewöhnliches altmodisches Schmuckstück. Ist es nicht durchaus möglich, daß es eine ganze Anzahl gleichartiger Kolliers gegeben hat?«

»Sehr wahrscheinlich ja.«

»Und daß ein Kollier mit Smaragden und ein anderes mit Granaten besetzt wurde?«

»Das muß die Erklärung sein. Und doch. Offen gesagt, Mr. Lam, ich glaube immer noch, daß Camerons Kollier das gleiche war, das ich von Phyllis Fabens kaufte.«

»Dann ist es von größter Wichtigkeit zu erfahren, wie es in Camerons Besitz kam.«

»Das ist aber ein äußerst schwieriges Unterfangen«, meinte Jarratt zögernd.

»Wieso?«

»Weil ich Ihnen meine Abnehmer für antiken Schmuck nicht nennen kann. Erstens würde es gegen die Interessen meiner Kunden verstoßen, und zweitens würde ich mir damit selbst ein gutes Geschäft verderben. Aber soviel kann ich verraten. Es könnte sein, daß Cameron ein bißchen den Detektiv spielte, als er ermordet wurde. Vielleicht interessierte es ihn, ausfindig zu machen, warum das Kollier mit Smaragden besetzt war und woher die Smaragde kamen.«

»Mit anderen Worten, die Person, die Ihnen den alten Schmuck abkauft, treibt damit dunkle Geschäfte.«

»Das habe ich nicht gesagt«, verwahrte er sich.

»Es könnte aber sein, daß Cameron, der ja über gute Beziehungen zur kolumbianischen Regierung, die den Smaragdmarkt kontrolliert, verfügte, den Detektiv spielte, um einem Freund einen persönlichen Gefallen zu erweisen.«

»Ich glaube, ich kann Ihnen diese Möglichkeit bestätigen, ohne damit ein Berufsgeheimnis zu verletzen.«

»Danke. Ich werde darüber nachdenken. Entschuldigen Sie meine etwas undiplomatische Reaktion auf Ihren Hinweis auf Phyllis Fabens. Ich glaube, Sie sind doch gescheiter, als ich zuerst annahm.«

»Vielen Dank für das Kompliment«, erwiderte Jarratt und wünschte mir einen guten Abend.

Bevor ich in meinen Wagen stieg, sah ich mich zur Sicherheit um.

Im Abstand von etwa dreißig Metern parkten zwei Autos. In jedem saßen zwei Personen. Es waren die beiden gleichen Wagen, die mich erst vor kurzem verfolgt und die ich dann abgeschüttelt hatte.

Ich stieg ein und fuhr davon.

Keiner der beiden Wagen machte auch nur die geringsten Anstalten, sich mir anzuhängen. Trotzdem hatte ich ein unangenehmes, kaltes Gefühl in der Magengrube, denn wenn diese Burschen mir zu Jarratts Büro nachgekommen waren, mußten sie nahezu Gedanken lesen können. Sie hatten nicht gerade übermäßig intelligent ausgesehen, und ich hatte ihnen ein ganz schönes Schnippchen geschlagen, als ich ihnen entwischte. Trotzdem parkten sie nun vor Jarratts Büro und beschatteten mich weiter.

15

Es war schon einige Zeit nach Einbruch der Dunkelheit, als ich das Gebäude betrat, in dem unser Büro lag. Erst nachdem ich mich in die Liste des Pförtners eingetragen hatte, fiel mir sein seltsamer Gesichtsausdruck auf.

Leise sagte er: »Jemand wartet auf Sie.«

Ich drehte mich um und entdeckte einen Mann, der aus einem Winkel hinter der Eingangstür kam. Es war einer von jenen Typen, die kilometerweit geradezu nach Kriminalpolizei riechen. Er blickte mich an und sagte: »Aha.«

»Was gibt's denn?« fragte ich.

»Wir suchen Sie.«

»Ah, auf der Lauer gelegen?«

»Wie kommen Sie darauf?«

»Ihnen steht doch ›Polyp‹ dick auf der Stirn geschrieben.«

Das verdroß ihn mächtig. Wahrscheinlich bildete er sich ein, daß er wie ein Generaldirektor mit 50 000 Dollar Jahresgehalt aussähe.

»Was für'n kluges Kind Sie sind«, sagte er spöttisch.

»Stimmt. 1921 habe ich die Abgangsprüfung im Kindergarten bestanden. Ich durfte sogar die Festrede halten. Ganz gut für einen Vierjährigen, was?«

»Lassen Sie den Quatsch«, sagte er total verärgert, »und kommen Sie mit, der Leutnant will Sie sprechen.«

»Was für'n Leutnant?«

»Buda.«

»Der weiß, wo mein Büro ist. Sonst hätte er Sie doch nicht hergeschickt.«

»Wollen Sie nicht mitkommen?«

»Besondere Lust habe ich nicht.«

»Wir können es auch amtlich machen.«

»Etwa durch einen Haftbefehl?«

»Nun, eine Vorladung genügt wohl auch.«

»Weshalb?«

»Das wird Ihnen Leutnant Buda sagen.«

»Hören Sie, ich will Ihnen keine Schwierigkeiten machen, aber ich habe mit dem Leutnant gesprochen. Ich habe ihm alles vorgetragen, was ich weiß.«

»Aber nichts von dem, was jetzt vorliegt.«

Hinter dem stockigen, eigensinnigen Gesicht dieses Mannes schien ein reichlich eingleisiger Verstand zu schlummern.

»Sie meinen also, daß Buda ungemütlich wird, wenn ich nicht mitkomme?«

»Er hat mich geschickt, Sie zu holen. Entweder kommen Sie mit oder Sie weigern sich. Mehr kann ich Ihnen nicht sagen.«

»Also gehen wir.«

»Sie können mit mir fahren«, sagte er.

»Kommt nicht in Frage. Ich nehme meinen Wagen und fahre hinter Ihnen her.«

»Warum wollen Sie nicht mit mir fahren?« fragte er argwöhnisch.

»Sie fahren vielleicht erst später zurück, als mir recht ist.«

Er überlegte einen Moment. »Na schön. Mein Wagen steht gegenüber auf der anderen Straßenseite.«

Wir gingen durch die Vorhalle. Der Kriminalbeamte holte seinen Wagen und kam zum Parkplatz unserer Agentur gefahren. Als er mich in meinem Auto sitzen sah, nickte er und fuhr an, behielt mich aber in seinem Rückspiegel stets im Auge.

Wir fuhren die 7. Straße entlang nach Westen, durch Figueroa nach Wilshire und den Wilshire Boulevard entlang in Richtung Hollywood. Er hatte mir nicht gesagt, wie weit wir fahren würden. In gemäßigtem Tempo fuhr er vor mir her. Es sah aus, als wollte er zum Strand hinunter. Hin und wieder verpaßte er absichtlich ein Verkehrssignal, damit ich aufholen konnte und immer dicht hinter ihm blieb. Ganz offensichtlich wollte er sicher gehen, daß die Scheinwerfer hinter seinem Wagen auch die richtigen waren. Er war ein mißtrauischer Bursche, der nichts davon hielt, auch nur das geringste zu riskieren.

Dann winkte er plötzlich nach links ab, und wir fuhren wieder nach Süden durch eine Straße mit großen Landhäusern, die Ende der zwanziger Jahre gebaut worden waren, als man für den Unterhalt eines Hauses noch zwanzigtausend Dollar im Jahr aufwenden konnte, ohne damit schon alles verbraucht zu haben, was nach Bezahlung der Einkommensteuer übriggeblieben war.

Die Umgebung strömte eine Atmosphäre gesicherten Wohlstandes aus. Weiß verputzte Häuser mit roten Ziegeldächern, Palmen, weite Rasenflächen, Balkone und Zufahrwege, die zu Garagen für drei Autos mit Chauffeurwohnungen hinter den Häusern führten. Mein Lotse fuhr näher an den Bürgersteig. Ich spähte nach vorn und erkannte, wo er hin wollte. Vor einem der Häuser parkte ein Polizeiwagen.

Ich fuhr an den Bürgersteig, stellte den Motor ab und schaltete die Lichter aus. Der Kriminalbeamte hielt vor dem Haus an, sagte ein paar Worte zu einem Mann, der vor dem Hause stand, und blieb wartend im Wagen sitzen.

Der Mann ging hinein, kam wieder heraus, sagte etwas zu meinem Begleiter und bezog dann wieder seinen Posten vor der Tür. Mein Lotse hievte seinen massigen Körper aus dem Wagen, kam zu mir hinüber und sagte: »Okay, gehen wir hinein.«

Wir passierten einen Posten und gingen zum Vorplatz hinauf. Die Tür öffnete sich, Leutnant Buda trat heraus und schritt auf uns zu. »Wissen Sie, wessen Haus das ist, Lam?«

»Ja, das weiß ich.«

»Woher?«

»Das ist doch die Adresse, die uns Sharples angegeben hat.«

»Sind Sie schon einmal hier gewesen?«

»Nein.«

»Was wissen Sie über Sharples?«

»Nicht viel.«

»Wissen Sie irgend etwas über seine geschäftlichen Angelegenheiten?«

»Nichts, was der Rede wert ist. Sie vergessen, daß Sie mich danach schon einmal gefragt haben.«

»Ich weiß«, antwortete er. »Aber seitdem ist eine Menge passiert.«

»Was ist ihm denn passiert?« fragte ich.

Er antwortete nicht, sondern sah mich scharf und beinahe anschuldigend an. Erst nach einigen Sekunden des Schweigens fragte er: »Woher wissen Sie denn, daß *ihm* etwas passiert ist?«

Gereizt erwiderte ich: »Müssen wir diesen ganzen Quatsch noch einmal durchkauen? Sie lassen mich von einem Ihrer Beamten aufgreifen und hierher bringen. Vor dem Haus steht ein Polizeiwagen und vor der Tür ein Posten. Sie kommen aus der Tür und fangen gleich an, mich nach Sharples auszufragen. Wenn ich da nicht annehmen muß, daß ihm etwas zugestoßen ist, wäre ich der größte Dummkopf, der je als Detektiv sein Geld verdiente. Soviel Naivität kann ich mir nicht leisten.«

»Sharples wollte Sie als Leibwache engagieren? Stimmt das?«

»Ja.«

»Wovor fürchtete er sich?«

»Das weiß ich nicht.«

»Und was glauben Sie, wovor er sich fürchtete?«

»Ich habe nicht die geringste Ahnung.«

»Wenn Sie jemand als Leibwache engagieren will, wollen Sie doch auch sicher wissen, wovor er sich fürchtet.«

»Wenn ich einen derartigen Auftrag annehme, ja.«

»Haben Sie den Auftrag nicht angenommen?«

»Es sieht doch wohl kaum danach aus. Oder?«

»Warum haben Sie ihn nicht übernommen?«

»Wollen Sie darauf wirklich eine Antwort haben?«

»Ja.«

»Weil Sharples sich nicht fürchtete.«

»Was meinen Sie damit?«

»Vielleicht gab Sharples mir bewußt einen Faden in die Hand, der zu Robert Cameron führen mußte. Er kam in unser Büro und wartete auf mich, damit Bertha und die Sekretärin sich daran erinnern konnten, daß er dort war. Sobald ich ihm den Hinweis auf Cameron gegeben hatte, entschloß sich Sharples, zu Cameron zu gehen. Er nahm mich mit und wir fanden Camerons Leben ausgelöscht.«

Budas Augen funkelten. »Das haben Sie mir vorher aber nicht erzählt.«

»Sie sagten selbst, daß die Situation sich geändert hat.«

»Sie glauben also, daß Sharples Cameron umbrachte, dann schnell in Ihr Büro kam und . . .«

»Unsinn. Sie haben mich gefragt, warum ich nicht für Sharples arbeiten wollte. Das versuche ich Ihnen auseinanderzusetzen.«

»Und weiter?«

»Nehmen wir einmal an, daß ich in Camerons Haus etwas entdeckte, was mir Sharples verdächtig machte.«

»Und was war das?« drang er in mich.

»Jetzt fangen Sie schon wieder damit an«, wehrte ich ungeduldig ab. »Ich schildere Ihnen nur das, was ein Rechtsanwalt einen hypothetischen Fall nennt. Ich brauche ja gar nichts gesehen zu haben. Aber Sharples könnte glauben, ich hätte etwas gefunden. Er könnte annehmen, ich wisse etwas, was ich nicht erfahren sollte. Darum versuchte er, mich als Leibwache zu engagieren. Der Polizei meldet er, daß er sich bedroht fühle. Vierundzwanzig Stunden täglich wäre ich mit ihm zusammen, ich müßte hingehen, wo er hin will. Angenommen, es fällt ihm ein, an irgendeinem hübschen, abgelegenen Platz im Wald spazierenzugehen, und angenommen, ich käme nicht zurück?«

»Fürchteten Sie, er würde Sie ermorden?«

»Nicht gleich so grob. Nehmen wir einmal an, wir werden überfallen, überwältigt, gebunden und irgendwohin verschleppt. Sharples entkommt. Er führt die Polizei an den Ort des Überfalls, die Spuren werden verfolgt, und man findet meine Leiche . . . Ein tapferer Detektiv, der sein Leben in der Erfüllung seiner Pflicht opferte.«

»Das klingt reichlich märchenhaft«, grunzte Buda.

»Mir klingt's wie ein Alpdrücken.«

»Und aus diesem Grunde haben Sie den Auftrag nicht angenommen?«

»Das habe ich damit nicht gesagt. Ich habe Ihnen nur einen hypothetischen Fall geschildert. Ich sagte: Nehmen wir an, das sei der Grund.«

»Nun, war das Ihr Grund?«

Ich sah ihm fest in die Augen. »Ich weiß es nicht, Leutnant.«

»Zum Teufel mit Ihrem ›ich weiß es nicht‹.«

»Ich bin ganz offen mit Ihnen. Ich weiß es nicht. Sharples wollte mich engagieren, und ich folgte der klarsten Eingebung meines Lebens. Für diesen Mann wollte ich nicht arbeiten. Ich weiß wirklich nicht, warum.«

»Aha, ich verstehe. So 'ne Art Vorahnung, wie?« sagte Buda höhnisch.

»Von mir aus können Sie es so nennen.«

»Hat Ihnen jemand einen Tip gegeben?«

»Nein. Ich sagte Ihnen doch, es war eine Eingebung.«

Man sah Buda seine Verärgerung an. »Das ist eine feine Geschichte. Eine Eingebung können wir weder zur Vernehmung vor den Geschworenen noch zu einem Kreuzverhör vorladen. Leider können wir Ihr Unterbewußtsein nicht aus Ihnen herausholen und in Cellophan verpackt dem Gericht als Beweisstück vorlegen.«

»Was soll das eigentlich alles?« fragte ich.

Er zögerte einen Moment und sagte dann: »Kommen Sie mit herein.«

Zusammen gingen wir die Stufen hinauf, über den breiten Vorplatz, durch die Tür und betraten die Halle. Auf dem gebohnerten Parkett lagen wertvolle Orientteppiche.

Leutnant Buda führte mich nach links durch eine Tür in einen Raum, der gleichzeitig Bibliothek und Arbeitszimmer war. Die Einrichtung war vollständig demoliert, die Stühle umgeworfen und zerbrochen, ein Tisch lag auf der Seite, aus einem umgestürzten Tintenfaß war die Tinte auf das Parkett geflossen. Die Teppiche waren zusammengeballt, offensichtlich von Leuten, die miteinander gekämpft hatten. Ein aus einzelnen Borden zusammengesetztes Bücherregal lag auf dem Boden, und die herausgefallenen Bücher waren offenbar bei einem Kampf auf Leben und Tod mit den Füßen umhergestoßen worden. Sie waren auseinandergerissen, und die einzelnen Teile lagen wild umhergestreut. Es sah aus, als sei der Inhalt eines Güterwagens bei einem Zugunglück verstreut worden. Die Tür eines Panzerschrankes stand weit offen, und aus den einzelnen Fächern des Safes waren Papiere auf den Boden geworfen worden, als habe jemand sie in größter Eile herausgerissen.

»Nun?« fragte Leutnant Buda, nachdem er mir Zeit gelassen hatte, mich umzusehen. »Was halten Sie davon?«

»Heißt das, daß ich Ihnen helfen soll?« fragte ich.

Er runzelte verärgert die Stirn.

»Wenn ja«, fuhr ich fort, »möchte ich darauf hinweisen, daß es von außerordentlicher Bedeutung ist, daß der Panzerschrank erst nach dem Kampf geöffnet wurde, also, nachdem Sharples überwältigt worden war, denn Sie werden bemerkt haben, daß, obwohl die Teppiche zusammengeknüllt und die Möbel umgestürzt sind, die Papiere und Dokumente, die anscheinend eiligst aus dem Panzerschrank gezogen wurden, praktisch unangetastet geblieben sind.«

»Fahren Sie fort«, knurrte Buda.

»Sie werden ferner beobachtet haben, daß dort ein zerrissenes Gummiband und ein Stoß Umschläge liegen, die anscheinend von weiblicher Hand an« – ich beugte mich nieder und nahm einen der Umschläge auf – »Harry Sharples gerichtet sind. Der Name des Absenders, der auf der oberen linken Ecke des Umschlags steht, nennt eine gewisse Shirley Bruce, deren Wohnung ...«

Er riß mir den Umschlag aus der Hand. »Sie haben nichts anzurühren.«

»Die Umschläge«, fuhr ich fort, »scheinen alle leer zu sein. Es gehört kaum zu den Gewohnheiten, leere Umschläge in einem Panzerschrank aufzubewahren. Daraus läßt sich folgern, daß die Briefe herausgenommen worden sind, nachdem die Briefsammlung aus dem Panzerschrank genommen wurde.«

»Ich möchte von Ihnen Tatsachen, keine Theorien«, unterbrach mich Buda.

»Was für Tatsachen?«

»Wer könnte Harry Sharples entführt haben?«

Ich hob die Augenbrauen hoch. »Glauben Sie, daß er entführt wurde?«

»Nein«, sagte Buda mit Hohn. »Er wollte nur mal eben hier abstauben und hatte eine etwas schwere Hand dabei. Das ist alles.«

»Soll das heißen, daß Sharples verschwunden ist?«

»Sharples ist verschwunden.«

»Und wie haben Sie das erfahren?«

»Eines der Hausmädchen rief Sharples zum Essen. Als er nicht kam, sah sie nach. Sie hat diesen Zustand vorgefunden und hielt es für richtig, die Polizei zu benachrichtigen.«

»Und Sie ließen mich herholen, nur um mich auszufragen.«

»Stimmt. Kennen Sie diese Shirley Bruce?«

Umständlich und mit großen Gesten zog ich mein Taschentuch hervor und breitete es auf dem Tisch aus.

»Was zum Teufel, hat das zu bedeuten?« fragte Buda.

Stolz wies ich auf die roten Flecken. »Sehen Sie das da?«

»Ja.«

»Das ist«, sagte ich nachdrücklich, »Shirley Bruces Lippenstift.«

Als Buda mich ansah, kämpften auf seinem Gesicht Ärger und Überraschung. »Wie kommt das in Ihr Taschentuch?«

»Sie ist impulsiv«, erklärte ich. »Entweder kann sie jemanden leiden, oder er fällt bei ihr gänzlich ab. Sie gehört zu der Sorte Mädchen, die ihre Freunde lieben und ihre Feinde hassen. Mich konnte sie gleich leiden, als sie mich sah. Ja, sie kann mich sogar gut leiden. Und sie zeigt es, wenn sie jemand leiden kann.«

»Bah, was für ein Geschmiere.«

»Der Lippenstift?«

»Nein, Ihr Gefasel.«

»Genau so habe ich es zu hören bekommen. Ich hätte alles in Anführungszeichen setzen können.«

»Wer hat es denn gesagt?«

»Shirley.«

»Ich glaube, ich werde mir diese Shirley mal ansehen.«

»Das kann ich Ihnen nur empfehlen.«

»Aus welchem Anlaß zeigte sie Ihnen denn ihre Zuneigung so deutlich?«

»Darüber bin ich mir nicht ganz im klaren. Ich sollte einen Auftrag für sie übernehmen.«

»Worin sollte der bestehen?«

»Fragen Sie die Dame doch selbst.«

»Haben Sie ihn übernommen?«

»Nein.«

Buda deutete noch einmal auf den Lippenstift. »Auch nicht danach?«

»Auch danach nicht.«

»Hören Sie zu, Lam. Wir wollen in dieser Angelegenheit Vernunft walten lassen. Sharples ist augenscheinlich ein Mann mit einer bedeutenden Position. Er wohnt in einem großen Haus, hat vermutlich viel Geld und zweifellos auch Freunde. Er stand in Geschäftsverbindung mit Cameron. Cameron wurde ermordet, und Sharples wandte sich an die Polizei um Schutz und ...«

»An die Polizei?«

»Ja.«

»Aber ich sollte doch seine Leibwache übernehmen.«

»Ich weiß. Die Polizei nahm die Sache nicht ernst genug. Es wurde ihm gesagt, man könne keinen Beamten abstellen, um ihn Tag und Nacht zu bewachen. Das sei unmöglich. Er solle sich einen Privatdetektiv nehmen.«

»Dann ging er also zuerst zur Polizei?«

»Ja, was finden Sie daran so komisch?«

»Nichts. Ich hatte nur angenommen, er hätte einen bestimmten Grund dafür, daß ich bei ihm sein sollte, und daß alles andere nur ein Teil seines Planes war.«

»Nun«, sagte Buda nachdenklich, »natürlich hätte er sich sagen müssen, daß die Polizei ihm keine regelrechte Leibwache stellen würde.«

»Deutete er vor der Polizei an, wovor er sich fürchtete?«

»Darüber sprach er ziemlich ungenau.«

»Das war zu erwarten. Wenn er sich wirklich vor etwas fürchtete, hätte er der Polizei auch nicht gesagt, um was es sich handelte, Leutnant.«

»Er schien zu glauben, daß die gleiche Person oder die gleichen Personen, die Cameron ermordeten, auch hinter ihm her sein könnten.«

»Sagte er – warum?«

»Nein.«

»Hat er überhaupt ein Motiv angegeben?«

»Nein, auch das nicht.«

»Erkundigt sich die Polizei in solchen Fällen denn nicht nach Einzelheiten?«

»Im allgemeinen ja. Aber vergessen Sie nicht, daß wir ihn abgewiesen haben. Wir gaben ihm nicht die geringste Unterstützung.«

»Aber jetzt wäre es Ihnen ganz lieb, wenn Sie nach Einzelheiten gefragt hätten.«

»Natürlich. Darum wollte ich Sie ja auch sprechen«, sagte Buda. »Ich glaubte, daß Sie etwas mehr darüber wüßten.«

»Tut mir leid, Leutnant, ich weiß auch nichts.«

Ein Polizist schob seinen Kopf durch die Tür und sagte: »Die andere ist jetzt auch hier.«

»Bringt sie herein«, sagte Buda.

Einen Moment später hörte ich schwere Schritte, und dann brachte ein Polizist Bertha Cool an die Tür, und es fehlte nur noch, daß er sie ins Zimmer hineinstieß.

»Kommen Sie herein, Mrs. Cool«, forderte Buda sie auf.

Bertha starrte ihn an und richtete ihre wütenden Blicke dann auf mich. »Was, zum Teufel, soll das alles bedeuten?« fauchte sie Buda an.

»Wir brauchen ein paar Informationen, Mrs. Cool«, sagte Buda scharf, »und wir benötigen sie schnell.«

Bertha ließ ihre kalten gierigen Augen über das Chaos in dem Zimmer schweifen und fragte dann: »Was war denn hier los?«

»Anscheinend ist Mr. Sharples überfallen worden«, erklärte Buda. »Er scheint verschwunden zu sein. Zuletzt wurde er hier in diesem Zimmer gesehen, als ein Hausmädchen ihm heute nachmittag gegen vier Uhr den Tee hierher brachte. Sie sagte aus, daß er an diesem Tisch über einigen Papieren gesessen und die Tür des Panzerschrankes offengestanden habe.«

»Und was habe ich damit zu tun?«

»Um das herauszufinden, habe ich Sie holen lassen.«

Bertha deutete mit dem Kopf auf mich: »Fragen Sie dieses Großmaul da. Der weiß alles. Ich bin nur ganz allgemein informiert. Aber Donald sieht alles, hört alles und sagt nichts. Das ist mein Geschäftspartner: Donald Lam. Ein feiner Partner.«

»Dann geben Sie uns mal Ihren allgemeinen Überblick bekannt«, forderte Buda sie auf.

Bertha wurde sofort vorsichtig und wählte ihre Worte sorgfältig. »Sharples kam in unser Büro und wollte uns einen Auftrag geben. Ich rief Donald herein und überließ ihm alles.«

»Und was taten Sie sonst noch bei dem Geschäft?«

»Ich zeichnete seinen Scheck gegen und ließ ihn sofort bei der Bank einlösen.«

»Wer ging damit zur Bank?«

»Elsie Brand, meine Stenotypistin.«

»Sie ist meine Sekretärin«, verbesserte ich.

Bertha warf mir einen giftigen Blick zu.

»Was geschah dann?«

»Dann verfiel Sharples Donalds Charme. Er wollte jemanden haben, der Tag und Nacht bei ihm sein sollte, und machte uns ein Angebot.«

»Und warum lehnte Lam den Auftrag ab?«

»Fragen Sie mich nicht danach. Wahrscheinlich aß der Kerl Knoblauch, hatte Hühneraugen, redete im Schlaf oder hatte sonst ein furchtbares Gebrechen, das die Karriere meines geschäftstüchtigen Partners gefährden konnte.«

»Ich will eine Antwort auf meine Fragen haben und keine dummen Redensarten hören«, herrschte Buda sie an.

»Und ich kann sie Ihnen nicht geben, Leutnant, denn auch ich weiß nicht, warum Donald Sharples' Auftrag nicht angenommen hat.«

»Und von dem hier wissen Sie auch nichts?« fragte Buda und deutete mit einer Handbewegung durch das Zimmer.

Bertha war so wütend, daß an der Aufrichtigkeit ihrer Worte keine Zweifel bestehen konnten. »Zum Teufel, nein, davon weiß ich auch nichts.«

Buda seufzte tief auf. »Dann ist ja wohl nichts zu machen.«

Er stand in der Tür zur Bibliothek und sah uns nach, als wir durch die Halle gingen. Dann trat er ins Zimmer zurück und schlug die Tür hinter sich zu.

»Das wäre alles nicht passiert«, begann Bertha, »wenn ...«

»Moment mal«, unterbrach ich, »das Ganze ist doch gestellt.«

»Was sagst du da?«

Ich gab ihr keine Antwort, bis ich sie aus dem Hause herausgebracht hatte und neben ihr im Wagen saß. »Da hat doch überhaupt kein Kampf stattgefunden.«

»Wie kommst du darauf?«

»Hast du schon einmal versucht, ein zusammengesetztes Bücherregal von acht Fächern umzukippen?«

Sie musterte mich böse. »Wovon redest du eigentlich?«

»Von Bücherregalen.«

»Das habe ich gehört. Aber was soll das?«

»Denke doch mal nach.«

»Sei nicht so vorlaut, sonst klebe ich dir doch noch mal eine. Aber was soll das mit dem Bücherregal?«

»Versuche doch einmal, eins umzuwerfen.«

»Ach, hör auf damit«, fuhr Bertha mich an.

»Ich meine es ernsthaft.«

»Ja, ich weiß. Ich soll ein Bücherregal von acht Fächern und die Bücher dazu kaufen und es umwerfen, nur, damit du keine Fragen zu beantworten brauchst. Manchmal könnte ich dich wirklich . . .«

»Aber überlege doch. Wenn ein so hohes Bücherregal umfällt, schlägt der oberste Teil mit ziemlicher Wucht auf. Die Glastüren hätten alle zerbrochen sein müssen. Aber das da war ein komisches Bücherregal. Nicht eine einzige Scheibe hatte auch nur einen Sprung.«

Bertha überlegte einen Moment. »Nun brat mir doch einer einen Storch.«

»Außerdem war das Tintenfaß umgekippt. Das müßte während des Kampfes geschehen sein, wenn einer stattgefunden hat. Aber nicht ein einziger Tintenspritzer war zu sehen. Wenn sich in dem Zimmer Leute so geprügelt haben, daß die Möbel demoliert wurden, dann wären sie doch hin- und hergesprungen und dabei auch mal in die Tintenlache getreten und überall wären Tintenspuren zu sehen gewesen.«

»Aber nehmen wir an, das Tintenfaß ist umgekippt, als der Kampf vorbei war«, wandte Bertha ein.

»Warum hätte es dann noch umkippen sollen?«

»Ich komme nicht dahinter«, sagte Bertha.

»Das ganze ist eine Mache, Bertha. Fällt dir nicht auf, mit welcher Sorgfalt jedes Geräusch vermieden wurde? Die Stühle sind demoliert worden, indem erst die Streben herausgerissen und dann die Beine einzeln abgebrochen wurden. Die Bücher wurden aus den Regalen herausgenommen und dann so im Zimmer verstreut, als ob sie herausgefallen wären. Die Fächer wurden einzeln abgehoben und auf den Boden gelegt. Hast du dir das Parkett angesehen? Es war nicht eine einzige Druckstelle zu sehen, die durch das Aufschlagen des Regals hätte entstehen müssen.«

Bertha war ganz aufgeregt. »Du Teufelsbraten. Woher hast du nur so ein famoses Köpfchen? Vielleicht hast du doch recht, Donald. Bertha läßt dir morgen die Türen zu dem anderen Büro durchbrechen, wird Möbel kaufen und dir ein hübsches Arbeitszimmer einrichten. Du kannst auch Elsie Brand als Privatsekretärin haben und –«

»Morgen bin ich nicht da«, unterbrach ich sie.

»Warum nicht? Was hast du morgen vor, Donald?«

»Meinen Urlaub nehmen. Ich fahre nach Südamerika. Da wollte ich schon immer einmal hin.«

Wie von einer Tarantel gestochen fuhr Bertha auf. »Verdammter Kerl. Du ekelhafter, kleiner, hinterlistiger Bastard. Was bildest du dir ein? Glaubst du, ausgerechnet jetzt in der Welt herumreisen zu können? Wenn ich nicht dein Köpfchen nötig hätte, könnte ich dich auf der Stelle umbringen. Das kannst du mir glauben.«

»Willst du nach Hause oder ins Büro?« fragte ich sie.

»Ins Büro«, schrie Bertha mich an. »Einer in der Firma muß doch wenigstens arbeiten.«

16

Das Flugzeug flog ruhig in dreitausendsechshundert Meter Höhe. Im Osten war der erste schwache Schein des Tages zu erkennen. Die Passagiere lagen in ihren zurückgeklappten Sitzen ausgestreckt und schliefen bis auf einen Mann, der vorne saß und beim Licht seiner Lampe in einer spanischen Zeitung las.

Bisher war der Flug ruhig gewesen. Aber jetzt kamen kurze, scharfe Böen auf, die das Flugzeug etwas vibrieren ließen.

Der Himmel im Osten nahm leuchtende Farben an. Unter uns lag als graugrüne Masse der Urwald. Aus der Anrichte hinten im Rumpf des Flugzeuges drang der belebende Duft von frisch gekochtem Kaffee. Die Passagiere begannen sich zu regen.

Die Stewardess reichte Kaffee und frischen Toast. Der Mann neben mir lächelte freundlich und sagte: »Das schmeckt gut, nicht wahr?«

Er war ein großer, kräftiger, bronzefarbener Bursche, der nicht ein Gramm überflüssiges Fett auf dem Körper hatte. Ich schätzte ihn auf Anfang Fünfzig. Seine wachsamen Augen zwinkerten freundlich. Er schien sich in Südamerika auszukennen, denn am Abend vorher hatte ich gehört, daß er fließend spanisch sprach.

»Ja, das ist genau das, was man jetzt braucht«, stimmte ich zu.

»Man wird in den Flugzeugen gut versorgt«, fuhr er fort. »Kurz vor Sonnenaufgang fühlt man sich am wenigsten wohl. Sobald die Sonne hochkommt, geht es einem besser, und genau in dem Moment serviert dann die Stewardess den Kaffee. In Nachtflugzeugen reist es sich angenehmer als in Bussen oder Zügen. Die Höhe und die Geschwindigkeit haben etwas Aufregendes an sich. Wir nähern uns jetzt dem Gebirge. Sehen Sie da unten den Urwald? Noch liegt alles grau in grau, aber sobald die ersten Sonnenstrahlen darauf fallen, ist er so frisch wie ein Tautropfen auf einer Rosenknospe.«

»Das klingt sehr poetisch.«

Er sah mich ernst an. »Vielleicht lernt man die schönen Dinge des Lebens besser zu würdigen, wenn man in Kolumbien lebt?«

»Sie sind aus Kolumbien?«

»Ja, aus Medellin.«

»Leben Sie schon lange dort?«

Er lächelte. »Seit fünfunddreißig Jahren.«

»Was ist das für eine Stadt?«

»Sie ist herrlich. Alles ist dort prachtvoll. Die Anden sind immer grün und frisch. Dort sind die Berge nicht rauh und zerklüftet, sie sind – ja, sie sind wie Juwelen. Und diese fruchtbaren Täler, das herrliche Klima. Allein das Klima. Sie können sich nicht vorstellen, wie schön es ist.«

»Beschreiben Sie es doch bitte etwas näher.«

»Es ist einfach vollkommen. Die Stadt liegt etwa fünfzehnhundert Meter hoch, oberhalb der schwülen Hitze des Urwaldes und nahe genug am Äquator, so daß sich in den verschiedenen Jahreszeiten die Temperaturen nicht verändern. Es gibt Tausende von Orchideen. Man braucht nicht zu heizen, und es ist stets kristallklares, frisches Bergwasser vorhanden. Aber ich rede wie ein Reiseprospekt. Jedenfalls sehne ich mich nach der Stadt. Zwei Monate war ich fort, geschäftlich in den Staaten.«

»Im Laufe der Jahre müßten Sie in Medellin eine Menge Leute kennengelernt haben«, sagte ich.

»Ich kenne fast alle dort. Jedenfalls die, die es sich lohnt zu kennen.«

»Kommen nicht ziemlich viele Amerikaner dorthin?« fragte ich.

»Nordamerikaner«, verbesserte er mich. »Amerikaner sind wir ja auch. Ja, es kommen ziemlich viele hin. Ich bin oft wütend über die Leute, die man uns schickt. Sie hocken immer nur unter sich zusammen. Geschäftsleute aus den Vereinigten Staaten sollten doch in erster Linie die internationalen Verbindungen pflegen und die Verständigung fördern. Weder treten sie mit den Einheimischen in Verbindung, noch lernen sie ihre Sprache oder bemühen sich, die gesellschaftlichen Sitten des Landes zu respektieren. Nichts dergleichen. Sie sondern sich in kleinen Cliquen und Grüppchen ab, und wenn sie dann nach zwei, drei oder vier Jahren zurückgehen, wissen sie aber auch rein gar nichts von Land und Leuten, was der Rede wert wäre. Das enttäuscht mich sehr. Ich habe einmal einen gewissen Mr. Cameron kennengelernt, der dort Bergwerke besitzt, soviel ich erfahren habe.«

»Bob Cameron?«

»Ich glaube, er hieß Robert. Ich habe ihn seit einiger Zeit nicht mehr gesehen. Hin und wieder bin ich mit ihm zusammengekommen. Er kommt meist herunter, um sich um seine Geschäfte zu kümmern. Ein netter Bursche. Er ist Treuhänder für die Erben des Besitzes von Cora Hendricks.«

»Ja, richtig. Ich glaube, er hat etwas Derartiges gesagt. Er sprach sehr begeistert über Kolumbien, aber da war doch noch ein Treuhänder«, sagte ich nachdenklich. »Ich komme jetzt nicht auf den Namen. Sharper oder so ähnlich.«

»Sharples«, verbesserte er mich. »Er kommt nicht so oft nach Kolumbien wie Cameron. Zwei- oder dreimal im Jahr.«

»Was haben sie für Besitzungen? Bergwerke?«

»Hauptsächlich. Ich kenne sie nicht so genau. Wie heißen Sie?«

»Lam«, antwortete ich.

»Ich heiße Prenter. George Prenter. Wie weit fliegen Sie?«

»Ich weiß es noch nicht genau. Ich will mich geschäftlich etwas umsehen, das Land etwas kennenlernen. Ich hatte die Absicht, ein paar Städte zu besuchen.«

»Was haben Sie vor?«

»Noch nichts Bestimmtes. Ich habe etwas Geld und interessiere mich für alles, was Erfolg verspricht.«

»Wo wollen Sie zuerst hin?«

»Ich habe mich noch nicht entschieden. Aber was Sie über Medellin gesagt haben, klingt sehr verlockend. Ich würde es mir gern ansehen.«

»Tun Sie das, Sie werden nicht enttäuscht sein. Sie werden dort prächtige Menschen kennenlernen. Natürlich können Sie nicht erwarten, schon beim ersten Versuch Zugang zu den alteingesessenen aristokratischen Familien zu finden. Sie sind etwas exklusiv. Aber man kann ihnen keinen Vorwurf daraus machen. Sie sind nun einmal so. Man wird Sie beobachten, wenn Sie es am wenigsten erwarten. Und wenn Sie ihren Erwartungen entsprechen, erhalten Sie, ehe Sie sich's versehen, ein oder zwei Einladungen. Und wenn Sie dann zeigen, daß Sie mit den Leuten umgehen können, haben Sie schnell einen großen Kreis von Freunden.«

»Und wie muß man mit ihnen umgehen?«

»Das ist nicht leicht zu sagen. Sie dürfen nicht ganz so ausschließlich auf Geschäfte bedacht sein wie die meisten Nordamerikaner. Lassen Sie sich etwas Muße. Die Menschen dort pflegen ihre Freundschaften. Geschäfte betrachten sie als notwendiges Übel. Die Arbeit des Tages ist nur das Vorspiel für ihr gesellschaftliches Leben an den langen Abenden.«

»Geben sie regelrechte Gesellschaften?«

»Nicht so wie bei uns. Man sitzt zusammen, trinkt etwas und unterhält sich. Niemals ist jemand wirklich betrunken. Das tut man einfach nicht, sich in der Öffentlichkeit betrinken. Man kann etwas angeheitert sein, aber über einen gewissen Punkt geht man nicht hinaus. Es läßt sich schwer beschreiben. Ich finde nicht die richtigen

Worte. Sie müssen es selbst sehen. Und diese Menschen haben mehr vom Leben als wir. Sie haben auch mehr von ihren Freunden. Sie führen ein bewunderswertes glückliches Leben, sind kultiviert, aufmerksam und höflich. Irgendwie scheinen sie klarere Ansichten zu haben. Ich weiß nicht, warum ich Ihnen das alles sage, aber vielleicht interessiert es Sie, und ich möchte Ihnen gern die ersten Tage Ihres Aufenthaltes erleichtern. Es würde mich freuen, wenn Sie sich in Medellin niederlassen. Ob Sie dort Geld verdienen werden, hängt davon ab, wie Sie es anfangen. Ein Mann mit Kapital findet dort immer einen Platz.«

»Dieser Cameron ist ganz gut vorangekommen, oder nicht?«

»Das weiß ich nicht genau. Cameron geht es, nehme ich an, ganz gut. Er ist ein interessanter Mensch, aber ziemlich schweigsam.«

»Auch eine Mrs. Grafton habe ich einmal kennengelernt, die irgendwoher aus Kolumbien kommt. Kennen Sie sie zufällig?«

Auf sein Kopfschütteln hin fuhr ich fort: »Juanita Grafton hieß sie. Sie ist die Witwe eines Bergwerksingenieurs.«

»Ah, jetzt erinnere ich mich. Persönlich kenne ich sie nicht, aber ich habe von ihr gehört. Sie besaß einmal etwas Geld oder glaubte, sie habe Anspruch darauf oder etwas Derartiges, und hat es verloren. Wenn sie in Kolumbien ist, tritt sie wie eine große Dame auf, und wenn sie ihr Geld ausgegeben hat, geht sie in die Staaten, sucht sich eine Stellung als einfache Haushälterin, bis sie sich wieder etwas zusammengespart hat. Jedenfalls erzählt man sich das. Wenn sie in den Staaten ist, soll sie wie ein Pferd arbeiten und nicht einen Cent unnütz ausgeben. Dann pflegt sie ihre Hände, kauft sich neue Kleider und kommt nach Medellin, wo sie nicht einen Finger rührt.«

»Das hat man Ihnen erzählt?«

»Ja.«

»Verwechseln Sie das nicht? Ist es nicht gerade umgekehrt? Ich meine, arbeitet sie nicht wie toll, wenn sie in Medellin ist?«

»Aber nein. Wenn sie dort ist, lebt sie wie eine richtige Dame. Da sie alle Schliche dort kennt, kann sie mit dem Geld, das sie aus den Staaten mitbringt, viel anfangen. Bis vor kurzem jedenfalls. Jetzt haben wir so eine Art Inflation da unten, und der Wechselkurs ist nicht sehr günstig. Ich meine in bezug auf die Kaufkraft des Geldes.«

Diese Eröffnungen beschäftigten mich eine ganze Weile.

Die Sonne kam hoch, und ihre wärmenden Strahlen erfüllten das Flugzeug mit goldenem Glanz, während auf dem Boden noch alles im Schatten der Dämmerung lag. Dann vergoldete das Licht die Gipfel der vor uns liegenden Berge, kroch langsam die Abhänge hinab, bis es schließlich auch den Dschungel erhellte.

»In ein paar Minuten fliegen wir über ein Gebirge«, sagte Prenter. »Sie können dann einen schönen großen See mit prächtigen Häusern am Ufer sehen. Es ist eine herrliche Landschaft. Hier beginnt das Kaffee-Gebiet. Der Kaffee hier ist besonders vorzüglich. Sie sollten einmal kolumbianischen Kaffee versuchen. So etwas haben Sie noch nicht gekostet. Er schmeckt nicht ein bißchen bitter, wenn Sie ihn auch noch so stark aufbrühen. Es ist ein erstklassiges, aromatisches Getränk.«

Nachdenklich sagte ich: »Kolumbien? Kommen von dort nicht auch die Smaragde her?«

»Doch.«

»Bekommt man sie dort nicht ziemlich billig?«

Er schüttelte den Kopf.

»Kann man nicht Smaragde als Rohedelsteine kaufen und sie woanders schleifen lassen? Soviel ich weiß, ist der Zoll für ungeschliffene Steine nicht so hoch.«

Er lächelte nur nachsichtig und schüttelte den Kopf.

»Es gibt doch dort eine ganze Menge Fundstellen für Smaragde, oder . . .?«

Er sah mich prüfend an. Ich wartete auf seine Antwort. »Darüber weiß ich nicht sehr viel«, sagte er dann, »es wird ziemlich viel Gold geschürft. Wenn Sie Ihr Geld in Goldminen anlegen wollen, können Sie vielleicht wirklich etwas Gutes finden. Es gibt ein paar sehr schöne Vorkommen, die hydraulisch ausgebeutet werden können. Wasser ist in Fülle vorhanden und auch die Möglichkeit, es mit dem nötigen Druck zu bekommen.«

»Kann man sein Geld nicht in Smaragden anlegen?«

»Nein«, antwortete er kurz angebunden.

»Wie unterhält man sich dort?« lenkte ich sein erwachendes Mißtrauen ab. »Ich meine, worin besteht das gesellschaftliche Leben?«

»Das ist schwer zu beschreiben. Die Menschen sitzen gern zusammen und plaudern. Wenn bei uns in den Staaten Freunde zusammenkommen, spielen sie Bridge, gehen in ein Kino oder unternehmen so etwas Ähnliches. Nahezu in ganz Südamerika sind die Menschen gewohnt, die Gesellschaft anderer zu genießen. Sie müssen es selbst kennenlernen, um es zu verstehen.«

»Sie schildern das Land sehr verlockend. Kennen Sie übrigens einen Robert Hockley?«

»Hockley?« fragte er stirnrunzelnd. »Was ist er?«

»Genau weiß ich es nicht. Ich glaube, er hat Besitzungen in Kolumbien.«

»Welcher Art sind seine Besitzungen?«

»Das weiß ich nicht. Er sprach nur recht flüchtig darüber mit mir.«

Prenter schüttelte den Kopf. Wir schwiegen eine Weile, und die Landschaft nahm uns völlig in Anspruch. Wir flogen über den von Prenter angekündigten See, dessen glatte Oberfläche nicht durch die geringste Brise gekräuselt wurde. Dann hatten wir eine Weile unruhige Luft. Plötzlich kurvte unsere Maschine und landete in Guatemala.

Nachdem wir Guatemala wieder verlassen hatten, zeigte sich Prenter ziemlich zurückhaltend. Auf meine gelegentlichen Fragen nach Land und Leuten antwortete er sehr einsilbig. Anscheinend nahmen ihn seine Gedanken völlig in Anspruch. Zwei- oder dreimal, als er mit zurückgelegtem Kopf und geschlossenen Augen da saß und zu schlafen schien, spürte ich deutlich die Anspannung, mit der er nachdachte.

Das Flugzeug flog so hoch, daß man auf der linken Seite den Atlantik und rechts den Pazifik sehen konnte.

»Wir sind wohl bald in Panama?« versuchte ich Prenter wieder in ein Gespräch zu verwickeln.

»Es dauert nicht mehr lange«, antwortete er nur.

Wieder herrschte eine oder zwei Minuten Schweigen, dann wandte sich Prenter plötzlich zu mir. »Hören Sie, halten Sie es bitte nicht für aufdringlich, wenn ich Ihnen einen kleinen Rat gebe.«

»Aber gewiß nicht, ich bin Ihnen dankbar«, versicherte ich.

»Reden Sie nicht mehr über Smaragde.«

Ich zeigte ihm ein erstauntes Gesicht. »Warum nicht? Was ist denn nur los mit den Smaragden?«

»Wenn Sie mit mehr Leuten so darüber reden wie mit mir«, antwortete er grimmig, »werden Sie schon dahinterkommen, was damit los ist.«

»Wie darf ich das verstehen?«

»Das Smaragdgeschäft ist ein Regierungsmonopol. Verstehen Sie, was das heißt?«

»Ich fürchte nein.«

»Der gesamte Smaragdhandel in der Welt stellt einen erheblichen Wert dar.«

»Ja, das kann ich mir vorstellen.«

»Er wird nahezu vollständig von der kolumbianischen Regierung kontrolliert.«

»Wie meinen Sie das?«

»Ich meine folgendes: Die kolumbianische Regierung bestimmt die Menge der Smaragde, die auf den Markt kommt, und legt die Preise fest. Es ist klar, daß die Preise stark fallen würden, wenn plötzlich viele Smaragde zum Verkauf angeboten würden, weil der Markt bei den hohen Preisen nur in einem beschränkten Maße aufnahmefähig ist. Wenn die großen Edelsteinhändler vorher genau wüßten, wieviele Smaragde auf den Markt gebracht werden, könnte es auf die Preise verheerende Auswirkungen haben.«

»Das verstehe ich nicht.«

»Nun, dann denken Sie einmal darüber nach, wenn Sie nichts anderes zu tun haben. Nehmen Sie doch einmal an, Sie wären eine Regierung und Sie alleine wären im Besitz der Informationen, die den Preis für eine Ware beeinflussen, die Sie auf dem Weltmarkt kontrollieren. Verstehen Sie mich jetzt?«

»Nun, mir dämmert langsam, was Sie meinen.«

»Dann zerbrechen Sie sich den Kopf, bis aus dem Dämmern helles Licht wird. Und damit Sie dazu ausreichend Gelegenheit haben, werde ich Sie jetzt eine Zeitlang nicht weiter mit meiner Unterhaltung davon abhalten. Wir sind bald in Panama. Dort müssen wir über Nacht bleiben, und man wird Sie nach allen Regeln der Kunst ausfragen. Wenn irgend jemand auf die Idee kommen sollte, daß Sie sich aus geschäftlichen Gründen für Smaragde besonders interessieren, kommen Sie nie nach Kolumbien. Lassen Sie sich das gesagt sein.«

»Heißt das, daß man meinen amerikanischen Paß nicht anerkennen wird, falls . . .«

»Aber nein. So plump macht man das hier nicht. Sie befinden sich in einem Land, wo die hohe Kunst der Diplomatie noch in Ehren gehalten wird. Es wird einfach heißen, daß in Ihrem besonderen Fall gewisse technische Schwierigkeiten vorhanden sind, daß aus Versehen irgend etwas vergessen wurde, und dann werden Sie in einen Verwaltungskrieg verwickelt, daß Ihnen die Augen übergehen. Ich gebe Ihnen nur einen Tip. Aber überlegen Sie es sich.«

»Das werde ich gern tun«, versprach ich.

»Es ist auch besser so. Sie übertreiben nämlich Ihre Rolle des neugierigen Reisenden ein bißchen, wenn Sie mir diese Kritik erlauben wollen. Ich weiß nicht, was Sie vorhaben, aber Sie selbst wissen wohl sehr genau, was Sie wollen. Und damit guten Tag.«

Er schloß nachdrücklich seine Augen, legte den Kopf auf das Polster und beendete die Unterhaltung damit so wirksam, als ob er aus dem Flugzeug gestiegen wäre.

Sein Tip für Panama erwies sich als nützlich. Ich war sehr zurückhaltend, hielt aber Augen und Ohren weit offen. Ich hatte mir keine Vorstellung davon gemacht, wie sorgfältig in Panama alles kontrolliert wird. Die Politik der ›guten Nachbarschaft‹ zeigt hier, was sie wert ist, und alles läuft so glatt wie eine gut geölte Maschine.

Ich beantwortete alle Fragen, die mir gestellt wurden, und als ich am nächsten Morgen zum Flugplatz kam, war ich erleichtert, daß mir niemand auf die Schulter tippte, um mir zu sagen, daß mit meinem Flugschein irgend etwas nicht in Ordnung sei. Ich bestieg das Flugzeug nach Medellin und stellte fest, daß George Prenter sich seinen Platz – sicher mit Bedacht – ziemlich weit vorn neben einer grauhaarigen, mütterlichen Frau gewählt hatte.

Ich verstand den Wink und hielt mich von jeder Unterhaltung zurück. Prenter wechselte während des ganzen Fluges nicht ein Wort mehr mit mir.

Wir flogen über den dampfenden, tropischen Urwald. Breite, träge Flüsse flossen so langsam unter uns dahin, daß die Richtung ihrer Strömung nicht zu erkennen war. Von unserer Höhe sahen sie wie riesige schlafende Schlangen aus.

Hier und da konnte man an den Ufern kleine Gruppen von Hütten entdecken, die sich wie zu ihrem gegenseitigen Schutz zusammenzudrängen schienen. Die umliegenden kleinen Felder machten den Eindruck, als ob die Menschen, die dort lebten, nicht wagten, sich weiter als einen Steinwurf von ihren Dörfern zu entfernen.

Weit vor uns tauchten dann Berge auf. Der Urwald glitt gleichförmig unter uns fort, und plötzlich ragten die Anden vor uns empor. Das Flugzeug wurde von Gegenwinden geschaukelt und überflog eine Bergkette. Unter uns lag ein fruchtbares Land mit Straßen und großen Haziendas inmitten ausgedehnter Felder. Wege wanden sich die Abhänge der Berge hinauf und belebten die Landschaft.

Aus unserer Sicht konnte man die gesamte wirtschaftliche Entwicklung des Landes überblicken. Auf den Höhen der Berge lagen kleine, primitive Farmen, die nur durch Saumpfade für Maultiere miteinander verbunden waren, weiter unterhalb sah man größere Höfe mit richtigen Wegen und unten im Talgrund riesige Haziendas mit gepflasterten Straßen. Zwischen ihnen lagen altmodische, malerische, kleine Städte mit weißgetünchten Häusern. Lange Zeit betrachtete ich das Land unter mir. Ich bemerkte die geräumigen Patios und private Schwimmbäder, die auf einen gesicherten Wohlstand der Großgrundbesitzer hinwiesen.

Fast unmerklich glitt das Flugzeug über einen Paß. Das grüne, fruchtbare Bergland kam den Flügelspitzen so nahe, daß ich dicht vor mir eine kleine zusammengeflickte Hütte erkennen konnte. Gesundes Vieh hob neugierig die Köpfe und sah uns träge nach. Dann erweiterte sich der Paß zu einem breiten sonnigen Tal, und Medellin tauchte vor uns auf. Einige Minuten später rollte unsere Maschine über die betonierte Landebahn des Flugplatzes.

Prenter verließ das Flugzeug, ohne sich mit einem Wort von mir zu verabschieden. Im Flughafen kaufte ich ein spanisches Lexikon, fuhr dann in einem Taxi zur Stadt, mietete in einem Hotel ein Zimmer, wechselte einen Reisescheck ein und ging zum amerikanischen Konsulat, um mich zu melden. Dort fand ich einen Brief von Leutnant Sellers. Er lautete:

›Lieber Donald!

Berthas Blutdruck steigt beängstigend. Ich weiß noch nicht, wozu Sie mich überredet haben, aber ich fange an zu glauben, daß Sie auf der richtigen Spur sind.

Robert Hockley beschaffte sich einen Paß und einen Flugschein nach Medellin. Unmittelbar darauf verschwand er. Er flog mit dem Flugzeug bis Panama. Dort stieg er aus. Als das Flugzeug weiterfliegen wollte, war Hockley nicht da. Der Pilot wartete nahezu eine Stunde auf ihn, und es gab einige Aufregung, aber Hockley blieb verschwunden. Inzwischen hat sich hier einiges ereignet. Das Gift in dem Konfekt stammt anscheinend aus Hockleys Werkstatt. Auch die Adresse auf dem Päckchen war mit Hockleys Schreibmaschine geschrieben. Die Leute vom Kriminallaboratorium haben Camerons Haus mit Staubsaugern und Mikroskopen untersucht. Sie entdeckten ein paar Kristalle Kupfersulfat. In Hockleys Wohnung fanden sie aber Kupfersulfat in rauhen Mengen. Es sieht ganz danach aus, als ob Hockley derjenige wäre.

Sie haben Hockley gesehen und gesprochen, und Sie können ihn identifizieren. Ich setzte mich mit der Polizei in Medellin in Verbindung und möchte, daß Sie dort hingehen, sich bekanntmachen und sich ihnen zur Verfügung stellen.

Ich will Ihnen nicht verschweigen, daß es für mich recht wertvoll ist, daß Sie dort unten sind. Ich habe dem Chef gemeldet, daß Sie auf meinen Vorschlag nach Kolumbien flogen. Das war für mich ganz nützlich. Sie sind doch ein brauchbarer Kerl. Telegrafieren Sie mir, wenn Sie etwas herausbekommen.

Frank Sellers.‹

*

Nachdem ich den Brief gelesen hatte, ging ich zur Polizei, und es dauerte eine ganze Weile, bis ich den Mann fand, den ich suchte. Es stellte sich heraus, daß er auch nach mir suchte.

Señor Rodolfo Maranilla war klein, drahtig und flink. Seine Augen waren von Fältchen umgeben, seine Lippen an den Winkeln waren hochgebogen, daß es schien, als ob er ständig lächle. Aber seine Augen waren die eines Pokerspielers, der unbewegt zusieht, wie sein Gegenüber einen Haufen Chips setzt.

Er hörte sich meine Geschichte an und sagte dann höflich in ausgezeichnetem Englisch: »Sie interessieren sich also dafür, wie Sie Ihr Geld anlegen können, Señor Lam.«

Ich nickte zustimmend.

»Haben Sie Interesse für Bergwerke?«

»Das ist doch wohl die beste Anlagemöglichkeit.«

»Und Sie möchten sich gern verschiedene Betriebe ansehen, während Sie hier sind?«

»Das würde ich sehr gern.«

»Ich glaube, das läßt sich machen. Haben Sie schon irgendwelche bestimmte Bergwerke ins Auge gefaßt?«

»Nein, ich bin hier fremd.«

»Aber diesen Robert Hockley? Sie kennen ihn doch?«

»Ja, ich habe ihn einmal kennengelernt.«

»Hockley besitzt Anteile an Minen in der Nachbarschaft hier?«

»Ich glaube, ja. Soviel ich weiß, ist er einer der Erben von Cora Hendricks, die ein Bergwerk hinterlassen hat. Ihr Besitz wurde bisher von zwei Treuhändern, einem gewissen Sharples und von Robert Cameron, das ist der Ermordete, verwaltet.«

»Ja, richtig. Señor Cameron war häufig hier. Es ist sehr günstig für uns, daß jemand hier ist, der Robert Hockley identifizieren kann. Ich meine Sie, Mr. Lam. Wenn wir irgend etwas für Sie tun können, stehen wir zu Ihrer Verfügung. Der Besitz von Sharples und Cameron ist mir bekannt. Würden Sie ihn gern ansehen?«

Señor Maranilla studierte mich. Sein Gesicht zeigte nur Freundlichkeit, aber seine Augen schienen alle meine Gedanken lesen zu können.

»Steht das Bergwerk denn zum Verkauf? Sonst hat es doch keinen Sinn, wenn ich dort hinfahre.«

»Wenn man genug Geld bietet, kann man alles kaufen.«

Ich nickte zustimmend.

»Wie ist es? Wollen Sie den Betrieb besichtigen oder interessiert er Sie nicht?«

»Doch, sehr. Die Besichtigung wird mir helfen, eine Vorstellung von seinem Wert zu gewinnen.«

»Dann darf ich Ihnen meine Begleitung anbieten. Ich werde Sie morgen früh um neun Uhr mit meinem Wagen abholen. Mein Chauffeur wird mit uns fahren. Ich mache Sie darauf aufmerksam, daß es unten am Fluß sehr heiß sein wird, und rate Ihnen, leichte Kleidung zu tragen. Die Fahrt wird zwei Tage dauern.«

Ich wollte noch einige Fragen an ihn stellen, aber er hatte sich schon erhoben und verabschiedete mich mit vielen höflichen Worten. Dieser Besuch hatte mich einiges gelehrt, und auf dem Rückweg zum Hotel bemerkte ich zwei Männer, die mich beschatteten.

In der Nacht schlief ich nicht sehr gut. Das Klima, das mir bei der Ankunft auf dem Flugplatz mild und unsagbar köstlich erschienen war, erwies sich nunmehr als schwül und drückend.

Stunden, bevor der Tag anbrach, weckten mich die Glocken der Kathedrale. Ihr Klang und die Glocken verschiedener anderer Kirchen, die in gleichmäßigen Abständen ertönten, brachten mir zum Bewußtsein, daß ich mich in einem fremden Land aufhielt.

Von der Straße drang das Geräusch der Schritte der Einwohner Medellins zu mir herauf, die offenbar auf dem Weg zu ihrer Arbeit weite Strecken zu Fuß gingen, um die paar Cents für das Fahrgeld zu sparen. Sie gingen in gleichmäßig schwingendem Rhythmus und schienen diesen Weg als einen fröhlichen Auftakt zu ihrer Tagesarbeit zu betrachten.

Ich stand auf, setzte mich ans Fenster und beobachtete die heranbrechende Morgendämmerung.

Die Luft war frisch und herb. Die Silhouette der Berge hob sich gegen den flammenden Himmel ab, die Häuser der Stadt gewannen Umriß und Gestalt. Auf den Straßen gingen die Menschen zu ihrer Arbeit. Dann und wann fing ich ein Bruchstück ihrer Unterhaltung in klangvollem Spanisch auf und hörte ein gelegentliches Lachen. Gut gelaunt begannen sie den neuen Tag.

Um halb acht frühstückte ich. Es gab den dicken aromatischen Saft einer tropischen Frucht, Bananen und herb nach Ananas schmeckende Papayas, deren schwarze Samenkörner ein pikantes Aroma im Munde hinterließen. Ferner standen weich gekochte Eier und frischer Toast auf dem Tisch. Dazu wurde kolumbianischer Kaffee serviert, der keinen bitteren Beigeschmack aufwies, wie das sonst bei starkem Kaffee oft der Fall ist. In der Tasse erschien er tief schwarz, im Löffel wie dunkler Bernstein, und er schmeckte köstlich.

Nach diesem Frühstück war es mir gleichgültig, ob mich die ganze kolumbianische Armee beschattete oder nicht.

Schlag neun Uhr wurde mir Señor Maranilla gemeldet. Am Steuer seines großen, chromglänzenden Wagens saß ein dunkelhäutiger Chauffeur, ein Mann mit groben Gesichtszügen, der so wenig Interesse an mir zeigte, daß er mich nicht einmal anblickte, als er mir die Tür des Wagens öffnete. Ich fragte mich, wie er es je gelernt hatte, ein Auto zu steuern.

Señor Maranilla streckte mir die Hand entgegen.

»*Buenos dias, Señor*«, begrüßte ich ihn.

»Guten Morgen, Mr. Lam«, antwortete er mit seiner klangvollen Stimme auf englisch.

Ich machte es mir in den Polstern des Wagens bequem. Der flinke kleine Page des Hotels brachte meine Tasche. Der Wagen und meine Begleitung beeindruckten ihn tief. Der Fahrer brachte meine Tasche im Kofferraum unter, nahm seinen Platz am Steuer wieder ein, und wir fuhren ab.

Die Straße war glatt und eben, der Wagen schien begierig in Fahrt kommen zu wollen. Voller Muße betrachtete ich die Landschaft.

Rodolfo Maranilla schien meine Stimmung zu erraten. Schweigend saß er in seiner Ecke, rauchte eine Zigarette und lächelte von Zeit zu Zeit vor sich hin. Mit zwinkernden Augen betrachtete er den blauen Rauch, als ob ihm seine Zigarette besonders gut schmecke. Mit keinem Blick beachtete er die Umgebung. Offensichtlich schienen sich seine Gedanken mit einem Gegenstand zu beschäftigen, der ihn sehr erheiterte. Die Straße führte durch ein enges Tal, mit einem von grünen Feldern eingefaßten Fluß. Die grünen Streifen wurden ständig schmaler, bis sie schließlich ganz verschwanden.

Auf den sanften dicht bewachsenen Abhängen der Berge begegneten uns grasende Rinder. Vor uns lag eine Bergkette, die sich scharf gegen den Himmel abhob. In der Höhe mußte starker Wind herrschen, der die Wolken zu sich ständig wechselnden Formationen umherschob.

Señor Maranilla drückte seine sechste Zigarette aus, ehe er zum erstenmal zu mir herüberblickte.

»Die Landschaft ist prachtvoll«, sagte ich.

Er nickte nur.

Ich sah zu dem kugeligen Kopf unseres Fahrer hinüber, der aufrecht und unbeweglich hinter dem Steuer saß. Wir fuhren ziemlich schnell. »Kennt er diese Straße?«

»Ganz genau.«

»Und fährt er gut genug, daß er den Wagen bei dieser Geschwindigkeit vollkommen in der Gewalt hat?«

»Aber natürlich.«

»Er sieht nicht übermäßig intelligent aus«, meinte ich.

»Er ist ein ausgezeichneter Fahrer.«

»Ist er hier im Land geboren?«

»Ich glaube, ja. Aber ist es nicht sehr schwierig, Señor Lam, bei der ersten Begegnung ein Urteil über Menschen einer fremden Rasse abzugeben? Oder was meinen Sie?«

»Ich weiß es nicht. Ich finde, dieser Mann sieht etwas stumpfsinnig aus. Ich fürchte, er wird nicht schnell genug reagieren, wenn wir in einer Kurve einem anderen Wagen begegnen.«

Maranilla schüttelte den Kopf. »Machen Sie sich keine Sorgen. Der Mann ist schnell und beweglich wie eine Katze. Sie brauchen nichts zu befürchten, Señor Lam.«

Damit war der Fall für ihn erledigt. Wir unterhielten uns eine Weile über die Landschaft, als uns unvermutet ein rasend schnell fahrender Wagen in einer Kurve entgegenkam. Unwillkürlich suchte ich nach einem Halt.

Unser Fahrer wurde den Versicherungen Maranillas vollständig gerecht. Er schien nicht im geringsten beeindruckt zu sein, sondern drehte mit seinen großen Fäusten das Steuerrad anscheinend in der gleichen Hundertstelsekunde, als der andere Wagen um die Kurve bog. In atemraubendem Tempo rasten beide Fahrzeuge aneinander vorbei. Ich hatte den Eindruck, daß wir mit den rechten Rädern direkt über dem Abhang hingen und links um Haaresbreite dem Kotflügel des anderen Autos entgingen. Vor Schreck war mir das Herz stehengeblieben, dann schlug es so wild, daß ich fast in Atemnot kam.

Maranilla rauchte seine Zigarette, betrachtete mit träumerischem Lächeln ihren aufsteigenden Rauch und hielt es nicht der Mühe wert, auch nur einen Blick auf den irrsinnigen Fahrer des Wagens zu werfen, der an uns vorbeigerast war.

»Mir scheint, Sie haben recht«, sagte ich, als ich wieder sprechen konnte.

Maranilla zog höflich fragend die Augenbrauen hoch.

Ich nickte in Richtung des Chauffeurs.

»Aber selbstverständlich«, bestätigte Maranilla und beließ es dabei, als wenn es ein alltäglicher Vorfall gewesen wäre, über den es kein weiteres Wort zu verlieren gab.

Die Straße führte plötzlich bergab. Das Weideland wich dichtem Urwald, der sich von beiden Seiten an die Straße schob. Die Hitze wurde drückend. Die Temperatur schien zwar nicht besonders hoch zu sein, aber die Wärme war durchdringend und umhüllte uns wie eine greifbare Substanz. Ich zog meine Jacke aus. Mein Hemd war naß von Schweiß, der nur langsam verdunstete und die Wärme noch spürbarer werden ließ.

Am Nachmittag erreichten wir einen trägen, breiten Fluß. Offensichtlich war sein Wasserstand zu dieser Jahreszeit verhältnismäßig niedrig, denn breite Geröllbänke erstreckten sich in das Flußbett. Wir fuhren durch eine schläfrige kleine Stadt und schlugen dann eine schmale Seitenstraße ein, die zu einem hölzernen Tor führte, über dem ein Schild mit der Aufschrift ›Doppelklee-Mine‹ angebracht war. Über dem Schild hing ein großes hölzernes Hufeisen, das zwei vierblättrige Kleeblätter aus ehemals grün gestrichenem Blech einrahmte. Die Gebäude befanden sich in gutem Zustand, aber deutliche Anzeichen wiesen darauf hin, daß die meisten ein ehrwürdiges Alter hatten. Ein großer, magerer Mann in verschwitztem weißen Anzug kam zu unserem Wagen und begrüßte uns. Es war Felipe Murindo, der Verwalter der Mine. Offensichtlich sprach er kein Englisch.

Das war eine Schwierigkeit, mit der ich nicht gerechnet hatte. Señor Maranilla sprach auf spanisch mit Murindo, der ernst und aufmerksam zuhörte. Darauf wandte sich der Verwalter zu mir, verbeugte sich und reichte mir die Hand.

Maranilla erklärte mir kurz, worüber er mit Murindo gesprochen hatte, und ich hatte den Eindruck, als übersetze er mir nur die wichtigsten Punkte.

»Ich habe Murindo gesagt, daß Sie ein Freund der Nachlaßverwalter und daß Sie nach Kolumbien gekommen sind, um die Mine zu besichtigen«, sagte Maranilla.

»Aber das entspricht kaum den Tatsachen«, widersprach ich.

»Oh, das macht nichts«, meinte er lächelnd. »Man braucht diesen Leuten nicht jede Einzelheit zu erklären. Man befiehlt ihnen kurz, was sie tun sollen, und hält sich nicht mit langen Erläuterungen auf.«

Mir schienen jedoch Maranillas Ausführungen nicht besonders kurz gefaßt gewesen zu sein, denn anschließend verfielen er und Murindo in eine rege Unterhaltung. Sie überschütteten sich gegenseitig mit Worten, unterstrichen ihre Sätze gelegentlich mit Gesten und ließen ab und zu mit gehobener Stimme ein besonders lang gedehntes *Noooooo* hören, was bei Südamerikanern ein Zeichen dafür ist, daß ihre Unterhaltung von einem Streit nicht sehr weit entfernt ist.

Wir machten einen Rundgang durch die Mine, besichtigten eine große Wasserleitung, durch die das Wasser zugeführt wurde, und die riesige Düse, durch die ein mahlender Strahl gegen den goldhaltigen Grund geschleudert wurde und ihn über die Behälter schwemmte, in denen das Gold aufgefangen wurde.

Felipe Murindo erklärte, und Maranilla übersetzte es mir.

Alles, was ich dabei lernte, war mir noch aus meiner Schulzeit geläufig. Das Wasser wurde gegen die goldführende Schicht gespritzt, löste sie zu einem Schlammstrom auf, der über Kästen geleitet wurde. Die Böden dieser Kästen waren mit Rillen versehen, in denen das Gold aufgefangen wurde.

Es war quälend heiß und drückend. Ich hatte das Gefühl, als ob eine Million Insekten über meine Haut krabbelten. Der holzköpfige Fahrer, der anscheinend auch als Leibwache fungierte, stolperte geduldig hinter uns her. An seiner Hüfte baumelte ein sechsschüssiger Revolver. Der Bursche wurde mir langsam unbehaglich.

Als wir zum Verwaltungsbüro der Mine zurückkehrten, kam ein klappriges Auto knatternd und keuchend über die Straße gerasselt. Ich ahnte gleich, daß es eine wenig angenehme Überraschung mit sich bringen würde.

Quietschend hielt der Wagen. Ein nicht zu beschreibender Eingeborener stieg aus und ging gemächlich um den Wagen herum. Im Innern des Wagens erkannte ich eine Bewegung; jemand bemühte sich, auszusteigen: Es war Bertha Cool. Beim Anblick ihres geröteten, schweißüberströmten Gesichtes wurde mir auch nicht gerade wohler.

Der Fahrer redete spanisch auf sie ein.

»Bleiben Sie mir mit Ihrem verdammten Knoblauchgestank vom Leibe und machen Sie endlich die Tür auf«, krächzte Bertha heiser.

Dazu machte der Mann keinerlei Anstalten, sondern überschüttete Bertha weiter mit spanischen Worten.

Bertha hielt einen spanisch-englischen Sprachführer in den Händen, wie man ihn an jedem Zeitungsstand südlich der Grenze der Vereinigten Staaten kaufen kann, und blätterte darin herum, während der Mann immer eindringlicher wurde, mit Händen, Armen und Schultern gestikulierte und Bertha mit Spanisch eindeckte.

Schließlich hatte Bertha in dem Buch gefunden, was sie suchte und las vor: *»Ahh-rah lah poo-äär-tah ess-to-jee ah-prä-soo-rah-doh.«*

Der Mann redete ungerührt und ununterbrochen weiter.

Señor Maranilla blickte erst Bertha und dann mich an. »Ist die Señora eine Bekannte von Ihnen?« fragte er.

»Ja, doch, ja«, antwortete ich und lief zu dem Wagen.

Bertha schrie mir entgegen: »Mach um Himmels willen diese verdammte Tür auf. Ich komme hier um vor Hitze und dieser ... dieser Mistkerl hat mich eingeschlossen.«

Sie hatte das Fenster heruntergedreht und streckte mir ihren Kopf entgegen. Es sah beinahe so aus, als wollte sie versuchen, durch das Fenster herauszuklettern.

»Sieh mal einer an«, begrüßte ich sie. »Da kommt ja meine Freundin Bertha Cool. Welche Überraschung, dich hier zu sehen.«

»Das kann ich mir denken, daß du überrascht bist«, entgegnete Bertha grimmig.

Ich fuhr schnell fort: »Ich sehe mir hier diesen Betrieb an, weil ich die Absicht habe, mein Geld in Bergwerken anzulegen. Mein Freund, Señor Maranilla von der kolumbianischen Polizei, war so freundlich, mich hierherzubringen. Meines Wissens gehört die Doppelklee-Minc den Herren Sharples und Cameron.«

»Quatsch nicht so viel«, sagte Bertha ärgerlich, »sondern mach mir diese verfluchte Tür auf.«

Maranilla machte eine tiefe Verbeugung vor Bertha. »Ich bitte die Señora um Vergebung. Vielleicht kann ich ihr als Dolmetscher behilflich sein?«

»Ich brauche keinen Dolmetscher«, fauchte Bertha ihn an. »Dieser Kerl hier versteht nicht mal seine eigene Sprache. Ich habe es ihm aus diesem Buch hier völlig verständlich vorgelesen, daß er die Tür öffnen soll. Ich habe es eilig.«

Señor Maranilla zeigte kein Lächeln. »Der Fahrer erklärt aber, daß Sie ihm noch fünf Pesos schuldig sind.«

»Er lügt. Ich habe seinen Wagen für die ganze Fahrt gemietet, und er wußte genau, wohin ich wollte. Ich habe den vereinbarten Preis bezahlt, und damit ist der Fall für mich erledigt.«

»Aber er behauptet, daß er Sie bis zur kleinen Stadt bringen sollte, die etwa zwölf Kilometer von hier entfernt liegt.«

»Mir hat man gesagt, daß die Mine in der Stadt liegt«, erwiderte Bertha patzig.

»Aber es ist ein Unterschied von zwölf Kilometern«, erklärte Maranilla und nun lächelte er doch.

Der Fahrer des fragwürdigen Fahrzeuges nickte nachdrücklich mit dem Kopf.

»Fünf Pesos sind zuviel für zwölf Kilometer«, protestierte Bertha.

»Der Fahrer will Sie zufriedenstellen«, sagte Maranilla ernst. »Er erklärt, wenn Sie ihn nicht dafür bezahlen wollen, daß er Sie hierherbrachte, dann will er Sie die zwölf Kilometer zu der kleinen Stadt zurückbringen, wie es vereinbart war. Er sagt, Sie sind eine vornehme Dame, und Ihre Wünsche müßten erfüllt werden.«

»Zum Teufel mit ihm. Ich bin keine vornehme Dame und werde diesen alten Klapperkasten in Stücke schlagen, wenn er mich nicht herausläßt. Ich bleibe hier.«

Der Fahrer brach von neuem in wortreiches Spanisch aus.

Señor Maranilla verhielt sich vollkommen unparteiisch und betrachtete die Situation mit Humor.

Wenn der Fahrer auch nur die geringste Chance gehabt hätte, Bertha in die Stadt zurückzubringen, und sein Auto dabei heilgeblieben wäre, hätte ich mir nichts Besseres wünschen können. Aber ich wußte, wozu Bertha in ihrer Wut fähig war, und bezweifelte stark, daß der Wagen ihren Gewaltausbrüchen standhalten würde. Darum sagte ich: »Ich werde ihm das Geld geben. Die Dame ist eine Bekannte von mir.« Ich zog meine Brieftasche und gab dem Fahrer seine fünf Pesos. Er floß vor Dankesbezeugungen über, öffnete mit einem Schlüssel die Tür und hielt sie für Bertha offen.

»Ich kenne den Mann seit vielen Jahren. Er hat an den Türen seines Wagens Schlösser angebracht, damit seine Fahrgäste nicht aussteigen können, ehe die Frage des Fahrgeldes zu seiner Zufriedenheit geregelt ist«, erklärte Maranilla. »Ich hoffe sehr, daß Ihre Bekannte sich dadurch nicht behelligt fühlt«, fügte er mit kaum merklicher Ironie hinzu.

Berthas Gesichtsausdruck war beredter als alle Worte.

Felipe Murindo wandte sich jetzt an Maranilla, der für Bertha übersetzte. Die ›Doppelklee-Mine‹ stände mit allen ihren Räumen und Einrichtungen zur Verfügung des hohen Gastes, hatte Murindo erklärt.

Der Fahrer lud Berthas Gepäck aus dem Wagen. Offensichtlich hatte Bertha noch auf dem Flugplatz ihre Koffer in diese Ruine von Auto geladen und war blindlings in den Urwald gefahren.

Meiner Ansicht nach hatte ihre Ankunft die Situation nicht nur erschwert, sondern vollkommen verfahren.

Wir gingen alle zum Verwaltungsgebäude der Mine zurück. Murindo schöpfte Wasser aus einem Tonkrug, dessen feucht glänzende Oberfläche die Illusion einer kühlen Oase schuf. Aber in der schwülen Luft dauerte die Verdunstung zu lange, um das Wasser im Krug kühl zu halten.

Dennoch trank Bertha zwei große Gläser, stieß einen Seufzer aus und sagte: »Jetzt ist mir etwas wohler, wenn auch nicht viel«, und ließ sich in einen Stuhl fallen. »Mein Gott, was für eine Gegend«, stöhnte sie.

»Ich fürchte, daß ich den Zweck Ihres Besuches nicht verstehe«, wandte sich Rodolfo Maranilla an Bertha Cool.

Bertha starrte ihn mit ihren kleinen, argwöhnischen Augen an, die sich kalt wie Eis aus ihrem vor Hitze roten und schweißbedeckten Gesicht abhoben. »Das glaube ich gern, wenn Sie nicht gerade Gedankenleser sind.«

Maranilla betrachtete sie nachdenklich. Plötzlich sagte er: »Warten Sie hier auf mich.« Er nickte seinem Chauffeur zu, und beide gingen hinaus. Einen Augenblick später hörte ich den Motor seines Wagens brummen.

»Versteht der Kerl englisch?« fragte Bertha und deutete mit dem Kopf auf Murindo.

»Anscheinend nicht. Aber man kann hier niemand trauen. Es kann nichts schaden, wesentliche Dinge etwas zu umschreiben, wenn es dir nichts ausmacht.«

»Also los, dann umschreibe mal«, antwortete Bertha ärgerlich.

»Bei der Darstellung des Zieles, das meinem Ortswechsel zugrunde liegt, bin ich davon ausgegangen, daß ich mich für die gewinnbringende Seite der praktischen Metallurgie interessiere.«

»Und ich treibe mich nicht in fremden Ländern herum, um mit dem Geld um mich zu werfen«, erwiderte Bertha. »Wenn ich reise, muß ich meine Ausgaben belegen.«

»Sicher auf Grund einer angemessenen Vorauszahlung?« fragte ich.

»Er ist mir gut dafür«, erwiderte Bertha.

»Ohne einen Namen zu nennen, handelt es sich vielleicht um jemand, der schon einmal den Wunsch geäußert hatte, daß wir für ihn tätig sind?«

Bertha musterte mich: »Ich wüßte nicht, warum ich dir alles auf die Nase binden soll. Du bist einfach auf und davon geflogen. Wer weiß, was du hier im Schilde führst. Ich vermute, daß irgendeine Schlampe dahintersteckt. Du bist doch bis jetzt auf jedes Mädchen hereingefallen.«

Mir war es zu heiß, um darauf zu antworten.

»Warum hast du bei diesen beiden Pavianen so gebremst?« fragte sie dann.

»Der eine von ihnen hat Köpfchen, vielleicht sogar beide. Jedenfalls ist es angebracht, daß du die lokalen Sicherheitsbehörden nicht auf einen Widerspruch bezüglich der Gründe meines Hierseins hinweist.«

»Blödsinn. Wenn man mit den Kerlen hier redet, starren sie einen nur dumm an. Wir sind nur ein paar Flugstunden von den Vereinigten Staaten entfernt, und man sollte doch annehmen, daß dieses Volk hier endlich aufgewacht wäre und inzwischen englisch gelernt hätte. Aber nichts dergleichen.«

»Du bist in den Vereinigten Staaten auch nur ein paar Flugstunden von hier entfernt, aber wieviel Spanisch kannst du selbst?« erwiderte ich.

Bertha ergriff eine alte Zeitung und fächelte sich damit. »Rede doch nicht so dummes Zeug«, sagte sie.

Eine Weile herrschte Schweigen, in dem nur das Summen der Fliegen zu hören war. Felipe Murindo hatte sich gesetzt, drehte sich eine Zigarette, zündete sie an und lächelte uns freundlich und aufmunternd an.

Bertha nahm ihr Spanischbuch, schlug nach und buchstabierte mühsam: *»I-ä-loh.«* Sie blätterte weiter, suchte mit den Fingern auf der Seite und buchstabierte dann: *»Sähr-weh-sah?«*

Murindo schüttelte den Kopf und antwortete auf spanisch. Er sprach langsam und begleitete seine Worte mit vielsagenden Gesten.

Bertha sah mich fragend an. »Verstehst du ein Wort von diesem Gequassel?«

»Hin und wieder, ja. Ich verstehe jedenfalls, was er meint. Es gibt hier kein eisgekühltes Bier. Wenn du welches haben willst, mußt du in die Stadt fahren, aber auch dort ist es nur lauwarm.«

»Lauwarmes Bier, pfui Teufel«, sagte Bertha und schüttelte sich. »Jetzt habe ich das verdammte Wasser in mich hineingegossen und bin genau so durstig wie vorher. Himmel, ist das heiß hier.«

»In ein paar Tagen wirst du dich daran gewöhnen. Du hast bisher unter einem völlig anderen Klima gelebt. Dein Blut ist noch zu dick.«

»Das ist ein feiner Trost.«

»Hast du geglaubt, ich könnte dir helfen? Reg dich nicht so auf, dann ist dir auch nicht so heiß.«

»Nun hört aber alles auf«, platzte Bertha wütend heraus. »Ich soll mich nicht aufregen, wenn ich von so einem Straßenräuber in ein Auto gesperrt und über die schlechtesten Straßen der Welt geschaukelt werde und dafür auch noch siebzehn Dollar bezahlen muß. Wo sind eigentlich diese beiden Kerle geblieben? Was haben sie vor?«

Warnend wies ich mit einem Blick auf den Verwalter der Mine. »Woher soll ich das wissen?«

»Und der eine von ihnen soll von der Polizei sein?«

Ich nickte.

»Und der andere ist sein Chauffeur?«

»Chauffeur, Leibwache und anscheinend erster Gehilfe, alles in einer Person.«

»Er sieht so aus, als hätte er nicht einmal genug Verstand, um sich bei Regen unterzustellen.«

»Dafür hat der andere genug für zwei«, versicherte ich ihr.

»Erzähl mir doch keine Märchen«, erwiderte Bertha. »Persönlich habe ich noch keinen gesehen, der einem unserer ausgekochten Krimis das Wasser reichen könnte. Nimm Sellers zum Beispiel.«

»So, so«, meinte ich trocken. »Sellers zum Beispiel.«

Berthas Augen blitzten wütend. »Was willst du damit sagen?«

»Nichts Besonders. Wir wollen uns nicht unnötig in die Haare kriegen«, beruhigte ich sie. »Ich habe dir gesagt, womit ich meinen Aufenthalt hier begründet habe. Sie werden dich auch danach fragen, was du hier willst.«

»Von mir aus sollen sie mich fragen. Ich kann doch wohl noch dahin reisen, wohin ich will«, sagte sie herausfordernd.

»Aber warum kamst du ausgerechnet hierher?« fragte ich.

»Weil ich den Auftrag dazu erhielt.«

»Du hat einen Auftrag, hierher zu kommen?«

»Lieber Himmel! Glaubst du, ich würde zu meinem Vergnügen in dies gottverlassene Urwaldnest fahren?«

»Und wer hat dir den Auftrag gegeben? Ein Klient?«

»Natürlich.«

Ich warf Felipe Murindo einen Blick zu. Er rauchte seine Zigarette und schien in Gedanken meilenweit entfernt zu sein. Aber konnte ich dessen sicher sein? Wie die Dinge lagen, wollte ich kein vermeidbares Risiko eingehen.

Bertha folgte meinem Blick. Sie sah Murindo abschätzend an und zeigte dann deutlich, daß sie ihm keinerlei Bedeutung beimaß.

»Wann hast du ihn gesprochen?«

»Ich habe nicht mit ihm gesprochen. Er schrieb mir einen Brief.«

Ehe ich weiterfragen konnte, hörte ich das Brummen von Motoren. Ich trat auf die Veranda vor dem kleinen Büro und sah zwei Wagen kommen. Der erste war der Maranillas. Der Chauffeur steuerte ihn mit dem gleichen unbeweglichen Gesicht wie am Vormittag. Hinter Maranillas großem, chromglänzendem Wagen kam eine erbärmliche Karre angerattert, die noch älter und brüchiger zu sein schien als die, in der Bertha über die Straßen geschaukelt worden war.

Der zweite Wagen wurde von einem Mann in einer zerknitterten Khakiuniform gelenkt. Hinter ihm saß ein zweiter Mann in Uniform, der ein Gewehr mit aufgepflanztem Bajonett in den Händen hielt. In diesem Wagen saßen noch zwei weitere Männer, die ich erst erkennen konnte, als das Auto näher herangekommen war. Es waren Harry Sharples und Robert Hockley. Sie sahen völlig verwahrlost und abgerissen aus, wie Leute, die gerade ihren letzten Cent beim Pferderennen verloren haben.

Der Chauffeur hielt Maranilla die Wagentür auf, der unbeschwert und gelassen auf das Büro zuschlenderte. Von den beiden Gefangenen, die aus dem anderen Wagen ausgestiegen waren und hinter ihm hergeführt wurden, schien er keine Notiz zu nehmen.

»Nun brat mich für sonst was«, sagte Bertha mit unterdrückter Stimme. »Wie kommt denn der hierher?«

Maranilla machte eine Handbewegung, worauf die beiden Wachen ihre Gefangenen zwanzig Schritte vor der Veranda anhielten.

Maranilla kam die Stufen zu der verwitterten Veranda heraufgestiegen, bot mit ernster, altmodischer Höflichkeit Bertha eine Zigarette an und fragte: »Gestatten Sie, daß ich eintrete?«

Bertha nickte nur stumm.

Auch der Chauffeur kam die Veranda herauf, und wir gingen alle wieder in das kleine Büro.

»Sie interessieren sich also für Bergwerke«, wandte Maranilla sich an mich.

Ich nickte bestätigend.

Da öffnete plötzlich der Chauffeur den Mund und sagte in glattem, geläufigem Englisch: »Wir haben erfahren, daß Sie Privatdetektiv und Teilhaber der Detektivagentur dieser Dame sind. Sie heißt Bertha Cool. Sie kam mit dem Morgenflugzeug in Medellin an, mietete sich sofort einen Wagen und fuhr hierher.«

Schweigend wartete ich ab, was weiter folgen würde, und Bertha fand einfach keine Worte. Auf ihrem Gesicht war nur ungläubige, sprachlose Überraschung zu lesen.

»Ferner«, fuhr der Chauffeur fort, »haben Sie, Mr. Lam, sowohl auf der Reise im Flugzeug als auch schon vorher in den Vereinigten Staaten auffallendes Interesse für Smaragde gezeigt. Dieses Interesse«, fügte er trocken hinzu, »interessiert wiederum uns.«

Bertha sah mich an, und an ihrem Ausdruck erkannte ich, daß sie nicht wünschte, sich an dieser Unterhaltung zu beteiligen.

Mir schien, daß ein wenig spanische Höflichkeit im Moment sehr angebracht wäre. Ich verbeugte mich also und fragte: »Mit wem habe ich die Ehre?«

»Ich heiße Ramon Jurado«, antwortete der Chauffeur.

»Und welchen Dienstgrad haben Sie?«

»Keinen.«

»Señor Jurado gehört nicht der Polizei an«, erklärte Maranilla, »er steht noch darüber.«

Jurado hielt seine ausdruckslosen Augen auf mich gerichtet. Sie verrieten nicht den geringsten Schimmer von Intelligenz. »Ich handele im Auftrag der Regierung. Ich befasse mich mit allem, was mit Smaragden zu tun hat«, sagte er knapp.

»Ich glaube, ich beginne zu verstehen«, erwiderte ich.

Jurado wandte sich an Bertha. »Weshalb sind Sie hier, Mrs. Cool?«

»Das geht Sie nichts an.«

Er lächelte. »Das ist ausgezeichnet. Darf ich Ihnen gratulieren?«

»Was ist ausgezeichnet?« wollte Bertha wissen.

»Wenn das, was Sie hierherführt, mich nichts angeht«, erklärte Jurado.

Bertha preßte ihre Lippen fest zusammen.

»Vielleicht hilft es uns weiter, wenn wir mit diesen beiden anderen ein paar Worte wechseln«, meinte Jurado.

Maranilla rief auf spanisch etwas hinaus, worauf wir Schritte näherkommen hörten. Die Tür wurde aufgestoßen, und die Wachen schoben Hockley und Sharples herein.

»Nehmen Sie Platz, meine Herren«, forderte Maranilla sie auf. Er hatte wieder die Führung übernommen, und Jurado war nichts weiter als ein Chauffeur.

»Wer von Ihnen ist für die Anwesenheit von Mrs. Cool in diesem Lande verantwortlich?« fragte Maranilla und deutete auf Bertha.

Sharples betrachtete erst Hockley, dann mich und dann Bertha Cool. »Ich habe sie nie im Leben gesehen.«

Hockley zuckte nur mit den Achseln.

»Aber, aber, meine Herren«, sagte Maranilla ärgerlich. »Sie erschweren Ihre eigene Lage unnötig. Darf ich darauf hinweisen, daß es sich keiner von Ihnen leisten kann, uns unnötige Schwierigkeiten zu machen.«

»Ich weiß nicht, was Sie gegen den da haben, aber mir können Sie nichts vorwerfen«, sagte Hockley grob.

Sharples feuchtete sich die Lippen an und warf mir einen hilfesuchenden Blick zu.

»Sie waren in Begleitung von Sharples. Sie sind sein Komplice«, wies Maranilla Hockley zurecht.

»Unsinn. Ich habe für den alten Geizhals nicht das geringste übrig«, widersprach Hockley. »Ich wollte von dem alten Knaben nur Geld haben, das mir zusteht. Im übrigen weiß Lam alles, er kann es bezeugen.«

»So«, meinte Maranilla lächelnd, »Mr. Lam kann es also bezeugen. Mr. Lam verbürgt sich für Sie. Sie sagen für Mr. Sharples gut, und Sharples wiederum deckt Mr. Lam.«

»Was soll dieser Unsinn?« entgegnete Hockley. »Benehmen Sie sich doch wie ein erwachsener Mensch.«

Sharples begann auf spanisch zu sprechen. »Sprechen Sie englisch, bitte«, unterbrach Maranilla ihn scharf.

»Ich weiß nicht, worum es geht«, sagte Sharples. »Aber eines kann ich Ihnen versichern. Wenn Ihre Beamten in meinem Gepäck

Schmuggelware gefunden haben, dann ist sie dort ohne mein Wissen hineingekommen.«

Maranilla warf Jurado einen Blick zu und schien in dessen stumpfen und ausdruckslosen Augen zu lesen. Er wendete sich mir zu: »Wir haben kürzlich über dieses Bergwerk einiges Sonderbare erfahren. Auch an anderen Orten haben wir seltsame Beobachtungen gemacht. Hinzu kommt: Der Smaragdmarkt ist nicht normal. Es sind Steine aufgetaucht, die zwar aus Kolumbien stammen, die aber nicht von der kolumbianischen Regierung offiziell freigegeben worden sind.«

Offensichtlich verstand er meinen überraschten Gesichtsausdruck richtig, denn er fuhr in seinen Erklärungen fort: »In Kolumbien ist es für jedermann, mit Ausnahme eines kleinen Kreises von Beauftragten der Regierung, gesetzlich verboten, ungeschliffene Smaragde zu besitzen. Das Schleifen von Smaragden ist nur mit einer Lizenz der Regierung erlaubt. Ich kann Ihnen nicht alles erklären, was Sie vielleicht wissen möchten, aber so viel darf ich sagen: Die Smaragde, die unter der Kontrolle der Regierung geschliffen werden, haben gewisse Eigenheiten, die es uns ermöglichen, zu erkennen, wenn Steine ohne staatliche Genehmigung auf den Markt gebracht werden. Señor Sharples hat dieses Bergwerk häufig besucht. Bis vor kurzem war er über jeden Verdacht erhaben, aber gestern abend wurde er angehalten und sein Gepäck durchsucht. Soll ich Ihnen zeigen, was wir bei ihm gefunden haben?«

Sharples feuchtete wieder seine Lippen mit der Zunge an. »Ich wiederhole, daß ich nicht das geringste damit zu tun habe!«

Maranilla griff nach seiner großen Aktentasche aus Alligatorhaut und nahm einen ledernen Beutel heraus. Er öffnete ihn, und ich hörte, wie Bertha zischend Luft holte, als sie sich gierig auf ihrem Stuhl nach vorne beugte.

Maranilla ließ aus dem Lederbeutel eine Kaskade tiefgrüner, kühler Smaragde auf den Tisch gleiten, deren Schimmern die Blicke aller Anwesenden mit hypnotischer Kraft auf sich zog.

»Sie gehören mir nicht«, krächzte Sharples erregt. »Ich habe diese Smaragde nie gesehen. Ich weiß nicht, wo sie herkommen.«

»Natürlich haben wir einige Erfahrungen auf diesem Gebiet gesammelt«, fuhr Maranilla in einem fast entschuldigenden Ton fort. »Schon seit einiger Zeit steht diese Mine unter Beobachtung, und meine Leute haben weit oben auf dem Rücken des Berges einen Schacht und einen Stollen entdeckt. Der Schacht wurde ganz im geheimen ausgebeutet und sehr geschickt getarnt. Was wir in dem Stollen fanden, hat unsere Geologen aufs höchste überrascht: Es ist vermutlich eines der reichsten Smaragdvorkommen, das wir je entdeckt haben.«

»Das ist mir alles völlig unbekannt«, erklärte Sharples und fügte hinzu: »Liegt der Schacht und der Stollen auf dem Gebiet der ›Doppelklee-Mine‹?«

»Er liegt auf ihrem Gebiet und wird wahrscheinlich seit drei oder vier Jahren ausgebeutet«, erwiderte Maranilla.

Sharples wollte sich an den Verwalter wenden, der uns unbeteiligt und gelangweilt ansah. »Kein Wort spanisch«, warnte Maranilla nachdrücklich.

Sharples schien in sich zusammenzufallen.

»Unsere Agenten hatten den Auftrag, weiter nachzuforschen. In den Vereinigten Staaten stießen wir auf eine Krähe, die sich für Smaragde zu interessieren schien, auf einen toten Mann, auf ein Kollier, aus dem Smaragde herausgebrochen worden waren, und einen Privatdetektiv, der allerlei über Smaragde in Erfahrung zu bringen suchte. Das alles war sehr verblüffend. Ferner hatten unsere Agenten auf einen Señor Jarratt ein Auge geworfen. Auch Señor Lam schien sich für diesen Jarratt zu interessieren. Kennen Sie zufällig diesen Señor Jarratt, Señor Sharples?«

»Nein«, platzte Sharples heraus.

»Das ist schade. Er ist ein Mann von Verstand«, erwiderte Maranilla. Dann wandte er sich an die Wachen: »Bringt diese zwei hinaus«, sagte er auf englisch und wiederholte seinen Befehl auf spanisch.

»Einen Moment mal«, mischte Hockley sich ein. »Damit habe ich nichts zu tun. Ich kam hierher, weil mir an der Nachlaßverwaltung etwas faul zu sein schien. Ich bin zwar heimlich nach Kolumbien gekommen, aber . . .«

»Über Ihren Fall reden wir später«, unterbrach Maranilla. Er nickte den beiden Posten zu, die ihre Gefangenen aus dem Büro führten.

Maranilla wandte sich uns wieder zu. »Ich muß Sie um Entschuldigung bitten, Señor Lam, und auch Sie, Señora Cool, aber der Verwalter kann kein Englisch, und ich muß ihn Verschiedenes fragen. Leider muß ich Sie von der Unterhaltung ausschließen, weil ich spanisch sprechen muß.«

Bertha zeigte an den Vorgängen nicht mehr Interesse als ein Holzklotz.

»Aber bitte«, sagte ich verbindlich. »Ich glaube, jetzt die Zusammenhänge zu verstehen.«

In Maranillas Augen blinkte ein Lächeln. Dann wandte er sich mit einer kurzen, scharfen Frage an Murindo.

Murindo zuckte die Achseln, machte mit der Hand, in der er die Zigarette hielt, eine vage Bewegung und schüttelte schließlich den Kopf.

Maranillas Ton wurde schärfer, seine Worte klangen wie eine schnelle Folge von Anklagen.

Murindos Augen nahmen den Ausdruck eines gehetzten Tieres an, aber er antwortete immer nur mit Kopfschütteln.

Maranilla sprach etwa zwei Minuten lang weiter, und unter dem stetigen Druck seines anklagenden Spanisch verlor Murindo seine Sicherheit. Unbeachtet fiel seine Zigarette zu Boden. Er schlug die Augen nieder und hob sie erst, als er antworten mußte. Es waren nur wenige, mühsam gestammelte Worte. Aber damit schien sein Widerstand gebrochen zu sein, denn anschließend sprach er etwa fünf Minuten lang. Seine Stimme war zuerst tonlos, gewann aber mehr und mehr an Ausdruck. Je länger er sprach, um so lebhafter wurde er. Schließlich begann er auch zu gestikulieren. Als er geendet hatte, stellte Maranilla vielleicht ein Dutzend Fragen an ihn, die Murindo alle ohne Zögern beantwortete.

Endlich wandte Maranilla sich wieder zu mir. »Es ist bedauerlich, daß Sie unsere Sprache nicht verstehen. Die Situation klärt sich. Murindo hat gestanden, daß er vor etwa drei Jahren bei der Grabung eines Probeschachtes auf eine Gesteinsformation stieß, die er für erzhaltig hielt. Aber er fand auch Smaragde darin. Murindo war der einzige, der das wußte. Señor Cameron, der jetzt tot ist, kam bald danach hierher, und es wurden Vorkehrungen getroffen, die den Eindruck erwecken sollten, als sei der Schacht wieder aufgegeben worden. Tatsächlich wurde die Arbeit aber von Murindo und einem anderen vertrauenswürdigen Arbeiter weitergeführt. Die dort geschürften Smaragde wurden zum größten Teil an Cameron, ein- oder zweimal aber auch an Sharples abgeliefert. Und Sie, Señor Lam von der Firma Cool und Lam, befänden sich jetzt in einer höchst prekären Lage, wenn Sie im Dienste dieses Sharples stünden. Das wäre sehr fatal für Sie. Es ist jedoch notwendig, daß Sie uns über Ihre Verbindung zu ihm aufklären. Und es wäre gut, wenn Sie uns ohne jeden Vorbehalt über alle Einzelheiten unterrichteten.«

»Sharples suchte nach einer Leibwache«, begann Bertha. »Er fühlte sich bedroht.«

»Es ist vielleicht besser, wenn ich über die Zusammenhänge berichte«, unterbrach ich Bertha. »Ich hatte doch die engere Verbindung mit ihm.«

»Was uns betrifft«, redete Bertha weiter, »so war uns nicht bekannt . . .«

»Ich werde darüber berichten, Bertha. Wir haben der Polizei nichts zu verschweigen«, unterbrach ich sie nachdrücklich.

Sie durchbohrte mich förmlich mit ihren giftigen Blicken, aber sie schwieg.

»Es ist vielleicht eine etwas langwierige Geschichte«, wandte ich mich an Maranilla, »aber ich will versuchen, es kurz zu machen. Die Frage ist nur, wo soll ich anfangen?«

»Mit dem Anfang«, erwiderte Maranilla bestimmt, »beim allerersten Anfang.«

»Sharples kam zu uns und gab uns einen Auftrag, ein bestimmtes Smaragdkollier aufzufinden, das in einem angesehenen Juweliergeschäft zum Verkauf angeboten worden war. Er erzählte, das Kollier sei das Eigentum von Shirley Bruce, die es von Cora Hendricks geerbt habe. Ich stellte Nachforschungen an und erfuhr, daß das Kollier von Robert Cameron zum Verkauf angeboten worden war. Ich war davon überzeugt, daß irgend etwas an dieser ganzen Angelegenheit faul war. Ich erstattete Sharples Bericht über meine Recherchen, und Sharples schlug mir vor, mit ihm zu Cameron zu gehen. Als wir in dessen Haus kamen, fanden wir ihn tot auf. Cameron war erstochen worden. Anscheinend war der Mord unmittelbar, nachdem er ein Telefongespräch geführt hatte, begangen worden, vielleicht auch noch, während er telefonierte.«

Sowohl Maranilla wie Jurado hörten mir aufmerksam zu. Jurados Augen waren unverändert ausdruckslos, aber er hatte den Kopf leicht vorgeneigt. Maranillas freundliche und wachsame Augen waren durchdringend wie die Scheinwerfer eines Autos, dem man bei Nacht begegnet, auf mich gerichtet. »Fahren Sie bitte fort«, sagte er.

»Sharples und ich entdeckten die Leiche, als wir gemeinsam Camerons Haus betraten. Anschließend besuchten wir zusammen Shirley Bruce, und Shirley erzählte uns, daß sie das Kollier bereits vor einiger Zeit an Cameron gegeben hätte. Ich sah mir auch die Bestimmungen über die Nachlaßverwaltung an. Das Vermögen beträgt annähernd zweihunderttausend Dollar, vielleicht sogar mehr. Beim Tode beider Treuhänder sollte der Besitz zu gleichen Teilen an die Erben ausgezahlt werden. Aber die Treuhänder können, solange sie leben, mit den Einkünften des Vermögens nach Belieben verfahren. Sie können, soviel sie wollen, oder sogar alles, einem der beiden Erben zukommen lassen. Mit anderen Worten, sie waren nicht verpflichtet, den Erben gleichhohe Zuwendungen zu machen.«

»Glauben Sie, daß der Mord an Cameron möglicherweise nur ein Vorspiel für Sharples' Tod sein sollte?« fragte Maranilla.

»Das weiß ich nicht. Ich weiß nur, daß Sharples glaubte, er sei in großer Gefahr, und daß er eine Leibwache für sich suchte. Aber dann tat er etwas Merkwürdiges: Er wollte durchaus mich als Leibwache haben.«

»Warum ist das merkwürdig?« fragte Maranilla.

»Weil ich eine ziemlich kümmerliche Leibwache abgeben würde.«

»Es ist aber unverkennbar, daß Sie über außerordentliche Verstandesgaben verfügen, Señor Lam.«

»Eine Leibwache braucht mehr als nur Verstand.«

»Bot Sharples Ihnen eine gute Bezahlung?«

»Das kann man wohl sagen«, platzte Bertha heraus. »Er bot das Dreifache von dem, was der Auftrag wert war.«

Maranilla gebot ihr mit einer höflichen, aber deutlichen Handbewegung, zu schweigen. »Ich befasse mich jetzt mit den Gedanken von Señor Lam, wenn ich das sagen darf, ohne unhöflich zu erscheinen, Señora. Später werde ich auch an Sie einige Fragen richten.«

»Shirley Bruce war noch ein kleines Kind, als Cora Hendricks starb«, fuhr ich fort. »Ein Säugling. Es ist nachgewiesen, daß der gesamte Besitz den Treuhändern übergeben wurde. Nicht nur das gesamte Geld, die Grundstücke und sonstigen Werte, sondern auch der persönliche Besitz der Verstorbenen einschließlich aller Wertsachen. Unter diesen Umständen erhebt sich folgende Frage: Wenn das Kollier Cora Hendricks gehört hatte und Shirley Bruce es bekam, wie und wann hat sie es erhalten?«

Maranillas Augen leuchteten vor Spannung. »Fahren Sie fort, Mr. Lam, fahren Sie bitte fort«, drängte er ungeduldig.

»Sharples legte Wert darauf, daß ich mit ihm zusammen zu Cameron ging. Vielleicht wußte er, was er dort vorfinden würde. Er legte gleichfalls Wert darauf, daß ich mit ihm zu Shirley Bruce ging, und er wußte bestimmt im voraus, was sie sagen würde.«

»Bitte weiter«, drängte Maranilla wieder.

»Bei dem Tod Camerons gibt es verschiedene seltsame Umstände. Auf seinem Tisch lag eine Pistole, aus der ein Schuß abgefeuert worden war. Die Polizei glaubt, der Mörder wollte den Eindruck erwekken, daß Cameron auf ihn schoß, ehe er erstochen wurde. Damit wollte er vielleicht die Voraussetzung schaffen, später zu behaupten, er habe sich in Notwehr befunden. Oder die Polizei sollte zu der Annahme verleitet werden, der Mörder sei verwundet worden. Nach Beendigung ihrer Untersuchung glaubte die Polizei dann, der Mörder habe versucht, durch ein kleines Loch im Gebälk an der Decke der Veranda zu schießen, damit die Kugel vermißt werde. Tatsächlich streifte das Geschoß aber die Kante des Balkens. Der Einschuß war gerade deutlich genug, um das erkennen zu lassen.«

Maranilla sah zu Jurado hinüber und nickte fast unmerklich. Aber Jurado zuckte nicht einmal mit den Wimpern.

»Als die Polizei an Camerons Händen eine Paraffinprobe vornahm«, fuhr ich fort, »fand sie aber nicht die geringste Pulverspur. Er hatte also offensichtlich nicht geschossen. Sie schloß daraus, daß der Mörder den Schuß abgegeben haben mußte, denn bei der Untersuchung der Pistole wurde festgestellt, daß sie zur Zeit von Camerons Tod abgefeuert worden war.«

»Ausgezeichnet«, sagte Maranilla fast unhörbar. »Wie nützlich ist doch ein komplettes kriminaltechnisches Laboratorium. Aber fahren Sie fort, Señor Lam.«

»In dem Kollier, das bei Camerons Leiche gefunden wurde, waren keine Smaragde mehr. Die Steine waren aus den Fassungen herausgenommen worden. Zwei Smaragde fand die Polizei auf dem Tisch und sechs in dem Käfig einer Krähe. Das sind acht. Fünf weitere Smaragde wurden später in dem Abflußrohr des Waschbeckens entdeckt.«

Maranilla streckte die Hände aus und legte die Fingerspitzen aufeinander. »Das ist hochinteressant«, sagte er nachdenklich.

»Der Auftrag, den Sharples mir erteilt hatte, erschien mir zu einfach. Von Anfang an hatte ich den Verdacht, daß die ganze Sache gestellt war. Denn erstens: Wenn das Kollier Shirley Bruce gehörte und Sharples von seinem Verkauf erfahren hätte, wäre er direkt zu Shirley Bruce gegangen. Zweitens: Wenn Shirley Bruce in Verlegenheit gewesen wäre und Geld gebraucht hätte, wäre sie zu Harry Sharples gegangen, und drittens: Wenn sie das Smaragdkollier nur deswegen verkaufen wollte, weil sie sich an Smaragden sattgesehen hatte, wäre sie nicht zu Cameron gegangen, sondern hätte sich an Sharples gewandt. Die ganze Geschichte war unlogisch.«

»Wir hatten Gründe, einen gewissen Peter Jarratt zu überwachen«, warf Maranilla ein. »Unsere Beamten interessierten sich auch für Shirley Bruce. Sie haben berichtet, daß sie von Ihnen entdeckt wurden, daß Sie ihnen aber entkamen. Danach setzten sie sich wieder auf die Spur von Peter Jarratt, kreuzten dabei aber wieder Ihren Weg. Können Sie uns erklären, wie das kam?«

»Das ist sehr einfach. Jarratt rief mich an und erzählte mir, daß das Kollier aus dem Besitz einer Phyllis Fabens stamme. Ich ging zu ihr und stellte fest, daß sie einen ähnlichen Schmuck besessen hatte, daß ihr Kollier aber mit Granaten und einem Rubin besetzt gewesen war. Zuerst glaubte ich, daß man mich vorsätzlich auf eine falsche Fährte gesetzt hatte. Aber nachdem ich mit Jarratt gesprochen hatte, war ich anderer Ansicht. Mir kam der Gedanke, daß Jarratt alte Schmuckstücke aufkaufte, die mit Granaten und anderen billigen Steinen besetzt waren, und sie an Cameron weitergab. Die billigen Steine wurden aus der Fassung genommen und durch wertvolle Smaragde ersetzt. Dieser angeblich alte Schmuck wurde dann zum Verkauf angeboten, wahrscheinlich überall in den Vereinigten Staaten. Es wäre eine sehr geschickte Methode gewesen, Smaragde zu verkaufen, ohne den Markt zu beunruhigen – wenn man eben genug Smaragde hatte.« – »Ah«, sagte Maranilla, und rieb sich die Hände.

»Das wäre alles viel überzeugender gewesen, wenn Señor Lam es uns vor unserer Entdeckung mitgeteilt hätte«, meinte Jurado mit fast tonloser Stimme.

»Gewiß, gewiß«, fiel Maranilla schnell ein, »aber ich glaube, daß Señor Lam den Wunsch hat, uns noch mehr Aufklärungen zu geben.«

»Um Ihnen meinen guten Willen zu zeigen, werde ich Ihnen etwas sagen, was sonst noch niemand weiß.«

»Das wäre sehr nützlich«, stimmte Maranilla höflich zu.

»Camerons Krähe hatte noch einen zweiten Käfig, der bei einem anderen Haus stand. Diesen Käfig habe ich durchsucht und dort fünf weitere Smaragde gefunden.«

Maranilla sah mit gerunzelter Stirn Jurado an. Jurados Gesicht war so ausdruckslos wie eine hölzerne Maske – grob, mit finsteren, unerschütterlichen Zügen.

»Haben Sie für diesen überraschenden Fund eine Erklärung, Señor Lam?« fragte Maranilla.

»Nur eine Theorie, keine Erklärung.«

»Sie würde uns sehr interessieren.«

»Was hat das für einen Sinn, wenn du denen das alles auf die Nase bindest, Donald«, mischte sich Bertha ein.

»Vielleicht bewahrt er sich dadurch vor weiteren Schwierigkeiten, Señora«, sagte Maranilla liebenswürdig. »Sind Sie nicht auf Veranlassung von Señor Sharples hierhergekommen? Sie sind hier in Kolumbien, Señora. Hier untersteht das Schürfen und der Besitz von Smaragden strengen Gesetzen.«

Das war auch für Bertha deutlich genug. Ihr von der Hitze stark gerötetes Gesicht wurde zwar noch dunkler, aber sie preßte die Lippen zusammen und schwieg.

»Es ist auffällig, daß, nachdem das Kollier mit Smaragden besetzt und zum Verkauf angeboten worden war, die Steine wieder herausgenommen wurden«, nahm ich meinen Bericht wieder auf.

»Dieser Punkt hat mir sehr viel Kopfzerbrechen verursacht«, gab Maranilla zu.

»Nehmen wir an, jemand besitzt eine Anzahl Smaragde und fünf der Steine verschwinden plötzlich spurlos. Der Verlierer weiß vielleicht, wer sie genommen hat, aber er weiß nicht, wo sie geblieben sind. Er glaubt aber, daß die Smaragde wieder auftauchen könnten und ihr Besitz ihm nachgewiesen würde. Er stand damit vor dem Problem, den rechtmäßigen Erwerb einer Anzahl von Smaragden zu beweisen, von denen ihm fünf verlorengegangen waren. Was lag unter diesen Umständen näher, als die dreizehn Smaragde aus dem Kollier herauszunehmen und fünf an einem Ort zu verstecken, wo sie unter gewöhnlichen Umständen nicht gefunden werden konnten? Wenn seine fünf verlorenen Steine wieder auftauchten, gehörten sie eben in das Kollier. Natürlich konnte der Mann nicht voraussehen, daß er ermordet werden würde und die Polizei in solchen Fällen grundsätzlich die Ausgüsse untersucht.«

»Das ist eine sehr interessante Theorie«, sagte Maranilla und fügte nach kurzem Zögern hinzu: »Haben Sie nicht die Möglichkeit zu beweisen, daß es mehr als nur eine Theorie ist?«

Ich zog zweifelnd die Schultern hoch. »Ich bin nicht ganz sicher, aber die Paraffinprobe von Camerons Händen wies keine Pulverteilchen auf seiner Haut nach. Darum glaubt die Polizei, daß der Mörder die Waffe abgeschossen hat. Aber eine andere bedeutsame Tatsache hat die Polizei übersehen: die Lederhandschuhe, die neben der Pistole auf dem Tisch lagen.«

Maranilla runzelte die Stirn. »Aber wer schießt schon mit einer Pistole, wenn er Handschuhe anhat.«

»Nur dann, wenn man sofort handeln muß und keine Zeit hat, die Handschuhe, die man gerade trägt, auszuziehen. In diesem Falle würden die Handschuhe dazu beitragen, die Genauigkeit des Schusses zu beeinträchtigen. Es lohnt sich aber, darüber nachzudenken, unter welchen Umständen sich eine solche Notwendigkeit ergibt und welche Ursache sie haben kann. Es ergeben sich dabei die interessantesten Möglichkeiten.«

Zum erstenmal, seit ich ihn gesehen hatte, zeigte Jurado, daß er nicht völlig aus Holz bestand. Er klatschte plötzlich in die Hände und rief: »Amigo! Wir haben es.«

Maranilla sagte etwas auf spanisch und Jurado nickte. Sie standen beide auf und gingen zur Tür.

»Entschuldigen Sie uns«, rief Maranilla im Hinausgehen über die Schulter zurück. Und damit ließen sie uns mit dem stumpfsinnigen, verängstigten Verwalter der Mine in der drückenden, dumpfen Hitze des Büros sitzen.

Der Schall ihrer Schritte entfernte sich schnell von der Veranda. Die beiden Kriminalbeamten schienen es plötzlich sehr eilig zu haben.

Wir saßen in der schwülen Stille, die nur durch das Summen der Fliegen unterbrochen wurde.

Plötzlich begann Felipe Murindo zu reden. Langsam und deutlich sprach er jedes einzelne Wort aus. Als er bemerkte, daß wir sein Spanisch nicht verstanden, wiederholte er seine Worte mehrmals. Seine Augen flehten um Verständnis.

»Wo ist denn dein spanisches Lexikon, Bertha?« fragte ich.

»Das ist kein Lexikon. Es ist nur ein Sprachführer und wird dir gar nichts nützen.«

Ich nahm ihr das Buch aus der Hand. Die letzten Seiten enthielten ein spanisch-englisches und englisch-spanisches Vokabularium, das ich aufschlug. Ich hielt es Murindo unter die Nase, fuhr mit dem Finger über die Spalten mit den spanischen Wörtern herunter, und aufmunternd lächelte ich ihn an.

Mit dem Zeigefinger deutete ich auf einzelne Wörter, erst die spanischen, dann die englischen. Er begriff mich nicht.

Ich versuchte es auf eine andere Art und schlug das Wort Dolmetscher auf. Dann nahm ich seinen Zeigefinger, deutete erst auf das spanische Wort, dann auf das englische und wieder auf das spanische. Stirnrunzelnd sah er auf das Buch, schüttelte den Kopf und sagte dann etwas auf spanisch, was ich nicht verstand.

Ich machte einen letzten Versuch. Ich las die Silben vor, wie sie in dem Buch gedruckt waren: *»In-tär-pree-tah.«*

Jetzt begriff er. Aber er antwortete mit wilden Gesten und Ausrufen, die alle eindeutig seine nachdrückliche Ablehnung bekundeten, die er durch wildes Kopfschütteln noch unterstrich. *»No, no, Madre de Dios, no!«*

»Was soll denn das Gequassel?« forschte Bertha.

»Wir quasseln nicht. Ich habe ihm gesagt, er solle einen Dolmetscher holen, und du siehst ja, wie er reagiert.«

»Was wolltest du denn mit dem Buch?«

»Ich dachte, er könne uns die Worte einzeln aufschlagen, aber anscheinend kann der Bursche weder lesen noch schreiben.«

»Dann müssen wir eben mit ihm sprechen«, sagte Bertha. »Aber wie fangen wir das an?«

Ich blätterte wieder in dem Sprachführer und fand schließlich etwas, das ungefähr paßte. Es lautete: ›Haben Sie bitte die Güte, sehr langsam zu sprechen.‹

Langsam und deutlich las ich die Worte vor.

Murindo nickte und begann zu reden. Ich hatte Bleistift und Papier aus der Tasche gezogen und schrieb das, was er sagte, dem Klang der Laute entsprechend mit.

Als er fertig war, hatte ich zwei Blätter mit spanischen Notizen, für die ich meine eigene Orthographie benutzt hatte. Ich war überzeugt, daß ich die Worte jemandem, der spanisch verstand, langsam und deutlich vorlesen konnte und er mir daraufhin das Wesentliche von dem, was Murindo erzählt hatte, übersetzen konnte. Ich glaubte sogar, daß ich selber dahinterkommen würde, sobald mir ein brauchbares spanisches Lexikon zur Verfügung stand.

Ich faltete die Papiere zusammen und steckte sie in die Tasche.

Murindo legte die Finger auf die Lippen zum Zeichen, daß wir darüber schweigen sollten.

Ich nickte, um ihm zu zeigen, daß ich ihn verstanden hatte.

Er streckte die rechte Hand aus und sagte: *»Pesos, Dinero.«*

Ich blätterte in Berthas Buch nach einem Wort für Geld oder Bezahlung. Schließlich fand ich etwas Passendes. Ich las es ihm langsam und deutlich vor. Beim erstenmal verstand er nicht, und ich mußte es zweimal wiederholen. Dann schien er befriedigt zu sein und nickte.

»Was hast du ihm denn gesagt?« wollte Bertha wissen.

»Ich sagte ihm, daß er dem Wert seiner Hilfe entsprechend bezahlt werden wird, wenn sich herausstellt, daß er die Wahrheit gesagt hat.«

»Um Himmels willen. Schmeißt du schon wieder Geld zum Fenster hinaus? Hat er uns denn irgend etwas Brauchbares gesagt?«

»Das weiß ich noch nicht.«

»Dann stelle es ja fest«, schnappte Bertha. »Laß mich das Zeug mal ansehen.«

Ich gab ihr meine Notizen. »Bitte, wenn du es gelesen hast, kannst du mir ja sagen, wieviel es wert ist, und ich mache ihm ein Angebot.«

Sie funkelte mich an, aber nahm die Blätter und begann zu lesen, indem sie mit ihrem Mund die Worte formte.

Wir vertieften uns beide so sehr in meine Aufzeichnungen, daß wir unsere Umgebung vergaßen. Erst als Murindo einen spanischen Satz in so warnendem Ton sagte, daß er nicht mißzuverstehen war, blickten wir auf.

In der geöffneten Tür standen Maranilla und Jurado.

Bertha faltete die Papiere beiläufig zusammen, wollte sie in ihre Tasche stecken, schob sie aber dann in den Ausschnitt ihres Kleides.

»Ich glaube, wir kommen sehr schön vorwärts«, sagte Maranilla. »Die Handschuhe auf dem Tisch und die fünf weiteren Smaragde sind wichtige Hinweise. Daran können wir anknüpfen.«

»Welche Rolle spielt denn Hockley?« fragte ich.

»Soweit wir übersehen können, hegte Hockley den Verdacht, daß der Gewinn des Bergwerks bedeutend größer war, als von den Nachlaßverwaltern angegeben wurde«, sagte Maranilla vorsichtig. »Er glaubt, daß Shirley Bruce von irgendeiner Seite hohe Einnahmen hatte, und vermutete, sie stammten aus der Mine. Er erklärte uns durchaus glaubwürdig, wenn er die Treuhänder bei einer Unehrlichkeit überführen könne, hätte er die Möglichkeit, sie durch ein Gerichtsurteil absetzen zu lassen. Damit würde die Nachlaßverwaltung automatisch beendet werden. Er hat einen Freund in Panama, einen Flieger, der ihn nach Kolumbien brachte. Es macht uns einige Sorge, daß er sich weigert, den Namen dieses Mannes zu nennen. Auf jeden Fall überschritt er illegal unsere Grenze. Damit hat er selbstverständlich unsere Gesetze verletzt. Seine Geschichte könnte ...«

»Der Wahrheit entsprechen?« fragte ich.

»So ist es«, bestätigte Jurado.

Jurado betrachtete mich nachdenklich mit seinen unintelligenten Kuhaugen. »Es wäre interessant, aus Señor Lams Theorien die logischen Folgerungen zu ziehen«, meinte er.

Maranilla hob fragend die Augenbrauen.

»Weil«, so fuhr Jurado fort, »sie das Motiv, das wir bisher für die Ermordung Camerons unterstellten, völlig widerlegt.«

»Wenn man einem logischen Gedanken folgt, muß man ihn weiterführen, gleichgültig, wohin er führt«, meinte ich.

»Ganz richtig«, bestätigte Jurado trocken. »Wäre es Ihnen jetzt genehm, mit uns nach Medellin zurückzufahren? Die hiesige Polizei kann sich hier um alles weitere kümmern.«

»Was wird aus Hockley?« fragte ich.

»Wir werden ihn später entlassen. Wir erheben keine Anklage gegen ihn.«

»Und Sharples?«

Maranilla lächelte. »Der Señor Sharples wird seine Reise nach Medellin zum mindesten um einige Tage verschieben müssen.«

»Und was wird aus mir?« fragte Bertha.

Maranilla machte eine höfliche Verbeugung. »Es steht Ihnen jederzeit frei, abzureisen, verehrte Señora Cool. Falls Sie Ihr Gefährt etwas unbequem oder vielleicht auch zu teuer empfinden, soll es uns ein Vergnügen sein, Ihnen unseren Wagen für die Rückfahrt nach Medellin zur Verfügung zu stellen.«

Bertha preßte grimmig die Lippen zusammen. »Ich habe den Kerl für die Hin- und Rückfahrt bezahlt«, erwiderte sie. »Nun soll er mich auch zurückbringen.«

Die Nacht war weder zu warm noch zu kühl. Milde Luft strich sanft und schmeichelnd über die Haut. Ich fühlte mich so wohl wie in einem lauwarmen Bad.

Über den Anden stand der Mond und erleuchtete die geheimnisvollen Straßen von Medellin, deren Häuser schon alt waren, als die Vereinigten Staaten noch als ein junges Land galten.

Wir saßen im ›Unionklub‹ und schlürften eisgekühlte Getränke. Ramon Jurado hielt es nicht länger für nötig, mir etwas vorzumachen. Er war jetzt in weißes Leinen gekleidet, aber seine Züge zeigten unverändert den bewegungslosen Gleichmut, der auf den ersten Blick wie Stumpfsinn erschien.

Der ›Unionklub‹ war ein prachtvolles Gebäude mit großen Räumen und einem weiten Patio. In den Vereinigten Staaten hatte ich Klubs immer für eine Art von Angeberei gehalten, aber hier spürte man, daß der Klub lediglich ein gemeinsamer Treffpunkt seiner Mitglieder war. In dem Haus herrschte unverkennbar die Atmosphäre ungezwungener Behaglichkeit.

Wir saßen in der Nähe des Schwimmbassins. Der von der ruhigen Wasseroberfläche zurückgespiegelte Mondschein überstrahlte die Sterne.

Es ging schon auf Mitternacht, aber Bertha Cool hatte noch nichts von sich hören lassen. Ich hatte in ihrem Hotel Nachricht hinterlassen, wo ich sei, und sie aufgefordert, sich mit mir in Verbindung zu setzen, sobald sie ankäme.

»Wie wäre es mit noch einem Drink?« schlug Maranilla vor.

»Gern, aber den letzten«, stimmte ich zu.

Maranilla winkte einem Kellner. Während er die Bestellung aufgab, näherte sich der Geschäftsführer des Klubs unserem Tisch. Er suchte Maranillas Blick, sagte auf englisch: »Entschuldigen Sie bitte«, und sprach dann mit Maranilla spanisch. Maranilla erhob sich sofort und bat, ihn kurz zu entschuldigen.

Als der Kellner unsere Getränke brachte, war er noch nicht zurück.

»Wie gefällt es Ihnen hier?« fragte Jurado.

»Ausgezeichnet. Ich würde gern hier leben«, sagte ich.

»Ja, es ist beinahe schon eine Gunst«, gab er zu.

»Die Menschen verstehen hier, das Leben zu genießen.«

»Kann man etwas Vernünftigeres tun?«

»Mir gefällt die Art, wie Sie hier alles anfassen; zum Beispiel, wie hier getrunken wird. Während des Abendessens konnte ich niemanden beobachten, der zuviel trank.«

»Ja, wir lassen uns bei allem Zeit«, bestätigte Jurado.
»Und alles scheint Ihnen zu gelingen.«
»Wir versuchen jedenfalls unser Bestes. Aber da die Zeit begrenzt ist, die uns zur Verfügung steht, möchte ich Ihnen noch eine oder zwei Fragen stellen, so sehr ich es auch hasse, diesen friedlichen Abend durch dienstliche Dinge zu stören.«
»Bitte, ich stehe zur Verfügung«, forderte ich ihn auf.
»Nach Ihrer Theorie trug Cameron Handschuhe, als er in sein Haus kam. Dann sah er etwas, was ihn veranlaßte, plötzlich nach seiner Pistole zu greifen.«
»Vielleicht war es gar nicht so plötzlich. Es kann sein, daß er zuerst etwas anderes versuchte und erst als letzte Möglichkeit nach der Waffe griff.«
Jurado nickte. »Ja, das wäre logisch. Ich nehme an, daß Sie diese Möglichkeit untersucht haben.«
»So gut ich konnte. Obwohl es wenig genug war. Es sind kaum Anhaltspunkte vorhanden.«
»Dennoch interessiert es mich sehr.«
Ich zog mein Notizbuch aus der Tasche. »Die Bibliothek der Naturfreunde«, erklärte ich, »veröffentlicht in Band II ihres Werkes ›Die Vögel Amerikas‹, daß gezähmte Krähen offenbar immer eine Neigung zum Diebstahl zeigen, die sich etwa mit der Kleptomanie bei Menschen vergleichen läßt. Krähen scheinen eine besondere Leidenschaft für Gegenstände von leuchtender Farbe, wie Rollen mit blauem oder rotem Garn, oder aus glänzendem Metall, wie kleine Scheren oder Fingerhüte, zu haben, die sie stehlen und dann verstecken.«
Jurado nickte. »Das ist sehr interessant.«
»In dem von der Nationalen geografischen Gesellschaft herausgegebenen ›Buch der Vögel‹ heißt es in Band II, daß zahme Krähen gern glänzende Gegenstände aller Art, besonders aber schimmernde Kieselsteine, sammeln und verstecken. Sie bringen ihre Schätze in dunklen Ecken unter oder vergraben sie manchmal im Hof oder Garten. Diese Verstecke vergessen sie dann häufig.«
Ein Kellner kam auf mich zu und sagte etwas auf spanisch. Señor Jurado übersetzte mir, daß ich am Telefon gewünscht werde.
Es war Bertha. Sie war so wütend, daß sie schäumte. »Natürlich bin ich auf ihren faulen Trick hereingefallen. Verflucht nochmal, ich . . .«
»Hör auf zu spucken«, unterbrach ich sie. »Was ist passiert?«
»Diese Mistkerle von der Polizei hatten die Unverschämtheit, mich zu verhaften. Ich erklärte ihnen, daß Maranilla gesagt hätte, ich

könne gehen, wohin ich wolle, aber entweder verstanden sie mich nicht, oder sie wollten mich nicht verstehen.«

»So schlimm ist das doch nicht, Bertha«, tröstete ich sie. »Jetzt bist du ja hier. Nimm ein Bad und ruh dich aus. Ich komme noch herüber, bezahle dir einen Drink und . . .«

»Halt den Mund!« schrie Bertha so laut in das Telefon, daß mein Trommelfell schwer erschüttert wurde. »Sie haben mich durchsucht.«

»Wer? Die Polizisten?«

»Nein. Sie hatten eine fette Schlampe für die Schmutzarbeit parat. Verflucht nochmal, sie haben mir die Papiere abgenommen.«

»Meinst du meine Notizen . . .?«

»Ja«, schrie Bertha am anderen Ende der Leitung.

Es dauerte eine Weile, bis ich das verdaut hatte.

»Hallo«, schrie Bertha nach einer Weile, »sag doch was.«

»Ich denke nach.«

»Laß dir doch nicht so viel Zeit dabei. Komm wieder zu dir, und tue etwas.«

»Was soll ich denn tun?«

»Woher soll ich das wissen? Wozu habe ich dich schließlich, das ist doch deine Sache.«

»Warte auf mich, bis ich zu dir komme. Sie haben dir die Notizen nicht zurückgegeben?«

»Dämliche Frage. Natürlich nicht.«

»War ein Dolmetscher dabei?«

»Einer der Polizisten konnte genug englisch, um mir zu sagen, was sie wollten. Aber jedesmal, wenn ich ihnen etwas erklären wollte, sagte er nur ›nix versteh‹.«

»Vielleicht waren ihm nur deine feinen Ausdrücke unbekannt«, meinte ich trocken.

Bertha fand das gar nicht komisch, sondern antwortete ganz ernsthaft: »Das ist doch seine Schuld. Wenn so ein Kerl schon Englisch lernt, kann man wohl erwarten, daß er auch Flüche kennt, oder nicht? Dabei habe ich ihm noch gar nichts für ›Fortgeschrittene‹ angeboten, sondern sagte dem Mistkerl doch nur . . .«

»Schon gut, schon gut«, unterbrach ich sie. »Ich habe schon verstanden. Ich glaube, ich weiß, was wir tun müssen. Warte auf mich.«

Ich hängte ein und ging zu unserem Tisch zurück. Maranilla war auch wieder da. Er hatte seinen Stuhl näher an Jurado herangezogen, und beide waren mit leiser Stimme in eine Unterhaltung vertieft. Sie blickten auf und lächelten mir entgegen, als ich Platz nahm.

»Meine Herren, ich habe eine Bitte. Sie mag ungewöhnlich erscheinen, aber ich glaube, es ist wichtig.«

»Und das wäre?« fragte Maranilla.

»Ich würde großen Wert darauf legen, wenn Sie die Polizei in der Stadt bei der Mine beauftragen würden, den Verwalter Felipe Murindo gut zu bewachen.«

»Murindo bewachen?« fragte Jurado.

»Ja. Ich möchte die Gewißheit haben, daß er sicher ist.«

Die beiden Männer wechselten einen Blick.

Dann fragte Jurado ruhig: »Wollen Sie damit sagen, daß er sich in Gefahr befindet?«

»Mir ist der Verdacht gekommen, daß ich vielleicht etwas übersehen habe. Es besteht die Möglichkeit, daß Murindo den Schlüssel zu dem Motiv des Mordes in der Hand hält.«

Wieder tauschten die beiden einen Blick, und diesmal war es Jurado, der zuerst sprach. »Ich fürchte, daß Sie mit Ihrer Bitte leider zu spät kommen, Señor Lam.«

»Was soll das heißen?«

»Rodolfo Maranilla hat gerade telefonisch eine Nachricht erhalten, die Felipe Murindo betraf.«

Ich hätte mir für meine Voreiligkeit selbst gegen das Schienbein treten können. Ich hätte meinen Mund halten sollen, bis Maranilla gesprochen hatte. Wenn ich auch nicht annehmen konnte, daß sich der Telefonanruf auf Murindo bezog, so hätte ich doch mit dieser Möglichkeit rechnen müssen. Aber jetzt war es zu spät.

»Was ist geschehen?« fragte ich.

»Gegen fünf Uhr heute nachmittag ereignete sich in der Mine eine Explosion. Der große Dynamitvorrat der Mine im Pulverschuppen dicht neben der Wohnung des Verwalters ist in die Luft geflogen.«

»Und Murindo?«

Maranilla zog die Schultern hoch. »Er ist tot. Er wurde in kleine Stücke gerissen.«

20

Eine Weile saßen wir schweigend da und schlürften unsere Drinks. Als ich schließlich mein Glas leer hatte, schob ich es in die Mitte des Tisches und sagte: »Meine Herren, es war ein sehr angenehmer Abend und ein großes Vergnügen, aber . . .«

»Bleiben Sie sitzen«, sagte Jurado barsch.

Maranilla lächelte liebenswürdig: »Aber, aber, lieber Señor Lam, Sie müssen zugeben, daß es nicht sehr schmeichelhaft für uns ist, so unterschätzt zu werden.«

»Ich fürchte, ich verstehe Sie nicht«, erwiderte ich.

»Schließlich kommt dieser Unfall in der Mine bestimmten Leuten sehr gelegen«, erklärte Maranilla.

»Gewiß, aber ...«

»In Anbetracht Ihrer Erläuterungen können Sie kaum von uns erwarten, daß wir so dumm sind, Sie gehen zu lassen, ehe Sie uns nicht eine ausführliche Erklärung für Ihre Bitte gegeben haben.«

»Lassen Sie mich darüber nachdenken. Ich möchte erst mit meiner Teilhaberin reden.«

»Und ehe wir Sie wiedersehen, passiert Ihnen auch etwas«, meinte Jurado so beiläufig, als rede er von einem geplanten Flug in die Hauptstadt.

Das war deutlich genug. Sie würden mich nicht fortlassen, ehe ich ihnen alles erzählt hatte, was ich wußte. Ich berichtete also ausführlich über unsere Unterhaltung mit Murindo, deren Inhalt mir immer noch unbekannt war, und Berthas Verhaftung und den Verlust meiner Notizen.

»Das hätten Sie uns früher sagen sollen«, sagte Maranilla, als ich fertig war.

»Er war über die Idee eines Dolmetschers so entsetzt, daß – daß ... Nun, meine Herren, Sie waren die einzigen, die als Dolmetscher erreichbar waren, deshalb dachte ich, daß ... hm ...«

Ich versuchte, mir mit einem Lachen zu helfen. »Meine Lage ist etwas peinlich.«

»Durchaus«, meinte Maranilla trocken. »Schließlich war es nicht sehr freundlich von Ihnen, Beweismaterial zu unterdrücken, nachdem wir Sie aus Kollegialität weitgehend unterstützt haben«, fügte er vorwurfsvoll hinzu.

»Aber nein«, widersprach ich, »es war kein Beweismaterial. Jedenfalls keins, nach dem Sie suchten.«

Maranilla schüttelte den Kopf und schob seinen Stuhl zurück. »Nun gut«, sagte er, »ich will tun, was ich kann. Aber es wird nicht ganz leicht sein. Ihre Partnerin hätte die Rückgabe der Papiere fordern sollen oder darauf dringen, daß sie ordnungsgemäß beschlagnahmt wurden und sie eine Quittung dafür erhielt.«

»Sie haben meine Partnerin kennengelernt und können sich wohl vorstellen, daß sie nicht ruhig geblieben ist oder sich mehr als unvermeidlich gefallen ließ. Zweifellos hat sie alles gefordert, was sie nur fordern konnte. Aber die Polizisten verstanden kein Englisch. Jedenfalls nicht, wenn Bertha Cool etwas wollte. Sie konnten nur genug, um ihr zu sagen, was sie wollten.«

»Wenn man nach Kolumbien reist, ist es gut, wenn man spanisch kann oder wenigstens einen Dolmetscher bei sich hat.«

»Das habe ich auch gemerkt. Dennoch glaube ich, daß Murindo uns nicht so viel gesagt hätte, wenn ein Dolmetscher dabeigewesen wäre.«

»Und haben Sie keine Ahnung, worum es sich handelte?«

»Nein. Leider nicht.«

»Können Sie sich auch an keines seiner Worte erinnern?«

»Ich erinnere mich an *madre.*«

»Das ist das spanische Wort für Mutter. Erinnern Sie sich an weiteres?«

Ich schüttelte nachdenklich den Kopf. »Einen Moment. Ja, ein anderes Wort war *kri-ah.*«

»Kri-ah?«

»Ja. Die Betonung lag, glaube ich, auf der ersten Silbe. Ich erinnere mich, daß ich es niederschrieb.«

»*Cria* bedeutet Zucht. Oder auch einen Wurf Jungtiere«, erklärte Jurado.

»Ich habe natürlich nur phonetisch niedergeschrieben, was Murindo sagte, und bin nicht sicher, daß ich ihn immer richtig verstanden habe. Aber ich erinnere mich daran, daß ich *kri-ah* geschrieben habe.«

Jurado und Maranilla wechselten einen Blick. Plötzlich leuchtete Maranillas Gesicht auf. »Halt«, sagte er. »War *kri-ah* mit einem anderen Wort verbunden? War es vielleicht nur der Teil eines Ausdruckes, und hieß dieser Ausdruck *ama de cria*?«

»Richtig. Jetzt, da Sie es aussprechen, erinnere ich mich genau. Es war *ama de cria.*«

Jurado runzelte nachdenklich die Stirn. Ich blickte von ihm zu Maranilla, der mir erklärte: *»Ama de cria* ist die Bezeichnung für Amme.«

»Das hat mit Smaragdschmuggel nicht sehr viel zu tun«, meinte Jurado fast zu sich selbst.

»Meine Herren, vielleicht werden Sie bei der Aufklärung des Unfalls nach Felipe Murindo Nachforschungen anstellen und sich insbesondere um seine Angehörigen kümmern.«

»Warum?« fragte Maranilla.

»Es ist merkwürdig, daß der Mann, der mit der Verwaltung der Mine betraut wurde, weder lesen noch schreiben konnte. Er konnte nicht einmal die gedruckten Worte in einem spanisch-englischen Lexikon lesen. Meiner Meinung nach muß er an dem Smaragdschmuggel beteiligt gewesen sein. Er muß derjenige sein, der die Steine geschürft und an Cameron abgeliefert hat. Infolgedessen muß er auch das Smaragdvorkommen entdeckt haben.«

»Warum glauben Sie das?« fragte Maranilla.

Ich lächelte. »Weil der Mann, der die Smaragde entdeckte, niemals seine Stellung aufgegeben hätte oder gar entlassen worden wäre. Darum erscheint es mir seltsam, daß die zwei Nachlaßverwalter, die häufig monatelang abwesend waren und natürlich wissen wollten, was in der Mine vor sich ging, mit der verantwortlichen Position des Verwalters einen Mann betrauten, der weder lesen noch schreiben konnte.«

»Das klingt zwar sehr überzeugend, aber das Gesamtbild wird dadurch noch unübersichtlicher.«

Plötzlich schnippte Ramon Jurado mit den Fingern und verriet damit unwillkürlich sein Triumphgefühl, weil ihm eine Erleuchtung gekommen war.

Maranilla schenkte Jurado kaum Beachtung, und es war ihm kein Zögern anzumerken, als er plötzlich das Thema wechselte und fast in der gleichen Tonlage weitersprach. »Wir wissen Ihre Unterstützung sehr zu schätzen, Señor Lam. Es steht Ihnen natürlich jederzeit frei, zu gehen, wenn Sie noch eine Verabredung mit Ihrer Partnerin haben. Wir wollen Sie nicht länger aufhalten.«

Sie erhoben sich beide sofort und schüttelten mir ernst und liebenswürdig die Hand. Ich verließ sie und ging zu meinem Hotel. Auf dem Weg durch die warme Nacht beschäftigte mich nur ein Gedanke: Warum hatte Ramon Jurado mit den Fingern geschnippt? Ich hätte es zu gern gewußt.

21

Bertha Cool hatte ihr Bad hinter sich. Sie trug einen leichten Morgenrock und Pantoffeln an den Füßen. Der doppelte Whisky-Soda, der neben ihr stand, hatte sicher einiges zur Hebung ihrer Laune beigetragen.

Sie begrüßte mich mit der Frage: »Was kann nur mit den Notizen geschehen sein?«

»Und was ist mit Felipe Murindo geschehen?« fragte ich kurz zurück.

»Ist er verhaftet worden?«

»Neben seiner Wohnung ist eine Tonne Dynamit in die Luft geflogen. Es war natürlich ein Unfall. Aber Felipe Murindo wurde dabei in winzige Fetzen zerrissen. Wenn wir das Papier nicht wiederbekommen, erfahren wir nie, was er uns erzählen wollte.«

»Nun gut«, sagte Bertha entschlossen. »Ich werde mich an unseren Konsul wenden. Ich nehme es nicht so einfach hin, daß man amerikanische Bürger in dieser Weise behandelt.«

»Du wirst dich weder an den Konsul noch an irgend jemand anders wenden«, erklärte ich nachdrücklich.

»Und warum nicht?« fragte sie streitsüchtig.

»So leicht ist mit den Leuten hier nicht fertig zu werden. Das hättest du aus dem Ton der Beamten heraushören müssen. Durch ihre Höflichkeit darf man sich nicht täuschen lassen. Die Burschen können verdammt hart sein, besonders gegenüber Leuten, die etwas mit Smaragden zu tun haben.«

»Ich bitte den Herrn sehr um Entschuldigung«, antwortete Bertha höhnisch. »Ich bin noch fremd hier. Natürlich kennen sich Leute wie du, die schon sooo lange hier im Lande sind, besser aus.«

»Spar dir dein dummes Gerede.«

»Von dir lasse ich mir nicht vorschreiben, was ich tun oder lassen soll!«

»Du übersiehst, daß du dich augenblicklich in einer prekären Situation befindest. Du kannst nicht bestreiten, daß du im Auftrag von Harry Sharples hierhergekommen bist.«

»Was ist schon dabei?«

»Was willst du dagegen tun, wenn sie dich als seine Komplicin betrachten?«

Sie starrte mich finster an. »Von mir werden sie nicht das geringste erfahren, nachdem sie mich so niederträchtig behandelt haben. Diese verdammten Halbaffen, die nicht einmal verstehen, was man ihnen sagt. Und dabei habe ich schlicht und aufrichtig englisch mit ihnen gesprochen. Aber es prallte einfach an ihnen ab.«

»Nun benimm dich zur Abwechslung wieder einmal normal und höre mir gut zu. Die Situation ist folgende: Cameron wurde ermordet, ohne daß bisher das Motiv eindeutig geklärt werden konnte. Bekannt ist, daß Sharples, Cameron und Shirley Bruce in eine Schmuggelaffäre verwickelt sind, bei der Smaragde von Kolumbien nach den Vereinigten Staaten gebracht und dort illegal verkauft wurden. Sie müssen dabei einen ganz hübschen Schnitt gemacht haben, denn bei einem derartigen Geschäft muß ein ziemlicher Batzen abfallen.«

»Was wird denn die amerikanische Regierung wegen der Schmuggelaffäre unternehmen?« fragte Bertha wieder nüchtern.

»Bestimmt eine ganze Menge. Natürlich ist es nicht leicht, Sharples etwas nachzuweisen. Die kolumbianischen Behörden haben zwar ungeschliffene Smaragde, die hier geschürft wurden, bei Sharples gefunden, aber er hat noch nicht versucht, sie in die Vereinigten Staaten einzuschmuggeln.«

»Und was werden sie gegen Camerons Schmuggelei unternehmen?«

»Die meisten Reisen nach Südamerika hat Cameron unternommen. Der Außendienst war sein Ressort. Nun werden sie versuchen, alles auf ihn abzuschieben.«

»Kann Shirley Bruce belangt werden?«

»Ihr dürfte kaum etwas zu beweisen sein. Vielleicht hat sie von dem Schmuggel nichts gewußt. Es ist natürlich wahrscheinlich, daß Sharples sie beauftragt hat, die Geschichte von dem alten Erbstück zu erzählen. Vielleicht wußte sie nicht einmal, warum.«

»Aber sie war doch mit am Gewinn beteiligt?«

»Darum werden sich die Behörden ohne Zweifel kümmern, wenn nicht die Polizei, dann bestimmt das Finanzamt.«

»Und wie beurteilst du unsere Lage?«

»Wir stehen genau da, wo ich immer sein wollte. Mit einem Meter Abstand von Sharples.«

»Woher wußtest du, daß er Dreck am Stecken hat?«

»Gewußt habe ich es nicht, aber ich ahnte es. Ich war überzeugt, daß Sharples über das Kollier genau im Bilde war, als er zu uns kam.«

»Köpfchen hast du ja, du Satansbraten«, gab Bertha widerwillig zu.

»Von Camerons Tod können verschiedene Leute profitieren. Auf Dona Grafton wurde ein Mordanschlag versucht, wenn auch Juanita das vergiftete Konfekt aß. Alle Anhaltspunkte, die sich bei dem Giftmordversuch ergeben haben, weisen auf Robert Hockley hin. Jetzt wurde hier Felipe Murindo ermordet, und zur Zeit seines Todes befanden sich nur zwei Personen in Kolumbien, die mit dem Tod Camerons in Verbindung gebracht werden können: Hockley und Sharples. Wenn zwischen diesen beiden Morden ein Zusammenhang besteht, wird das Feld für die weiteren Nachforschungen stark eingeengt. Dennoch gibt es ein großes Aber.«

»Sharples und Hockley sind beide im Gefängnis. Sie können Murindo unmöglich umgebracht haben«, warf Bertha ein.

»Du hältst die Explosion also für einen Unglücksfall?«

»Nein. Dazu kam sie jemandem zu gelegen.«

»Schon ehe ich hierherkam, war ich überzeugt, daß die Smaragde in der ›Doppelklee-Mine‹ geschürft wurden«, sagte ich. »Dafür wollte ich Beweise haben, um Sharples zu einem Geständnis zu zwingen. Es war unser Pech, daß die kolumbianischen Behörden auf der gleichen Spur waren und mir dabei ins Gehege kamen. Aber mir ist ein anderer Gedanke gekommen, der langsam Form annimmt.«

Berthas Augen begannen gierig zu leuchten. »Fällt für uns dabei etwas ab, Donald? Das wäre großartig!«

»Wir könnten daran ganz schön verdienen.«

»Dann nur 'ran ans Geschäft«, ermunterte Bertha mich. »Hat es mit dem Mord an Cameron zu tun?«

»Natürlich. Der Mord ist ja für alles weitere der Ausgangspunkt.«

»Ich gebe nicht gern zu, daß ich blöd bin, aber welche Bedeutung die Handschuhe und der Pistolenschuß haben, und daß Cameron den Schuß gewissermaßen als letzten Versuch abgab, habe ich nicht verstanden. Was hast du damit nur gemeint?«

»Robert Cameron hat geschossen und sein Ziel verfehlt.«

»Woher willst du das wissen?«

»Es kann gar nicht anders gewesen sein.«

»Du meinst also, er wollte durch das Loch hindurchschießen, die Kugel streifte aber den Rand?«

»Er hat nicht auf das Loch geschossen, Bertha. Hast du das nicht verstanden, als ich mit Maranilla und Jurado darüber sprach?«

Bertha fuhr wütend auf. »Wie hätte ein Mensch euer Drumherumgerede verstehen sollen? Ich nicht! Was hast du also gemeint?«

»Robert Cameron hatte Handschuhe an, als er schoß.«

»Auf den Mörder?«

»Nicht auf den Mörder, Bertha, auf die Krähe.«

»Auf die Krähe? Du bist vollkommen verrückt geworden. Pancho war sein Liebling. Warum hätte er auf den Vogel schießen sollen?«

»Weil Krähen nicht zählen können.«

Bertha starrte mich verständnislos an und suchte wütend nach Worten.

In diesem Augenblick klingelte das Telefon. Bertha ergriff den Hörer, meldete sich mit ›Hallo‹ und schrie dann: »Sprechen Sie englisch. Wer ist denn . . .«

»Oh«, sagte sie plötzlich mit einer bei ihr fremden Unterwürfigkeit und hörte zu. Dann sagte sie: »Danke, ja, ich werde es Mr. Lam mitteilen« und legte den Hörer auf.

Ihre Wut war völlig verflogen.

»Wer war das?« fragte ich.

»Maranilla. Er wollte uns mitteilen, daß Hockley und Sharples heute nachmittag, kurz nach meiner Abfahrt nach Medellin, aus dem Gefängnis entkommen sind. Die Umstände weisen darauf hin, daß sie die Wachen bestochen haben. Die Beamtin, die mich durchsuchte, behauptet, daß das Papier, das mir abgenommen wurde, in einem Umschlag auf dem Schreibtisch des Polizeikommandanten lag. Sharples und Hockley befanden sich zu dieser Zeit noch im Gefängnis. Bald danach verschwanden die beiden und das Papier gleichfalls.«

»Das würde einiges erklären.«

»Ferner teilte Maranilla mit, daß er mit unserer Erlaubnis Wachen vor die Türen unserer Zimmer stellen läßt. Er hält diese besondere Vorsichtsmaßnahme im Augenblick für angebracht.«

»Wie rücksichtsvoll von ihm«, meinte ich ungerührt.

Aber Bertha nahm es nicht so gelassen. Ihr war der Schreck in die Glieder gefahren.

»Das ist typisch für dich«, regte sie sich auf. »Du faßt jede Sache gleichzeitig von zwei verschiedenen Enden an mit dem Ergebnis, daß wir dann mittendrin in der Tinte sitzen.«

»Vor ein paar Minuten hast du unsere Lage noch ganz anders angesehen, Bertha.«

»Da ging es auch um Geld. Aber jetzt geht es um Dynamit.«

22

Kurz nach dem Frühstück am nächsten Morgen suchte mich Maranilla auf. Er war verbindlich, aber unnachgiebig. Es wäre sehr bedauerlich, daß Hockley und Sharples entfliehen konnten, meinte er. Einzelheiten seien ihm noch nicht bekannt, aber der Bericht des für sie in erster Linie verantwortlichen Beamten sei zweideutig. Offenbar habe er sich der Nachlässigkeit schuldig gemacht.

Im übrigen fand Maranilla sich mit philosophischer Ruhe mit der Neuigkeit ab. Viele Polizisten in den abgelegenen Gebieten seien ungenügend bezahlt, erklärte er, und infolgedessen bestechlich, besonders, wenn die Bestechungssumme groß genug sei. Möglicherweise sei selbst in den Vereinigten Staaten, wo die Polizisten doch viel besser bezahlt würden, Bestechlichkeit nicht ganz unbekannt.

»Machten Hockley und Sharples gemeinsame Sache?« fragte ich, um ihn zum Thema zurückzubringen.

»Das wissen wir nicht«, gestand Maranilla. »Jedenfalls sind beide entkommen. Da der eine einen Fluchtweg fand, wäre es von dem anderen töricht gewesen, zu bleiben.«

»Die beiden sind also verschwunden.«

»So ist es. Sie werden verstehen, daß wir unter diesen Umständen um Ihre Sicherheit besorgt sind. Wir sind schließlich für Sie verantwortlich.«

Ich nickte und wartete, was er weiter sagen würde.

»Diese Verantwortung möchten wir nicht unnötig lange übernehmen.«

Ich verharrte schweigend.

»Ihre Arbeit ist hier beendet«, fuhr Maranilla überredend fort,

»und ich nehme an, daß Ihre Partnerin, die bezaubernde Señora Cool, nur zu gern in ihr Büro zurückkehren wird. Schließlich könnte die Art ihres Auftrages sie hier nur in Schwierigkeiten bringen. Im übrigen ist auch dieser Auftrag vollständig erledigt. – Um zum Praktischen zu kommen: Zwei Freunde, die mit dem Nachmittagsflugzeug abreisen wollten, waren so liebenswürdig, zu Ihren Gunsten auf ihre Plätze zu verzichten, als ich ihnen die Umstände auseinandersetzte. Diese Plätze stehen zu Ihrer Verfügung.«

»Es gibt aber noch ein paar Punkte, die ich gern vorher geklärt hätte«, wandte ich ein.

»Es wäre uns im höchsten Maße ungelegen, wenn so prominenten Besuchern aus den Vereinigten Staaten, wie Sie es sind, bei uns etwas zustieße«, erwiderte er liebenswürdig, aber hartnäckig.

»Ich muß aber erst noch einiges über Felipe Murindo erfahren, ehe ich abreise.«

Mit einer Handbewegung schob Maranilla meinen Einwand beiseite. »Ich bitte Sie, Señor Lam, machen Sie sich deswegen keine Sorgen. Alles, was uns bekannt ist, steht zu Ihrer Verfügung. Wir haben über Murindo schon eine ganze Menge erfahren.«

»Das interessiert mich.«

»Er hat seine Stellung buchstäblich geerbt. Er ist in der Mine aufgewachsen.«

»Aha.«

»Seine Mutter brachte ihn in das Bergwerk, als er neun Jahre alt war. Seitdem hat er dort gearbeitet. Im Laufe der Jahre wechselte die Belegschaft, aber seine Mutter blieb und damit auch Murindo. Je älter er wurde, um so mehr lernte und verdiente er. Was war natürlicher, als daß er schließlich zum Verwalter aufrückte, da die anderen Arbeiter ständig ausgetauscht wurden. Keiner der neuen Leute kannte den Betrieb und die Arbeit so gut wie dieser Bursche, der in der Mine groß geworden war. Er blieb, sparte sein Geld und brachte es auf eine Bank, genau wie ein gebildeter Mann es auch getan hätte. Er hat eine beachtliche Summe hinterlassen. Es tut mir leid, Señor Lam. Falls Sie hinter Murindo ein Geheimnis gesucht haben sollten, haben Sie sich geirrt. In unserem Beruf muß man lernen, vorsichtig zu sein, und darf keine voreiligen Schlüsse ziehen, oder nicht?«

»Doch, damit haben Sie völlig recht.«

Lachend erhob er sich. »Na, sehen Sie. Dann also bis heute nachmittag um zwei.«

»Ich weiß nicht, wie Bertha Cool diese Nachricht aufnehmen wird.«

»Ich versuche gar nicht erst, es mir vorzustellen. Ich habe Ihnen die Situation erläutert und überlasse es Ihnen, Señora Cool aufzuklären«, sagte er sichtlich erleichtert. »Leider bin ich sehr beschäftigt, weil Jurado diesen Fall in kürzester Zeit abschließen will. Wir werden aber auf den Flugplatz kommen, um uns zu verabschieden, Amigo. Wir erwarten Sie bestimmt dort.«

Damit drückte mir Maranilla die Hand und überließ es mir, die Neuigkeit Bertha zu überbringen.

Bertha reagierte nicht anders, als ich erwartet hatte. »Wir werden also hinausgeschmissen«, platzte sie heraus.

»Nun sagen wir – unsere Abreise wird durch amtliche Einflußnahme gefördert.«

»Du bist schon genau so geschwätzig wie diese Kerle hier«, posaunte Bertha. »Wenn du noch vierzehn Tage in Kolumbien bist, brauche ich einen Dolmetscher, um zu verstehen, was du meinst. Also gut, machen wir, daß wir aus diesem Kaff fortkommen.«

»Mir tut es leid, daß ich so bald wieder abreisen muß, denn ich habe den Flug auf eigene Kosten unternommen und hätte gern mehr von dem Land gesehen«, stichelte ich. »Du bist ja in Sharples' Auftrag hier und hast sicher einen hohen Vorschuß für deine Ausgaben gefordert.«

An ihrem Gesichtsausdruck erkannte ich sofort, daß ich sie an einem wunden Punkt getroffen hatte. Sie hatte diesmal keine Anzahlung genommen, und dieses Versäumnis quälte ihre geldgierige Seele unaufhörlich.

»Mr. Sharples hat mich ermächtigt, mit Spesen nicht zu sparen«, erwiderte Bertha würdevoll.

»Tatsächlich? Und wie erteilte er dir seinen Auftrag?«

»Brieflich. Er schrieb mir, er begebe sich auf eine etwas heikle Reise, und falls ich innerhalb von vierundzwanzig Stunden nichts anderes von ihm hörte, solle ich den Flugplatz, den er auf meinen Namen bereits gebucht habe, nach Kolumbien benutzen und mich dort zu der ›Doppelklee-Mine‹ begeben. Dort würde er mir weitere Anweisungen erteilen. Falls ich ihn jedoch nicht anträfe, solle ich sofort das nächste amerikanische Konsulat aufsuchen und verlangen, daß nach seinem Aufenthalt geforscht wird.«

»Und den ganzen Behördenkram? All die Laufereien, die man hat, wenn man so kurzfristig nach Kolumbien fliegen will?«

»Das war alles rechtzeitig erledigt worden«, erklärte Bertha noch würdevoller.

»Und was, glaubst du, wollte Sharples nun wirklich?«

»Eines ganz bestimmt: daß jemand den Konsul benachrichtigt, falls er verschwunden sein sollte. Im anderen Falle, nehme ich an, sollte ich mich wohl Hockley auf die Fersen setzen und herausbringen, was er hier wollte.«

»Hatte Sharples einen Scheck beigefügt?« fragte ich.

»Ich habe sein Wort, daß er zahlen wird«, erwiderte sie wütend.

Ich lachte nur schallend.

Ihre Augen durchbohrten mich förmlich. »Unter Berücksichtigung der Tatsache, daß du schon so lange mein Partner bist, kennst du mich verdammt schlecht. Ich werde bei ihm kassieren, und wenn ich ihn durch die Mangel drehen und jeden Tropfen Blut einzeln aus ihm herauspressen muß«, versicherte sie nachdrücklich, und ich glaubte ihr, daß sie das aufrichtig meinte.

23

In Mexiko City erreichte mich ein Telegramm von Ramon Jurado. Es enthielt nur den Namen ›Señora Lerida‹ und eine Adresse in Los Angeles.

»Was ist das?« fragte Bertha.

»Offensichtlich die Adresse der Señora Lerida in Los Angeles.«

»Rede kein dummes Zeug. Lesen kann ich auch. Wen willst du damit auf den Arm nehmen?«

»Niemand.«

»Dann laß es bleiben. Was hat das auf sich?«

»Anscheinend ist das ein Versuch von Ramon Jurado, diplomatisch zu sein.«

»In welcher Angelegenheit?«

»In einer Sache, die genau genommen etwas außerhalb seiner Zuständigkeit liegt.«

»Manchmal könnte ich dir wirklich eine . . .«

Da ich genau weiß, was bei Bertha nach ›eine‹ folgt, unterbrach ich sie. »Das ist zweifellos auf eine Beeinflussung zurückzuführen, die sicher im Unterbewußtsein geschah.«

»Was für eine Beeinflussung?«

»Durch die alten Menschenopfer, die vor Jahrhunderten hier dargebracht wurden. Aber lassen wir das und besuchen wir lieber eines der vorzüglichen Restaurants, die es hier geben soll, und vergessen wir eine Weile unsere geschäftlichen Sorgen.«

»Jetzt willst du wohl auch diplomatisch sein?« fragte sie verärgert.

»Erraten.«

»Du und Ramon Jurado und eure Diplomatie!«

Aber dann ging sie mit mir in Sanbornes Restaurant.

Am nächsten Morgen flogen wir durch die dünne Luft über das mexikanische Hochland in Richtung Los Angeles.

Während des ganzen Fluges dachte Bertha angestrengt nach. Erst nachdem wir Mazatlan hinter uns gelassen hatten und die Westküste entlangflogen mit einem herrlichen Ausblick auf den sonnenbeschienenen, blauen Golf von Kalifornien, beugte sie sich zu mir herüber und fragte im versöhnlichen Ton: »Donald, wer hat Cameron ermordet?«

»Ich weiß es nicht.«

»Warum weißt du es nicht?«

»Weil ich noch nicht sicher bin, weshalb Cameron ermordet wurde.«

»Glaubst du denn, daß du weißt, wer es war, wenn du sicher bist, warum er ermordet wurde?«

»Es würde mir jedenfalls helfen.«

»Ganz wie du willst. Behalte es ruhig für dich. Mir soll es egal sein«, antwortete sie eingeschnappt.

Ich stellte die Rückenlehne meines Sitzes zurück, drückte mich in die weichen Schaumgummipolster und ließ mich von dem eintönigen Gebrumm der Motore einschläfern. Erst als wir Mexicali erreichten, wurde ich wieder wach.

Als wir in Los Angeles ankamen, hatte Bertha angestrengt nachgerechnet. »Donald«, fragte sie, »wieviel haben wir deiner Meinung nach an dem Fall verdient?«

»Das weiß ich doch nicht.«

»Dann kümmere dich darum. Bisher noch keinen Cent, wenn wir die Reisespesen und alle anderen Unkosten absetzen – wie widerwärtig ist das alles.«

»Ich kann es nicht ändern.«

»Rede dich nicht heraus. Du hast bares Geld ausgeschlagen, das Sharples uns auf den Tisch legen wollte, bloß weil du ihn für einen unsicheren Kantonisten hieltest.«

»Und weißt du, wo wir jetzt wären, wenn wir uns mit Sharples eingelassen hätten?«

»Na, wo?«

»Wenn du Glück gehabt hättest, säßest du in Medellin, und wenn du Pech gehabt hättest, im Gefängnis in der Urwaldstadt.«

»Pah, Gefängnis. Sharples war nicht lange drin.«

»Sharples spricht spanisch und kennt Land und Leute. Außerdem mußte er den Wärter bestechen. Selbst wenn du die Bestechungssumme über Unkosten verrechnen könntest, wären wir noch schlechter dran.«

»Ich wäre auf jeden Fall herausgekommen«, behauptete sie rechthaberisch.

»Hast du schon einmal versucht, einen Gefängniswärter durch einen Dolmetscher zu bestechen?«

»Ach, hör auf davon.«

Wir fuhren mit dem Bus der Luftverkehrsgesellschaft in die Stadt. »Kommst du mit ins Büro?« fragte Bertha.

»Nein.«

»Dann laß es bleiben.«

»Vielen Dank.«

Darauf verließ sie mich. Ich holte unseren Wagen und fuhr zu dem kleinen Kistendeckelhäuschen, in dem Dona Grafton wohnte. Auf mein Klopfen öffnete sie. »Hallo«, begrüßte sie mich mit einem freudigen Lächeln und reichte mir die Hand. »Kommen Sie bitte herein.«

Ich trat ein und setzte mich.

»Ich wollte Ihnen noch für Ihre Hilfe danken«, begann sie. »Ich habe versucht, Sie anzurufen, aber Ihre Sekretärin sagte mir, Sie wären verreist.«

»Hatten Sie einen besonderen Wunsch?«

»Ich wollte Ihnen nur danken, weil Sie mir geholfen haben.«

»Ich wüßte gar nicht, was ich Besonderes getan hätte.«

»Seien Sie nicht so bescheiden. Wo sind Sie denn gewesen?«

»In Kolumbien.«

»In Südamerika?«

»Genau dort.«

Ihre Augen leuchteten sehnsüchtig auf. »Es muß herrlich sein, wenn man reisen kann, wohin man will. Aber Sie sind schnell zurückgekommen.«

»Ja, ich war nicht sehr lange fort. Ich habe aber eine Entdeckung gemacht.«

»Was denn?«

»Kennen Sie einen Mann namens Felipe Murindo?«

Sie lachte. »Natürlich. Das heißt, ich kenne ihn nicht persönlich, aber Mr. Cameron hat von ihm gesprochen. Er ist der Verwalter der Mine in Kolumbien.«

»Was hat Cameron über ihn gesagt?«

»Daß Murindo ein freundlicher, ordentlicher und zuverlässiger Mann ist. Soviel ich weiß, kann er weder lesen noch schreiben, aber er ist ehrlich, und das ist die Hauptsache.«

»Er ist tot.«

»Tot? Was ist mit ihm geschehen?« fragte sie erschrocken.

»Er kam bei einem Unfall ums Leben. Eine Explosion.«

»Oh.«

»Unfall können Sie in Anführungszeichen setzen.«

»Wollen Sie damit sagen, daß er . . .«

»Ermordet wurde«, ergänzte ich.

»Aber wer . . . Warum wurde er ermordet?«

»Wenn ich das wüßte, wüßte ich auch, warum Robert Cameron ermordet wurde.«

»Glauben Sie, daß zwischen beiden Morden ein Zusammenhang besteht?«

»Davon bin ich überzeugt.«

»Aber ich verstehe nicht, wie die beiden, die so weit voneinander getrennt sind . . .« Sie lachte nervös. »Ich bin ziemlich durcheinander. – Was ich sagen wollte, ist, zwischen den beiden Opfern liegt eine so große Entfernung, daß ich nicht verstehe, wie die beiden Morde – nun, was an ihnen gemeinsam sein soll.«

»Warum stottern Sie denn so, Dona?«

»Ich stottere ja gar nicht«, sagte sie unwillig.

»Aber Sie sind reichlich nervös und sprechen so schnell und verworren.«

»Was ist dabei? Ich darf doch wohl so reden, wie ich will. Schließlich unterhält man sich nicht so ruhig über einen Mord wie über – über sein Frühstück.«

»Wann kamen Sie zum erstenmal auf den Verdacht, daß Ihre Mutter Robert Cameron ermordet haben könnte?«

Ihr Gesicht wurde unter ihrem Make-up weiß. »Ich verstehe nicht, wovon Sie reden.«

»Dann versuchen Sie, mich zu verstehen.«

»Mr. Lam, Sie gefielen mir, als ich Sie zum erstenmal sah, und ich dachte, nun – ich hielt Sie für einen Freund. Aber jetzt weiß ich nicht, was ich von Ihnen denken soll . . .«

»Wofür Sie mich hielten, ist unwichtig. Wann wurde Ihnen zum erstenmal klar, daß vielleicht Ihre Mutter Robert Cameron getötet hat?«

»Sie hat ihn nicht getötet.«

»Das reden Sie sich ein, um sich Mut zu machen. Wann kamen Sie zum erstenmal zu der Schlußfolgerung, daß sie ihn getötet haben muß?«

»Ich lehne es ab, mich weiter mit Ihnen zu unterhalten, Mr. Lam.«

»Irgend etwas müssen Sie wissen, etwas, das Sie noch zu niemanden gesagt haben, aber das Sie dauernd beschäftigt. Warum wollen Sie sich mir nicht anvertrauen?«

»Es tut mir leid. Ich fürchte, ich habe mich in Ihrer Person getäuscht.«

»Ich kann natürlich Leutnant Buda anrufen und ihm überlassen, Sie zu vernehmen. Aber Sie wissen ja, daß ich Ihnen helfen will.«

»Indem Sie meiner Mutter einen Mord anhängen?«

»Indem ich die Tatsachen aufdecke. Sie werden doch bekannt werden.«

Sie saß schweigend da und gab keine Antwort.

»Schade, Dona. Ich hatte gehofft, Sie würden Vertrauen zu mir haben, und ich könnte Ihnen helfen. Aber anscheinend muß ich es der Polizei überlassen, Sie zu verhören.«

»Wie können Sie mir denn helfen?«

»Das weiß ich noch nicht. Ich bin nicht sicher, ob nicht schon irgend jemand in dem Mordfall völlig klar sieht. Zuerst müssen die Tatsachen bekanntwerden. Und ich habe gesehen, wie Ihre Mutter ein Messer zog, um es nach Ihnen zu werfen. Ich weiß auch, daß Sie das Messer vertauscht haben, ohne daß ich es bemerkte. Wollen Sie mir jetzt nicht die Wahrheit sagen?«

»Meine Mutter war an jenem Morgen mit Cameron verabredet«, stieß sie hervor.

»Hat Ihnen irgend jemand befohlen, nicht darüber zu sprechen?«

»Meine Mutter.«

»Was hat sie gesagt?«

»Daß sie ihre Verabredung mit Cameron absagen mußte und nicht bei ihm war.«

»Haben Sie ihr das geglaubt?«

»Nein. Ich weiß, daß es nicht stimmt.«

»Sie wissen also, daß sie bei Cameron war?«

»Ja. Ich glaube es jedenfalls.«

»Ich will Ihnen erklären, wie ich den Ablauf des Verbrechens sehe. Vielleicht sind Sie mir gegenüber dann vertrauensvoller.«

»Ja, bitte, Mr. Lam.«

»Sharples und Cameron übernahmen als Treuhänder den Besitz von Cora Hendricks. Das Vermögen bestand in einem Bergwerk, das eine Zeitlang auf gut Glück ausgebeutet wurde. Dann schafften die beiden moderne Maschinen an, und die Mine warf gute Gewinne ab. Damit vergrößerten sie den Besitz. Den beiden Erben gegenüber versuchten sie, gerecht, unparteiisch und ehrlich zu sein. Aber der eine dieser beiden Erben, Shirley Bruce, entwickelte sich zu einem verführerischen jungen Mädchen, das diese beiden Männer vollkommen beherrschte, als sie in das Alter kamen, in dem Männer sich mehr oder minder den Kopf verdrehen lassen.«

Dona hielt ihre Blicke auf mich gerichtet und hörte zu, ohne mich zu unterbrechen.

»Felipe Murindo wurde Verwalter der Mine und erhielt dafür ein recht ansehnliches Gehalt. Er muß sein Geld gespart haben, denn nach seinem Tode entdeckte man, daß er in Medellin ein recht beachtliches Bankkonto besaß. Das war für einen Mann, der in seinem Leben nicht einen Tag eine Schule besucht hat, sehr beachtlich.«

»Worauf wollen Sie hinaus?« fragte sie.

»Etwa vor drei Jahren entdeckte Cameron hoch über dem Fluß eine Gesteinsschicht, die ihm recht vielversprechend aussah. In aller Stille unternahm er ein paar Probeschürfungen und sicherte sich dann das Gelände. Es wurde ein Schacht angelegt und ein Stollen vorgetrieben. Dann wurde der Schacht demonstrativ verlassen und die Arbeit an ihm stillgelegt.«

»Und weiter?« fragte sie.

»Das geschah aber nur zum Schein. Tatsächlich arbeitete Felipe Murindo in dem Schacht weiter und schürfte dort Smaragde. Robert Cameron flog in regelmäßigen Abständen nach Südamerika, wo er allgemein als seriöser, vertrauenswürdiger Geschäftsmann angesehen war. Selbstverständlich wurde auch er den Zollkontrollen unterworfen, aber das waren nicht mehr als die üblichen Durchsuchungen, die auch Vergnügungsreisende erfahren. Wahrscheinlich ist auch Ihnen bekannt, daß die Zollbeamten von Ferienreisenden schon ziemlich ausführliche Berichte in Händen haben, wenn sie die Grenze überschreiten. Wenn ein Reisender aus irgendeinem Grund verdächtig sein sollte, dann sind die Zollbeamten meistens über ihn unterrichtet.«

»Ja, ich habe immer angenommen, daß es so ist.«

»Cameron schmuggelte in großen Mengen ungeschliffene Smaragde aus Kolumbien heraus. Der Mann, der die Steine schliff und polierte, war wahrscheinlich derselbe, der aus alten Schmuckstücken die darin befindlichen, nicht sehr wertvollen Steine entfernte und durch Smaragde ersetzte. Sie hatten vielleicht verschiedene Abnehmer für ihren Schmuck, das weiß ich nicht. Aber sie konnten auf diese Weise unauffällig eine ganz hübsche Menge Smaragde absetzen. Das war gar nicht so einfach, denn Juwelenhändler sind Gerüchten gegenüber besonders empfindlich, und der Smaragdmarkt wird von der kolumbianischen Regierung kontrolliert.

Sharples und Cameron befanden sich aber aus anderen Gründen in einer gewissen Verlegenheit. Sie konnten den Gewinn aus ihrem Smaragdschmuggel weder in ihrer Einkommensteuererklärung aufführen noch unter den Einnahmen des Nachlasses verbuchen, ohne sich zu verraten. Offensichtlich besprachen sie die Angelegenheit mit Shirley Bruce und beschlossen, den Gewinn stillschweigend zu dritt zu teilen.

Aber eines Tages machte Cameron einen Fehler. Er hatte nicht an seine Krähe gedacht. Er hatte sich in seiner Veranda mit den Smaragden zu schaffen gemacht, mußte dann eilig fortgehen und ließ die Steine auf seinem Tisch liegen. Als er zurückkam, waren nicht mehr alle Smaragde da. Er stand vor einem Rätsel. Dann sah er Pancho auf dem Kronleuchter oder an einem anderen Platz im Zimmer, mit einem Smaragd im Schnabel. Wenn Cameron etwas überlegter vorgegangen wäre, hätte er die Krähe sehr wahrscheinlich zu sich heranlocken und ihr den Smaragd wegnehmen können. Aber Pancho hatte ein schlechtes Gewissen und fürchtete wahrscheinlich, daß er bestraft werden sollte. Er flog mit dem Smaragd im Schnabel auf das Loch unter dem Giebel zu.

Das ging Cameron zu weit. Er griff nach der Pistole und schoß schnell, gerade als die Krähe durch die kleine Öffnung schlüpfte. Beinahe hätte er sie auch getroffen, aber Pancho entkam und flog mit dem Smaragd davon. Damit war Cameron in einer peinlichen Lage. Er wußte jetzt, daß die Krähe Smaragde gestohlen hatte. Er hoffte zuversichtlich, daß sie mit dem Smaragd im Schnabel zu Ihnen fliegen würde. Er zählte die Steine und stellte fest, daß ihm fünf Smaragde fehlten. Für ihren Verlust mußte er sich rechtfertigen, aber es war unmöglich, zuverlässig festzustellen, wo Pancho die Steine gelassen hatte.

Cameron muß einen Moment lang ratlos gewesen sein, aber dann hatte er einen guten Einfall. Er nahm das letzte Schmuckstück, das er zum Verkauf angeboten hatte, entfernte die Steine daraus und ließ die leere Fassung und zwei Smaragde auf seinem Tisch liegen. Sechs weitere versteckte er im Käfig der Krähe. Dann machte er sich fertig, um auszugehen, wahrscheinlich wollte er zu Ihnen. Für den Fall, daß Sie die Smaragde gefunden hatten, konnte Cameron erklären: ›Ach, du lieber Himmel, ich habe gerade Smaragde aus einem alten Schmuckstück gelöst, um sie von einem Juwelier neu einfassen zu lassen. Ich ließ sie auf meinem Tisch liegen und die Krähe muß sie dort aufgepickt haben.‹ Dann hätte er Sie mit in sein Haus genommen, und Sie hätten die Bestätigung für seine Behauptung gefunden: den alten Schmuck mit Fassung für dreizehn Steine, zwei Steine auf dem Tisch, sechs im Krähenkäfig, und fünf Smaragde hätten gefehlt.«

Mit weit geöffneten, verstörten Augen hörte Dona mir zu. »Und wie geht es Ihrer Ansicht nach weiter?« flüsterte sie atemlos.

»Aber ehe Cameron zu Ihnen ging, um festzustellen, ob Pancho die Steine hierhergebracht hatte, rief er irgendwo an, und während er telefonierte, öffnete sich die Tür, und jemand betrat die Veranda. Es muß eine Person gewesen sein, die Cameron gut kannte und der er vertraute. Er winkte ihr zu, Platz zu nehmen, und führte sein Telefongespräch weiter. Als er damit fertig war, muß die Person, wer immer es auch gewesen war, hinter ihn getreten sein und ihm ein Messer zwischen die Rippen gestoßen haben ...«

»Und was geschah mit den Smaragden?«

»In Camerons Haus wurden acht Smaragde gefunden. Die anderen fünf fand ich hier bei Ihnen in Panchos Käfig im Holzschuppen. Aber die Polizei fand noch fünf weitere im Abflußrohr des Waschbeckens.«

»Aber das sind doch zu viele Smaragde. Sie sagten doch, daß das Kollier mit dreizehn Steinen besetzt war.«

»Das ist richtig«, bestätigte ich, »aber Pancho konnte natürlich nicht wissen, daß er für den Ausgleich sorgen sollte. Er kann ja nicht zählen.«

»Aber damit ist der Mord nicht geklärt. Warum wurde Cameron ermordet, und wer ermordete ihn?«

»Um diese Frage zu beantworten, muß zuerst geklärt werden, warum Felipe Murindo als Verwalter der Mine eingesetzt wurde. Ferner muß festgestellt werden, welcher Zusammenhang zwischen dem Tod Murindos und dem Robert Camerons besteht, und schließlich, aus welchem Grund Shirley sich gegen Cameron wandte.«

»Vielleicht kann ich dazu etwas beitragen.«

»Das wäre gut, es könnte mir weiterhelfen.«

»Shirley Bruce stand mit Cameron nicht so gut wie mit Sharples.«

»Woher wissen Sie das?«

»Ich habe keine greifbaren Beweise, es sind Kleinigkeiten, schwer wägbare Dinge. Ihre Darstellung klingt sehr überzeugend, aber zwischen Cameron und Shirley bestand eine Wand. Cameron hatte etwas gegen sie, während Sharples und Shirley sich sehr nahestanden.«

»Meinen Sie, daß ihre Beziehungen intim waren?«

»Das kann ich nicht behaupten.«

»Aber ich behaupte es.«

»Ich weiß es nicht, und Robert Cameron wußte es auch nicht. Aber er hatte wohl diesen Verdacht.«

»Weiter, wissen Sie noch mehr?«

»Cameron und Sharples waren miteinander befreundet, nicht sehr eng, aber sie kamen gut miteinander aus. Mr. Cameron lebte sehr zurückgezogen, ganz im Gegensatz zu Mr. Sharples. Dann muß irgend etwas zwischen ihnen vorgefallen sein, aber ich weiß nicht, was es war. Jedenfalls ließ Mr. Cameron meine Mutter zu sich kommen.«

»Wann war das?«

»Am Morgen seines Todestages.«

»Ging Ihre Mutter zu ihm?«

»Ja.« – »Um welche Zeit?«

»Gegen halb zehn.«

»Weshalb wollte er sie sprechen?«

»Ich weiß es nicht. Es kann doch nicht dabei geschehen sein, Donald?« fragte sie voll ängstlicher Spannung.

»Nein, wenn Ihre Mutter wirklich um halb zehn bei Cameron war, nicht.«

»Mir gegenüber hat sie behauptet, sie war um diese Zeit bei ihm.«

»Wann hat sie Ihnen das gesagt?«

»Am gleichen Nachmittag. Sie war sehr erregt, fast hysterisch. Daran erkannte ich, daß etwas Schreckliches geschehen sein mußte. Sie versuchte ständig, Sharples anzurufen, aber konnte ihn nicht erreichen. Dann telefonierte sie mit Shirley und wollte zu ihr gehen, aber Shirley wollte sie erst am nächsten Tag sehen.«

»Weiter, Dona, weiter!«

»Schließlich erreichte sie Sharples am Telefon, und er sagte ihr etwas, das sie sehr beruhigte. Sie war zwar auch nachher immer noch sehr erregt, aber sie war nicht mehr so hysterisch und schien wieder Hoffnung zu haben.«

»Wissen Sie, was Sharples ihr sagte? Weshalb sie wieder hoffnungsvoller wurde?«

»Nein, sie sagte mir kein Wort darüber.«

»Um welche Zeit war das?«

»Am Nachmittag. Ganz genau kann ich es nicht sagen.«

»Erzählen Sie mir mehr über Shirley.«

»Shirley ist – nun, sie tritt wie eine Fürstin auf. Ich vermute, daß Mutter sie manchmal langweilt. Trotzdem scheint Shirley Mutter aufrichtig gern zu haben. Sie stellt mir Shirley immer als Vorbild hin. Sie bewundert Shirley, ihr Auftreten, ihre Sicherheit und ihre Art, mit Menschen umzugehen. Mich würde ein solches Leben verrückt machen.«

Ich ließ mir alles durch den Kopf gehen, was sie gesagt hatte. »Vielleicht kommen wir jetzt der Sache näher. Aber etwas brauche ich noch.«

»Was ist das?«

»Daß Sie mit mir sofort einen Besuch machen.«

»Bei wem?«

»Bei einer Señora Lerida. Wissen Sie, wer das ist?«

»Lerida?« sagte sie nachdenklich. »Nein, ich kann mich nicht an eine Señora Lerida erinnern. Wohnt sie hier in Los Angeles?«

»Ja.«

»Weshalb wollen Sie mir ihr sprechen?«

»Ich will ein paar Fragen an sie richten.«

»Und warum soll ich dabei sein?«

»Ich brauche einen Zeugen und einen Dolmetscher.«

»Aber warum gerade mich?«

»Weil ich glaube, daß es für Sie sehr interessant sein wird.«

»Betrifft es den Mord an Robert Cameron?«

»Ja.«

»Also gut!« sagte sie entschlossen. »Ich gehe mit Ihnen. Nur ich werde nichts tun, was meiner Mutter schaden wird, falls sie . . .«

»Wissen Sie, daß Ihre Mutter immer ein Messer bei sich trägt?«

»Ja.«

»Und auch, daß sie mit einem Messer werfen kann?«

»Ja. Sie hat mir immer gesagt, daß eine Frau eine Waffe zu ihrem Schutz bei sich tragen muß. Schon als ich noch ein kleines Kind war, hat sie versucht, mir das Messerwerfen beizubringen.«

»Wirklich? Und haben Sie es gelernt?« – »Ja.«

»Haben Sie ein Messer bei sich?«

»Nein, nie!«

»Wo ist Pancho jetzt?« fragte ich und wechselte das Thema.

»Wahrscheinlich in seinem Käfig im Holzschuppen.«

»Vermißt er Cameron?«

»Ja, sehr. Wissen Sie, daß die Polizei über das Loch in der Veranda, durch das Pancho aus- und einflog, ein Drahtgeflecht genagelt hat, damit er nicht mehr hinein kann? Er versuchte es immer wieder und bemühte sich, den Draht mit seinem Schnabel zu entfernen. Es war ergreifend. Als ich nach ihm rief, kam er zu mir, und ich brachte ihn hierher zurück, aber er ist völlig verstört.«

»Hängen Sie sehr an dem Vogel?«

»Ja, sehr.«

»Wie verhält er sich Ihnen gegenüber?«

»Jetzt, da er Mr. Cameron nicht mehr hat, hat er sich noch mehr an mich angeschlossen. Es ist rührend.«

»Haben Sie wieder etwas gemalt?«

»Warum fragen Sie danach?«

»Es interessiert mich.«

»Ich arbeite immer an einem Bild.«

»Haben Sie wieder etwas verkauft?«

»Ein paar Kleinigkeiten.« – »In den letzten Tagen?«

»Nein, es liegt schon länger zurück.«

»Gibt Ihre Mutter Ihnen Geld?«

»Warum wollen Sie das wissen?«

»Es ist vielleicht wichtiger, als Sie annehmen.«

»Nein. Ich bin immer alleine durchgekommen. Wie Sie wissen, schätzt meine Mutter meine Malerei nicht. Manchmal habe ich es sehr schwer gehabt, aber ich habe es immer noch irgendwie geschafft.«

»Mit Ihrer Malerei?«

»Leider nicht. Es ist so, wie ich Ihnen gesagt habe. Ich male eine Zeitlang, und wenn mein Geld verbraucht ist, suche ich mir einen Job. Wenn ich dann etwas erspart habe, male ich wieder.«

»Eines Tages werden Sie Ihre Arbeiten unter die Leute bringen, und dann wird plötzlich große Nachfrage nach Bildern von Dona Grafton vorherrschen.«

Impulsiv drückte sie mir die Hand. »Ihr Optimismus tut mir wohl, Donald. Manchmal fällt es mir schwer, den Mut nicht zu verlieren. Aber lassen wir das. Und bitte, Donald, unternehmen Sie nichts gegen meine Mutter.«

»Ich habe versprochen, Ihnen zu helfen. Aber jetzt wollen wir zu Señora Lerida.«

24

Señora Leridas Wohnung lag in einem Viertel mit vernachlässigten und stark reparaturbedürftigen Häusern. In dieser Gegend versuchten die Hausbesitzer erfolgreich, so viel Miete wie nur möglich aus ihren baufälligen Häusern herauszuschlagen, ehe sie abgerissen wurden. Das Viertel hatte Lagerhäuser und kleine Fabriken angezogen, die wegen ihres Lärms und der unliebsamen Gerüche, die sie verbreiteten, in keiner anderen Gegend geduldet wurden. Der Wert der Grundstücke war dort so hoch, daß niemand mehr neue Wohnhäuser baute. Die noch vorhandenen waren seit Jahren dem Verfall überlassen worden und warteten auf den Abbruch.

Wir erreichten das gesuchte Haus. Ich klopfte mehrmals an die Tür, aber es blieb still.

Ich donnerte mit der Faust gegen die Tür und trat sogar mit dem Fuß gegen die Füllung.

Wir lauschten dem verhallenden Klang. Dona hatte nun meinen Arm gepackt und wagte kaum zu atmen.

»Ich höre etwas«, flüsterte sie erregt. »Es kommt jemand.«

Jetzt vernahm auch ich das Schlurfen von Pantoffeln, die ohne

Eile und ohne jede Kraft über den nackten Bretterfußboden näherkamen.

Die Tür wurde geöffnet und eine rauhe, heisere Frauenstimme fragte: »Wer ist da?«

Diese Stimme verriet vieles. Sie gehörte einem Menschen, mit dem man nicht verhandelte, den man nicht bat, weil er nur auf Befehle zu reagieren gewohnt war. Es mußte ein Mensch sein, den man immer unterdrückt und hin- und hergestoßen hatte.

Ich drückte die Tür auf und erklärte: »Wir kommen mal herein, wir wollen mit Ihnen sprechen.«

Widerspruchslos wurden wir eingelassen. Ich ergriff Dona am Arm und schob sie durch die Tür. Der Geruch von billigem, abgestandenem Fusel schlug uns entgegen. Aus dem Hintergrund des Hauses schimmerte durch eine geöffnete Tür der schwach rötliche Schein einer nackten Glühbirne, die an einer knotigen, graugrünen, von Fliegenschmutz bedeckten Schnur baumelte. Wir gingen auf das Zimmer zu.

Die Bewohnerin des Hauses kam uns ergeben nachgeschlurft. Wir betraten den offenbar einzigen möblierten Raum der Wohnung, der gleichzeitig als Küche, Wohnzimmer und Schlafzimmer diente. Von dem Spülbecken war der letzte Rest Emaille schon lange abgestoßen, es bestand nur noch aus einer Anhäufung rostroter Flecken. Ein paar Stühle in den verschiedensten Stadien des Verfalls standen umher. Die eiserne Bettstelle war einmal weiß gewesen und zeigte jetzt ein trübes schmutziges Grau. Auf dem Bett lag ein Kissen in einem fleckigen Überzug. Bettlaken waren nicht da, sondern nur dunkle Decken und eine zerrissene und abgenutzte Steppdecke.

Die Frau war in den Schein der Glühbirne getreten. Sie war alt, und man merkte, daß das Leben nicht gerade sehr freundlich mit ihr umgegangen war. Schwere Tränensäcke hingen unter ihren glanzlosen Augen, ihr weißes Haar war strähnig und ungepflegt. Ihr runzliges, dunkles Gesicht, mit seinen groben Zügen ließ ihre überwiegend indianische Abstammung erkennen, der ein Schuß spanisches Blut beigemischt war.

Ich deutete auf einen Stuhl und befahl ihr: »Setzen Sie sich«, so, als ob ich der Herr im Hause wäre. Sie gehorchte, wie ich ihr geheißen hatte, und sah mich mit ruhiger, gelassener Neugierde an.

Hinter ihr stand unter dem Spülbecken ein Eimer, der bis zum Rand mit Abfällen und Kehricht gefüllt war. Der Hals einer leeren Schnapsflasche ragte daraus hervor. Daneben stand eine weitere, halbleere Flasche.

»Kennen Sie Felipe Murindo?«

Sie nickte langsam mit dem Kopf.

»Seit wann kennen Sie ihn?« – »Er ist mein Sohn.«

»Schickt er Ihnen Geld?«

Zum ersten Male belebten sich ihre trüben, wäßrigen Augen. »Warum wollen Sie das wissen?« fragte sie vorsichtig. »Wer sind Sie?«

»Wer gibt Ihnen noch Geld?« fragte ich weiter.

Sie gab keine Antwort.

»Ich bin gekommen, um Ihnen zu helfen. Es ist eine Schande, daß Sie in dieser Umgebung leben müssen.« Ich deutete mit einer Bewegung meiner Hand durch den Raum.

»Das macht nichts«, erwiderte sie unberührt. »Mir ist es gut genug.«

»Es ist nicht gut genug für Sie«, widersprach ich. »Sie sollten sich besser kleiden, und Sie sollten besseres Essen haben und eine Hilfe für die schwere Arbeit.«

Sie zeigte keinerlei Bewegung. »Das ist nicht nötig«, sagte sie. »Ich habe alles, was ich brauche.«

»Wann waren Sie zum letzten Male in Kolumbien? Können Sie mir das sagen?«

»Ich kann mich nicht mehr erinnern. Es ist lange her.«

»Es ist schändlich, daß Sie keine Gelegenheit haben, in Ihre Heimat zu reisen und Ihre Verwandten wiederzusehen. Aber wenn Sie wollen, können Sie sich neue Kleider kaufen und ein- oder zweimal im Jahr Kolumbien besuchen.«

Jetzt leuchteten ihre Augen auf. »Wer sind Sie?« fragte sie. »Wie soll das möglich sein?«

»Wenn Sie sich mir anvertrauen, werde ich dafür sorgen. Sie wollen doch nach Kolumbien, oder nicht?«

»Sprechen Sie spanisch?« fragte sie.

»Ich nicht, aber meine Begleiterin.«

Die alte Frau wandte sich auf spanisch an Dona. Langsam und abgehackt kamen die Worte aus ihrem Munde. Für meine Ohren war es nur ein Geräusch, das mich an das Rattern erinnerte, das entsteht, wenn ein Junge an einem Zaun entlangläuft und dabei mit einem Stock an die Pfähle streift.

»Sie würde sehr gern nach Kolumbien zurückgehen und ihre Heimat und alle Freunde und Verwandten wiedersehen. Sie hat hier keine Freunde«, übersetzte Dona.

»Dafür kann ich sorgen. Ich vertrete eine Agentur, die derartige Aufträge übernimmt. Wenn sie sich mir anvertraut, werde ich das nötige Geld beschaffen.«

Die Frau hatte mir zugehört und mich auch verstanden, aber trotzdem sah sie abwartend Dona an und antwortete auf spanisch, nachdem Dona meine Worte übersetzt hatte.

»Was soll ich dafür tun?«

»Sie haben viele Jahre auf der ›Doppelklee-Mine‹ gelebt?« fragte ich.

Sie nickte.

»Sie waren Köchin und Kindermädchen und versorgten das Kind, das Cora Hendricks mitgebracht hatte.«

Sie wollte schon zustimmend nicken, hielt aber im letzten Moment inne und wandte sich mit einem vorsichtigen und lauernden Ausdruck in den Augen an Dona und bat: »Übersetzen Sie bitte.«

Dona wiederholte auf spanisch, was ich gesagt hatte.

Señora Lerida war jetzt argwöhnisch. Bisher hatte sie bereitwillig gesprochen. Jetzt machte sie Schwierigkeiten. Aber ich mußte mehr darüber wissen.

»Das Kind, das in die Vereinigten Staaten gebracht wurde, war nicht dasselbe, das Cora Hendricks nach Kolumbien gebracht hatte«, sagte ich. »Es war nach dem Tode von Miss Hendricks vertauscht worden, und zwar von der Frau des Verwalters der Mine. Sie hat ihr eigenes Kind hierhergeschickt, damit es das große Vermögen von Cora Hendricks erben sollte. Das Kind, das Cora Hendricks nach Kolumbien mitgebracht hatte, erklärte Juanita Grafton zu ihrer eigenen Tochter. Das ist Ihnen doch alles bekannt?«

Die Frau gab keine Antwort. Aber in ihren Augen lag jetzt ein gieriges Lauern. Zögernd wandte sie sich Dona Grafton zu und wartete auf die Übersetzung.

Dona hatte mir mit wachsendem, ungläubigem Staunen zugehört.

»Beherrschen Sie jetzt Ihre Empfindungen und denken Sie nicht an die Folgen, die dieses Gespräch für Sie persönlich haben kann, sondern übersetzen Sie«, drängte ich sie.

Dona begann mit Señora Lerida auf spanisch zu sprechen. Die alte Frau antwortete mit einem einsilbigen Wort. Dona sprach weiter und unterstrich ihre Sätze mit Handbewegungen. Der Klang ihrer Worte und die Schnelligkeit, mit der sie sprach, verrieten ihre Erregung.

Die alte Frau antwortete mit einem kurzen Satz.

Noch einmal drang Dona auf sie ein, und schließlich begann die alte Frau zu sprechen. Ihre Worte wurden immer schneller, und je länger sie redete, um so mehr gewannen sie an Ausdruck. Auch ihr Gesicht begann sich zu beleben.

Als die Alte geendet hatte, wandte sich Dona zu mir. Ihre Lippen zitterten, als sie mit mühsam beherrschter Stimme sagte: »Es ist wahr. Aber diese Frau wußte nicht, daß Juanita Graftons Tochter durch den Tausch viel Geld erhalten sollte. Sie glaubte, es sei nur ein Versuch, die uneheliche Herkunft des Kindes zu vertuschen. Sie vertraut Ihnen.«

»Gut, das ist sehr wichtig. Nun fragen Sie sie, ob Robert Cameron bei ihr war.«

Señora Lerida wartete nicht, bis ihr die Frage übersetzt wurde. »Ist das der Señor, der ermordet wurde?«

»Ja«, bestätigten Dona und ich gleichzeitig.

»Er war sehr freundlich, er gab mir Geld.«

»Wann war das?«

»Am Tag, bevor er starb. An einem Tag brachte er mir Geld, am nächsten war er schon tot.«

»Haben Sie mit ihm gesprochen?«

»Nur wenig.«

»Haben Sie irgend jemand gesagt, daß er bei Ihnen war?«

»Niemand, ich kann es beschwören.«

»Erklären Sie ihr«, wandte ich mich an Dona, »daß sie alles noch einmal ausführlich vor Leuten wiederholen muß, die ihre Aussage auf spanisch zu Protokoll nehmen werden, und daß sie das Protokoll unterschreiben muß. Dann wird sie das Geld bekommen, um zu ihren Verwandten und Freunden nach Kolumbien zurückkehren zu können. Aber nur, wenn sie sich mir völlig anvertraut, kann ich für sie sorgen.«

Dona brauchte meine Worte nicht zu übersetzen, denn Señora Lerida sagte mit der ihrer Rasse eigentümlichen Ergebenheit in ihr Schicksal: »Ich bin einverstanden. Wollen wir jetzt trinken?«

»Nein. Sie werden jetzt nicht trinken«, befahl ich nachdrücklich und wandte mich wieder an Dona. »Rufen Sie sofort Leutnant Frank Sellers im Polizeipräsidium an und fordern Sie ihn auf, so schnell wie möglich mit einem spanisch sprechenden Stenographen und einem Notar hierherzukommen.«

25

Mit zitternder Hand unterschrieb Señora Lerida das Protokoll ihrer Aussage. Sellers trocknete die Unterschrift, faltete das Papier zusammen, schob es in die Innentasche seines Rockes und warf mir einen auffordernden Blick zu. Ich folgte ihm durch den Korridor auf die Veranda vor dem Hause.

»Und wie, denken Sie sich, soll das weitergehen?« fragte Sellers.

»Können Sie die Alte nicht als Kronzeugin in Haft nehmen?« fragte ich.

»Was soll sie denn bezeugen?«

»Die Motive für den Mord an Robert Cameron.«

»Ist das nicht ein Versuch, Ihren eigenen Weizen zum Blühen zu bringen, Donald?«

»Was meinen Sie damit?«

»Das einzige, was sie bezeugen kann, ist der Tausch von zwei Säuglingen in einem Bergwerksnest in Kolumbien. Und es wird Ihnen noch verdammte Mühe machen, diesen Beweis zu bringen, mein Junge. Es ist ziemlich einfach für eine Frau, ihre Unterschrift auf ein Blatt Papier zu setzen, aber etwas ganz anderes, sich einem Kreuzverhör auszusetzen und ihre Aussage einem Richter so glaubhaft zu machen, daß er einen angesehenen Geschäftsmann verurteilt, die Erben eines großen Vermögens austauscht und mir nichts dir nichts zweihunderttausend Piepen unter die Leute bringt. Wenn das so leicht wäre, müßte sich jede Erbin im Lande auf Erpressungen gefaßt machen, und zahllose süße kleine Mädchen würden angelaufen kommen und behaupten, sie seien vertauscht worden.«

»Sie haben es nicht begriffen.«

»Damit haben Sie vollkommen recht«, gab er trocken zu.

»Lassen Sie doch die vertauschten Kinder einmal ganz beiseite und denken Sie an den Mord an Cameron.«

»Was hat der damit zu tun?«

»Cameron und Sharples verwalteten den Nachlaß von Cora Hendricks. Offensichtlich war es für sie bedeutungslos, ob Shirley Bruce in Wirklichkeit Dona Grafton und ob Dona Grafton in Wirklichkeit Shirley Bruce war. Mit dem Smaragdschmuggel war es etwas ganz anderes. Da war für sie was drin, und Cameron, Sharples und Shirley machten dabei ihren Schnitt.«

»Na schön«, räumte Sellers ein. »Zugegeben, sie machten alle ihren Schnitt dabei. Aber was hat das damit zu tun, daß Cameron umgebracht wurde?«

»Natürlich nicht das geringste.«

Er sah mich völlig perplex an.

»Ich bin überzeugt, daß Sharples schon vor Jahren von Felipe Murindo erfahren hat, daß die beiden Kinder vertauscht wurden, und daß es Sharples war, der Murindo den Posten als Verwalter verschaffte. Selbstverständlich war Cameron an dem Smaragdgeschäft beteiligt, aber mehr auch nicht. Von den vertauschten Kindern wußte er nichts. Diese Geschichte hat sich Sharples zum Privatgebrauch vorbehalten.«

»Das ist aber eine kühne Behauptung«, meinte Sellers.

»Ja und nein. Sie hätten Shirley Bruce und ihren ›Onkel Harry‹ einmal zusammen sehen sollen. Dann käme Ihnen meine Behauptung nicht mehr so ungewöhnlich vor.«

»Olala«, sagte Sellers. »So ist das?«

»Jawohl, genau so.«

»Und weiter?«

»Als Cameron zum letztenmal in Kolumbien war, hat sich Murindo ihm gegenüber verraten, und am Tage seines Todes war Cameron entschlossen zu handeln. Er sah nun klar. Am Tage vorher hatte er mit Señora Lerida gesprochen und darauf Juanita Grafton zu sich bestellt. Was er ihr gesagt hatte, veranlaßte jemanden, ein Messer nach ihm zu werfen.«

»Ein Messer zu werfen?« wiederholte Sellers.

»Jawohl. Und Juanita ist nicht nur selbst eine perfekte Messerwerferin, sondern war auch der Meinung, daß jede liebenswerte junge Dame diese Kunst beherrschen sollte.«

Sellers zog nachdenklich die Brauen zusammen.

»Inzwischen«, fuhr ich fort, »hatte Shirley Bruce es für nützlich gehalten, bei Robert Hockley den Weihnachtsmann zu spielen. Sie besuchte ihn und beglückte ihn dabei mit zweitausend Piepen.«

»Was bezweckte sie damit?«

»Sie hatte herausbekommen, daß Hockley einen Paß für Südamerika beantragt hatte, und wollte verhindern, daß er dort hinfliegt. Falls er doch reisen sollte, wollte Sharples ihm folgen und außerdem Bertha auf seine Fährte setzen. Aber vor allem wollten sie verhindern, daß Hockley die Reise überhaupt unternahm. Sie glaubten, sie könnten ihn mit den zweitausend Eiern für eine Weile an die Rennbahn fesseln. Daß das mißlang, läßt darauf schließen, daß Hockley einen sehr stark begründeten Verdacht gehegt haben muß, daß in Kolumbien dunkle Dinge vorgingen, die ihm verheimlicht werden sollten. Aber Shirleys Zweitausend-Dollar-Spende brachte ihr etwas anderes ein. Sie ließ bei Hockley eine Handvoll hübscher, blauer Kupfersulfatkristalle mitgehen, die als ›Gift‹ bezeichnet waren, und hatte Gelegenheit, auf seiner Schreibmaschine eine Adresse zu tippen. Dadurch war ihr Besuch nicht ganz ergebnislos.«

»Nur weiter«, ermunterte mich Sellers. »Ich höre Ihnen gern zu, wenn das auch im Moment alles ist, was ich tun kann.«

»Es gibt zwei Personen, für die es ernste Folgen haben konnte, wenn Cameron Murindos Geheimnis erfahren hatte und davon Gebrauch machen würde. Die eine war Juanita Grafton, und die andere Shirley Bruce.«

»Wie sind Sie überhaupt dahintergekommen?« fragte Sellers, ganz offensichtlich, um Zeit zu gewinnen.

»Ich hatte zahllose kleine Hinweise. Als ich Juanita Grafton das erstemal sah, bekam sie einen Wutanfall über das Mädchen, das angeblich ihre Tochter war. Später sah ich sie bei Shirley Bruce wieder, die sie mit einer Hingabe verwöhnte, die nur eine Mutter ihrem eigenen verzogenen Kind gegenüber an den Tag legt. Hier in Los Angeles wurde mir erzählt, daß Juanita in den Vereinigten Staaten das Leben einer Dame führt, während sie in Südamerika wie ein Pferd arbeitet. In Kolumbien erzählte man mir das Gegenteil, nämlich, daß sie dort große Dame spielte und sich in den Vereinigten Staaten als Hausmädchen verdingt. Murindo, der Verwalter des Bergwerkes, war ein Mann, der weder lesen noch schreiben konnte, aber er hinterließ in Kolumbien ein respektables Bankkonto. Er wußte etwas, das er für Geld preisgeben wollte. Es bezog sich auf eine Tochter und ein Kindermädchen. Wenn Sie das nun alles hübsch aneinanderreihen und dann auch noch auf der einen Seite die Familienähnlichkeit zwischen Juanita Grafton und Shirley Bruce berücksichtigen, und auf der anderen Seite die Tatsache, daß es zwischen Juanita und ihrer angeblichen Tochter nicht die geringste Ähnlichkeit gibt – Mann, dann brauchen Sie kein Kriminalbeamter zu sein, um sich auszurechnen, was gespielt wurde.«

Sellers zog eine Zigarre aus der Tasche, biß die Spitze mit den Zähnen ab und entzündete ein Streichholz. »Das ist ein schönes Durcheinander. Wenn ich mit der Geschichte zu meinen Vorgesetzten im Präsidium komme, werden sie mich fragen, seit wann Kriminalbeamte ihr Gehalt dafür bekommen, hinter Irrlichtern herzujagen. Aber erzählen Sie ruhig weiter, Donald. Es ist eine hübsche Story.«

»Die Person, die Cameron ermordete, war schon vorher bei ihm. Es war jemand, der mit einem Messer umgehen konnte. Nun versetzen Sie sich in Camerons Lage. Sie haben herausgebracht, daß Shirley als Kind vorsätzlich vertauscht wurde. Sie halten ihre Beweise für zutreffend. Aber Sie gehören nicht zu den Leuten, die hinter dem Rücken anderer etwas unternehmen. Was tun Sie also? Wen würden Sie sich kommen lassen, wenn Sie einen der Betroffenen vor sich haben und alles aufklären wollen? Wen würden Sie dann anrufen und sagen: Kommen Sie bitte sofort her! Es hat sich ergeben . . .«

»Natürlich den anderen Erben«, warf Sellers ein.

»Ganz richtig. Sie würden Robert Hockley anrufen und ihm sagen, daß Sie etwas äußerst Wichtiges erfahren hätten, denn in Kolumbien hätten Sie Beweise dafür gefunden, daß . . . Und in diesem

Moment würde Ihnen ein Messerstich die Lippen für immer verschließen.« – »Warum hat Hockley denn nichts von diesem Telefongespräch gesagt?«

»Hockley tat etwas anderes. Er flog nach Südamerika, um selbst an Ort und Stelle nachzuforschen.«

»Aber ich denke, Cameron hatte den Tausch der Kinder bei seinem letzten Aufenthalt in Südamerika bereits aufgedeckt?«

»Das hatte er auch, aber ihm fehlten noch schlüssige Beweise. Darum stellte er nach seiner Rückkehr hier weitere Nachforschungen an. Es dauerte einige Zeit, bis er Señora Lerida ausfindig machte. Nachdem er mit ihr gesprochen hatte, ließ er Juanita Grafton zu sich kommen, die nach dem Gespräch mit ihm bis zur Hysterie aufgeregt war. Sie bemühte sich verzweifelt, sowohl Sharples als auch Shirley Bruce zu erreichen. Mit Sharples konnte sie endlich am Nachmittag telefonieren, und was er ihr bei diesem Gespräch mitteilte, beruhigte sie weitgehend.«

»Sie meinen, sie wurde hysterisch, weil sie Cameron umgebracht hatte?«

»Nein. Juanita hat Cameron nicht umgebracht. Aber die Nachricht von seinem Tode beruhigte sie so.«

»Wenn das stimmt, dann bleiben nicht mehr viele übrig, die den Mord begangen haben können.«

»Ganz richtig. Genau genommen nur noch einer.«

Sellers kratzte sich am Hinterkopf wie immer, wenn er angestrengt nachdachte. »Alles schön und gut, Lam«, meinte er schließlich, »aber das ist nicht mehr als eine Theorie.«

»Stimmt. Aber Kolumbus hatte auch nicht mehr zur Verfügung, und er entdeckte Amerika«, erwiderte ich.

»Ist das nicht furchtbar anstrengend, wenn man dauernd so scharf nachdenken muß wie Sie, Donald?« fragte Sellers sarkastisch. »Brauchen Sie nicht gelegentlich auch einmal eine Erholung?«

»Keine schlechte Idee«, erwiderte ich und überhörte seinen Sarkasmus geflissentlich. »Nachdem hier ja jetzt alles klar ist, werden Sie mich auch ein paar Tage entbehren können. Wenn Sie Bertha sehen, bestellen Sie ihr einen schönen Gruß, ich sei angeln gefahren«, damit wandte ich mich um und ging ins Haus zurück.

26

Als ich nach zwei Tagen in unser Büro kam, war ich darauf gefaßt, Bertha am Rande eines Schlaganfalles, zum mindesten aber mit stark erhöhtem Blutdruck, anzutreffen. Ich hatte mich gründlich geirrt.

Bertha war wieder einmal honigsüß und schmolz dahin wie Butter an der Sonne. »Es ist alles fertig, Donald, Liebling«, sagte sie, »sieh es nur an.« Triumphierend öffnete sie dann die Tür, auf der ein Schild befestigt war mit der Aufschrift:

›DONALD LAM‹

Es waren zwei Büroräume. In dem kleinen, aber gut erleuchteten Vorzimmer saß Elsie Brand und klapperte wie immer auf ihrer Schreibmaschine. Hinter ihr stand die Tür zu einem zweiten Raum offen. Es war ein geräumiges Zimmer, mit einem Schreibtisch aus poliertem Nußbaumholz und tiefen Polstersesseln prächtig möbliert und mit dicken Teppichen ausgestattet.

»Wie gefällt es dir?« fragte Bertha, ängstlich Beifall heischend.

Ich ging zu Elsie Brand hinüber und fragte: »Was schreiben Sie da?« – »Die Neue tippt nicht sehr schnell«, erklärte Bertha eilfertig, »und war in Rückstand gekommen. Darum habe ich . . .«

Ich riß das Papier aus Elsies Maschine und hielt es Bertha hin. »Wenn deine Sekretärin ihre Arbeit nicht schafft, dann suche ihr eine Hilfskraft. Elsie Brand arbeitet ausschließlich für mich.«

Bertha holte tief Luft. »Selbstverständlich. Wenn du es nicht willst... Ich konnte dir noch gar nicht berichten, wie sich alles aufgeklärt hat, Donald. Komm mit in dein Privatbüro, dann wirst du alles erfahren.«

»Hier sind wir privat genug. Schieß nur los.«

»Deine Theorie von dem Mord an Cameron hat sich Wort für Wort bestätigt. Dona Grafton ist selig vor Glück und uns sehr dankbar. Und Frank Sellers hält dich überhaupt für ein Wundertier erster Ordnung.«

»Wieso das auf einmal?« fragte ich.

»Shirley Bruce hat ein volles Geständnis abgelegt.«

»War ihre Mutter an dem Mord beteiligt?«

»Juanita hatte keine Ahnung davon. Aber Harry Sharples hatte seinen bestimmten Verdacht, wenn er sich auch aus guten Gründen hütete, ihn zu äußern. Dieser Murindo hatte tatsächlich zuviel geschwätzt und sich Cameron gegenüber verraten. Offenbar glaubte er, auch Cameron sei eingeweiht. Aber Cameron war über den Tausch der Kinder aufs höchste schockiert. Den Smaragdschmuggel hat er ohne Zögern mitgemacht, nur dieser Versuch, die echte Shirley um ihr Erbe zu betrügen, empörte ihn. Als er aus Kolumbien zurückkam, sammelte er hier die Beweise. Unter großen Schwierigkeiten machte er Murindos Mutter ausfindig. Sie bestätigte alles, was er schon von Murindo erfahren hatte. Er ließ dann Juanita kommen und verlangte von ihr ein Geständnis. Aber sie stritt hartnäckig alles ab. Doch hatte Cameron schon genug Beweise in der Hand. Er bestellte Shirley zu sich in sein Haus und sagte ihr, daß das Spiel aus sei. Dann war er unvorsichtig genug, ihr den Rücken zuzudrehen, und rief Hockley an.«

»Und Hockley beschloß daraufhin vermutlich, sich selbst in Kolumbien umzusehen, weil er wußte, daß etwas im Gange war. Nur wußte er nicht genau was und nahm an, es handele sich um die Veruntreuung von Geldern der Erbschaft?« fragte ich.

»So war es.«

»Und welche Rolle hatte Sharples in dem Spiel?«

»Sharples war anscheinend im Bilde, hatte aber nichts damit zu tun. Er flog nach Kolumbien, weil Hockley dort war, denn er wollte sich vergewissern, daß Hockley nicht mit Leuten zusammenkam, die durch seine Fragen auf den Smaragdschmuggel hingewiesen wurden. Mich hat er nach Kolumbien fliegen lassen, um Hockley zu beobachten und Dummheiten zu verhindern. Außerdem wollte Sharples eine neuen Vorrat Smaragde in Empfang nehmen und damit beginnen, die Spuren zu verwischen.«

»Aber warum hat Sharples uns auf das Smaragdkollier gehetzt?«

»Weil kolumbianische Geheimagenten Lunte gerochen hatten und Jarratt beschatteten. Deshalb kamen Jarratt, Sharples und Cameron überein, einen Beweis zu konstruieren, daß das Kollier bei Nuttall tatsächlich ein altes kolumbianisches Erbstück sei, denn die kolumbianischen Agenten hatten den Schmuck schon bei Nuttall ausfindig gemacht.

Als Sharples dich auf das Smaragdkollier ansetzte, war schon alles vorausgeplant. Die Fährte sollte dich erst zu Jarratt, dann zu Cameron und schließlich zu Shirley Bruce führen. Danach, das heißt, nachdem du dich völlig davon überzeugt hattest, daß das Kollier mit den Smaragden tatsächlich ein echtes altes Erbstück war, sollten wir dieses Ergebnis Nuttall mitteilen, und Nuttall seinerseits hätte diese Version dann in gutem Glauben an die kolumbianischen Geheimagenten weitergegeben, die festzustellen versuchten, woher die Steine kamen, die den Smaragdmarkt aus dem Gleichgewicht zu bringen drohten. Sie hatten nämlich von dem Kollier Wind bekommen und waren bei Nuttall vorstellig geworden. Aus diesem Grunde versuchte auch Nuttall etwas aus Sharples herauszuholen.

Als Cameron ermordet wurde, verfiel Sharples in eine Panik. Er glaubte, daß die kolumbianischen Agenten die Täter waren. Schließlich ging es um ein Regierungsmonopol, und Sharples war sich keineswegs sicher, wie weit diese Männer gehen würden, wenn es darauf ankam. Seine Angst, ermordet zu werden, war unsinnig, wenn er es nüchtern betrachtet hätte, aber daran hinderte ihn sein Zustand.

Jarratt dagegen war zu der Ansicht gekommen, daß es höchste Zeit für ihn sei, aus dem Geschäft auszusteigen und sich von allem reinzuwaschen. Das Kollier stammte tatsächlich von Phyllis Fabens, und Jarratt brauchte keineswegs erst in seinen Büchern nachzusehen, um ihren Namen und ihre Adresse festzustellen. Nach dem Mord an Cameron schien es Jarratt besser, die Herkunft des Kolliers Phyllis Fabens statt Shirley Bruce zuzuschreiben.«

»Dann hätte Shirley also schließlich behaupten sollen, daß das Kollier ihr gar nicht gehört habe.«

»Vermutlich. Aber vielleicht wußte sie nicht genau, was Jarratt damit zu tun hatte, und Jarratt selber wollte sich zurückziehen.«

»Wußte Sharples denn nicht, daß Shirley bei Cameron gewesen war?«

»Es scheint nicht so, daß Sharples Shirley auch nur eine Minute des Mordes verdächtigte. Er war Wachs in ihren Händen und ihr vollkommen hörig.«

»Woher kommt das Gift?« fragte ich.

»Shirley suchte Hockley in seiner Werkstatt auf. Sie gab ihm die zweitausend Piepen, bot ihm ihre Freundschaft an und bat um sein Vertrauen. Viel hat sie bei ihm nicht erreicht. Aber sie sah ein Glas mit Kupfersulfat, das die Aufschrift ›Gift‹ trug, und dabei kam ihr eine Idee. Es gelang ihr, unbemerkt auf Hockleys Schreibmaschine Dona Graftons Adresse zu schreiben. Dann öffnete sie das Glas mit dem Kupfersulfat und schüttete es in ihre Handtasche. Damit vergiftete sie das Konfekt. Zunächst hatte sie anscheinend keinen festen Plan, aber das Gift kam ihr sehr gelegen. Als Cameron Juanita zu sich rief, wurde Shirley aktiv und schickte Dona die Pralinen. Dona hatte ein Testament gemacht, in dem sie alles, was sie besaß, Juanita hinterließ. Shirley beabsichtigte also, Dona aus dem Wege zu räumen, und falls es der Polizei gelang, die Herkunft des Giftes festzustellen, würden alle Spuren zu Robert Hockley führen. Es war eine Ironie des Schicksals, daß Juanita das Konfekt aß. Kupfersulfat war das denkbar ungeeignetste Gift für ihren Plan, aber Shirley war zu dumm, um daran zu denken. Sie ließ sich nur von dem Schild auf der Flasche verleiten.«

»Wer hat das Dynamit auf der Mine zur Explosion gebracht? Sharples?«

»Nein. Das war ein anderer, der in den Smaragdschmuggel verwickelt war. Es war Murindos Assistent, der den größten Teil der Smaragde geschürft hat. Wahrscheinlich war Murindo der einzige, der von seiner Mittäterschaft wußte. Als dann die Polizei auftauchte, hat er kurz entschlossen Murindo beseitigt.

Ich finde das alles unbeschreiblich großartig, Donald. Du hast uns einen dicken Gewinn verschafft, denn Dona Grafton bezahlt uns eine hohe Prämie. Sharples muß alles Geld, das er bei dem Smaragdschmuggel verdient hat, herausrücken, denn die Smaragde kamen ja aus der Mine und sind daher ein Teil der Erbschaft. Natürlich wird die kolumbianische Regierung die Smaragde beschlagnahmen, aber Sharples und Cameron haben schon eine ganze Menge zu Geld gemacht. Mein Anwalt hat mir gesagt, daß wir aus dem Nachlaß eine ansehnliche Entschädigung für unsere Leistungen beanspruchen können.«

»Dann sorge wenigstens dafür, daß Sellers seinen Beweis hieb- und stichfest macht, solange er uns dankbar ist, denn ich möchte wetten, es wird sehr schwer sein, Shirley Bruce mehr als Totschlag nachzuweisen.«

»Wieso denn? Es war ein eindeutiger Mord, und das kann Sellers beweisen.«

»Das glaubt er jetzt. Aber laß Shirley erst einmal im Zeugenstand sitzen, die Geschworenen anlächeln und erzählen, wie Cameron, der sonst immer wie ein Vater zu ihr gewesen war, plötzlich zu einer erotischen Bestie wurde und sie in sein Haus lockte.«

»Aber Donald, damit kommt sie doch nicht durch. Der Mann telefonierte doch gerade.«

Die neue Schreibkraft aus Berthas Vorzimmer klopfte schüchtern an die Tür. Elsie Brand sprang von ihrer Schreibmaschine auf, lief zur Tür und öffnete sie. Berthas Sekretärin gab ihr ein großes, flaches Paket. »Ein Bote brachte es für Mr. Lam«, sagte sie.

Ich bat Elsie, die Umhüllung zu entfernen.

Es war das Bild eines schlanken, gut gebauten Mädchens, das gegen die Reling eines Schiffes lehnte und über das Meer hinaussah.

Dem Bild war eine Karte beigelegt, die Elsie mir reichte. In kräftigen, gut lesbaren und typisch weiblichen Schriftzügen stand darauf:

›Lieber Donald,
dieses Bild gefiel Ihnen, als Sie es bei mir sahen. Von Ihrer Partnerin habe ich erfahren, daß Sie sich ein Privatbüro einrichten, und es würde mich freuen, wenn Sie das Bild dort aufhängen.
In Dankbarkeit und freundschaftlicher Verbundenheit

stets Ihre

Dona.‹

ENDE